Moon Notes

MARISA REICHARDT

IMMUNITY

DEIN LEBEN,
DEINE ENTSCHEIDUNG

MOON NOTES

Klimaneutral
Druckprodukt
ClimatePartner.com/53248-2011-1002

Dieses Buch wurde klimaneutral produziert. Dadurch fördern wir anerkannte Nachhaltigkeitsprojekte auf der ganzen Welt. Erfahre mehr über die Projekte, die wir unterstützen, und begleite uns auf unserem Weg unter www.oetinger.de

FSC
www.fsc.org
MIX
Papier aus verantwortungsvollen Quellen
FSC® C014496

1. Auflage
2021 Moon Notes im Verlag Friedrich Oetinger GmbH,
Max-Brauer-Allee 34, 22765 Hamburg

Published by Arrangement with KT Literary LLC on behalf of Marisa Reichardt
Dieses Werk wurde vermittelt durch die Literarische Agentur Thomas Schlück GmbH, 30161 Hannover.
Aus dem Englischen von Rita Gravert

Satz: Arnold & Domnick, Leipzig
Druck und Bindung: GGP Media GmbH,
Karl-Marx-Straße 24, 07381 Pößneck, Deutschland,
Printed 2021
ISBN 978-3-96976-023-9

www.moon-notes.de

für Kai –
mögest du immer neugierig bleiben.
Mögest du immer auf der Suche nach deiner Wahrheit sein.
Und egal, wie weit du wanderst, mögest du immer wissen,
wo dein Zuhause ist.

EINS

Als ich zur Tür hereinkomme, sitzen Poppy und Sequoia schon am Küchentisch. Mit aufgeschlagenen Schreibblöcken und gespitzten Bleistiften. Die Bücher neben sich auf dem Tisch. An der Tafel, die mein Vater an Schultagen immer für uns aufstellt, stehen drei Aufsatzthemen. Eins für Zweitklässler, eins für Sechstklässler und eins für mich.

Alles Fragen, die sich darum drehen, was wir diesen Sommer erlebt haben, was wir daraus gelernt haben und warum uns das zu besseren Menschen macht.

Ich ignoriere die Aufgabenstellung und nehme mir einen Teller aus dem Küchenschrank. Darauf häufe ich die letzten beiden Blaubeer-Haferpfannkuchen und kröne sie mit einem Klacks frisch geschlagener Sahne. Natürlich ohne Zucker – weil meine Eltern eben meine Eltern sind.

»Gleich am ersten Tag zu spät zu kommen, ist nicht gerade ein guter Start in das neue Schuljahr, Juniper«, kommentiert mein Vater.

»Die zwei Minuten.«

»Zu spät ist zu spät. Du solltest schon gegessen haben und um Punkt acht auf deinem Stuhl sitzen. Nimm dir ein Beispiel an deinem Bruder und deiner Schwester.«

Für ihn scheint diese Regel allerdings nicht zu gelten, denn mein Vater schiebt seinen eigenen Stuhl zurück und steht auf, um sich einen Becher Kaffee einzuschenken. Ich nehme mir ebenfalls einen Becher vom Abtropfbrett neben der Spüle und halte ihn ihm auffordernd hin. Er zieht die Augenbrauen hoch. Dann stellt er die dampfende Kanne zurück auf die Wärmeplatte der Kaffeemaschine. »Vergiss es. Du bist erst sechzehn.«

»Ist doch nur Kaffee.«

»Kaffee ist nur für Erwachsene.«

»Andere in meinem Alter hängen den ganzen Tag bei Starbucks ab. Das ist quasi ihr erstes eigenes Zuhause.«

»Junkies.«

»Oh, bitte. Die spritzen sich nicht Heroin, die trinken Frappuccinos.«

»Wie auch immer, das ist einfach lächerlich.«

»Und warum trinkst *du* dann Kaffee?«

»Ich trinke meinen Kaffee schwarz und nur eine Tasse am Tag.« Er hebt stolz seinen Becher, trinkt einen Schluck und stößt ein selbstgefälliges *Ahh* aus. »Schwarzer Kaffee ist voller Antioxidantien und beugt Erkrankungen wie Alzheimer und Parkinson vor. Aber wenn Jugendliche sich da Sahne, Zucker und Sirup reinschütten, geht die gute Wirkung verloren.«

Ich häufe mir noch einen Klacks Sahne auf meine Pfannkuchen.

»Nimm doch ein Glas O-Saft«, sagt Poppy lächelnd und mir fällt auf, dass ihre vier Vorderzähne viel zu groß für das Gesicht einer Elfjährigen sind. »Hab ich heute Morgen für Extrapunkte gepresst.«

»War ja klar.« Wer außer Poppy würde schon am ersten Schultag des Jade-Hausunterrichts versuchen, sich Extrapunkte zu verdienen? Meine kleine Schwester ist wirklich eine Schleimerin. »Wo ist Mom?«

»Hinten im Garten«, sagt Sequoia und klemmt den Bleistift zwischen Oberlippe und seine mit Sommersprossen übersäte Nase.

»Heute ist Markt, schon vergessen?«, sagt Poppy.

»Schön wär's.«

Wenn es darum geht, dass meine Mutter jeden Montagmorgen damit verbringt, frisch gepflückte Rosmarin- und Thymianzweige und alle möglichen anderen Superkräuter zu kleinen Sträußen zusammenzubinden, um sie zusammen mit ätherischen Ölen auf dem Parkplatz am Strand zu verkaufen, kann ich nur schwerlich Begeisterung heucheln. Schließlich wurde ich dort an jedem einzelnen Montagnachmittag in diesem Sommer so dermaßen auf dem Asphalt gegrillt, dass mir der Schweiß in Strömen den Rücken runterlief. Und nur ein paar Meter hinter mir lockten die kühlen Wellen des Ozeans. *Komm her*, flüsterten sie mir zu, wenn ich verstohlen Grüppchen von Gleichaltrigen musterte, die ein viel aufregenderes Leben führten, als mit ihrer Mutter Kräuter auf dem Markt zu verkaufen. Sie trugen Surfboards, Board Shorts, Bikinis und Strandtaschen und breiteten ihre Handtücher wie Sonnenstrahlen in einem Kreis aus, sodass sie in der Mitte die Köpfe zusammenstecken, reden und lachen konnten, wie man es mit sechzehn eben so tut.

Klar hätte ich auch an den Strand gehen können, wenn ich gewollt hätte – meine Eltern bestehen darauf, dass wir mehr draußen lernen als drinnen –, aber ich konnte ja schlecht mein Handtuch zwischen diese Fremden an einem kalifornischen Strand legen. Schließlich waren wir nicht befreundet. Sie kannten mich nicht. Ich war neu in der Stadt und die Freunde, mit denen ich sonst am Strand abgehangen hätte, lebten sechs Stunden entfernt.

Als wir noch in Northern California wohnten, haben meine Eltern sich mit anderen Familien getroffen, die ihre Kinder auch zu Hause unterrichteten. Hin und wieder haben wir gemeinsame *Schulausflüge* unternommen. Ins Museum, zu einem Aquarium und ins Theater. Und immer war Sasha dabei. Es tat gut, der Freakshow zu entkommen, die darin bestand, mit einem halben Dutzend anderer Kinder eine Shakespeare-Aufführung im Park anzuschauen, während unsere Eltern Kurkuma-Rezepte austauschten. Da wir beide abends um elf Uhr zu Hause sein mussten, verbrachten Sasha und ich auch die meisten Wochenenden zusammen. Tagsüber gingen wir Kajak fahren, wandern oder ins Freibad, abends stöberten wir im Buchladen im Zentrum oder fuhren mit unseren Skateboards auf einem leeren Parkplatz am Strand herum. Unsere Freundschaft war leicht und unkompliziert. Sie war aus den Umständen geboren, unter denen wir lebten. Sasha war da. Ich war da. Doch sie verstand mich nie so, wie ich es mir von einer besten Freundin erhofft hatte. Zum einen gefiel es ihr, zu Hause unterrichtet zu werden. Im Gegensatz zu mir bettelte sie nicht ständig ihre Eltern an, sie auf eine staatliche Schule zu schicken. Sie hatte nicht dieses Gefühl, etwas zu verpassen.

Da ich kein Handy haben durfte, aus Gründen, die von Krebs bis hin zu Sehnenscheidenentzündungen reichten, blieb Sasha und mir nach meinem Umzug nichts anderes übrig, als per Brief in Kontakt zu bleiben. Den gesamten April und auch noch im Mai überwachte ich unseren Briefkasten wie die besorgte Ehefrau eines Soldaten im Zweiten Weltkrieg und wartete gebannt auf einen mit Glitzerstift beschriebenen Umschlag. Leider sind Teenager nicht sonderlich gut darin, ohne Handy in Kontakt zu bleiben, und so wurden die Briefe von Sasha mit Beginn des Sommers immer weniger. Aus einmal pro Woche wurde schließlich nie. Ich kann es ihr nicht verübeln. Immerhin hat sie ihr eigenes Leben. Aber ich vermisse es, jemanden zu kennen, der mutig genug wäre, am Strand zu der Gruppe Jugendlicher zu gehen, die sich auf ihren Handtüchern aalen. Sie würde ihnen einfach irgendwelche Fragen stellen, durch die wir beinahe normal und cool genug rüberkämen, um mit uns befreundet zu sein.

Jetzt, wo das neue Schuljahr begonnen hat, haben meine Eltern auch hier wieder Kontakt zu anderen Eltern aufgenommen, die ihre Kinder zu Hause unterrichten, und ich hoffe sehr, auf gemeinsamen Wanderausflügen ein paar neue Freunde zu finden.

Bis dahin sehe ich den anderen eben von außen zu, wie sie ein Leben haben.

Wie zum Beispiel heute Morgen, als ich die Viertelstunde zwischen meinem Weckerklingeln und unserem Unterrichtsbeginn um acht damit verbracht habe, durch mein Zimmerfenster die knallgelben Schulbusse zu beobachten, die an der Haltestelle der Playa Bonita Highschool hielten und eine Horde Schüler auf den Gehsteig spuckten. Andere kamen mit dem Fahrrad oder ihren Skateboards angefahren. Die Älteren aus der Mittel- und Oberstufe fuhren in voll bepackten Autos mit zwei Freunden auf dem Beifahrersitz und drei auf der Rückbank vor. Da die Stadt selbst jetzt in der letzten Augustwoche immer noch vor Hitze ächzt, trugen alle kurze Hosen oder Sommerkleider.

Dass es ein heißer Tag werden würde, spürte ich an meinen feuchten Achseln und den Schweißrändern, die sich schon beim Aufwachen auf meinem Tanktop gebildet hatten. Wie jeden Morgen schmierte ich mir Deo aus dem halb leeren Einmachglas, das auf meiner Kommode steht, unter die Achseln. Es klumpt, klebt und hinterlässt weiße, ölige Rückstände auf meinen T-Shirts. Ich habe Mom gefragt, ob ich endlich mal ein richtiges Deo haben darf. Oder wenigstens irgendwas aus der Naturheilabteilung bei Whole Foods.

»Tapiokamehl und Kokosöl wirken mindestens genauso gut«, lautet stets ihre Antwort. Ich bin mir sicher, dass das nicht stimmt, denn wenn ich den unangenehmen Körpergeruch an meiner Mutter wahrnehmen kann, dann stinke ich sicher ganz genauso.

Die Mädchen auf der PBHS duften bestimmt nach Erdbeeren und Freiheit. Wetten, dass sie sich jeden Morgen mit den parfümierten Duschgels aus diesem einen Laden im Einkaufszentrum einseifen, der wie ein Obststand riecht? Und ich wette auch, dass meine Mutter mir die Parabenkonzentration von jeder einzelnen Flasche herunterleiern kann. Meine Eltern würden mir nie erlauben, in diesem Laden oder überhaupt irgendwo im Einkaufszentrum Geld auszugeben.

Und genau deshalb sitzen diese Mädchen auf der anderen Straßenseite in einem Klassenzimmer und ich hocke hier. Chemikalien, Toxine, Quecksilberrückstände und die schrumpfende Ozonschicht haben meine Eltern dazu veranlasst, die Realität hinter sich zu lassen und in ihrer eigenen Welt zu leben. Bei uns ist alles Bio: vom Deo über das Essen bis hin zu unserem Waschmittel und den Möbeln. Ungeheuer wichtig, ich weiß. Aber man kann es auch übertreiben. Wenn es um ihre Überzeugungen geht, sind meine Eltern absolut fanatisch.

»Bio ist keine neue Mode, sondern das, was schon immer da war«, pflegt meine Mutter stolz zu sagen. »Wir besinnen uns auf eine ursprüngliche Lebensweise.«

Sie lebt in einer rosaroten Version der Geschichte, was auch dazu geführt hat, dass meine Schwester, mein Bruder und ich nicht geimpft sind. Deshalb dürfen wir in Kalifornien keine staatlichen Schulen besuchen. Nicht dass ich es nicht versucht hätte. Als wir hergezogen sind, dachte ich, das könnte meine Chance sein. Schließlich lag die Schule direkt auf der anderen Straßenseite. Ich würde das Haus praktisch nicht verlassen. Ich bat und bettelte. Aber dank der strengen Impfvorschriften in Kalifornien sowie der Tatsache, dass meine Eltern der Ansicht sind, Kinder, die zu Hause unterrichtet werden, lernen für ihr Leben gern und beten nicht einfach nur auswendig gelernte Prüfungsfragen herunter, fiel ihnen die Antwort leicht: »Wir entscheiden, was in die Körper *und* in die Köpfe unserer Kinder kommt.« Und darum sitze ich jetzt hier am Küchentisch und stopfe mir diese ekligen Pfannkuchen in den Mund, während ich gleichzeitig herauszufinden versuche, ob mich der Verkauf von Kräuterbündeln und ätherischen Ölen in diesem Sommer zu einem besseren Menschen gemacht hat.

Meine Vermutung: nein.

Fairerweise muss man dazu sagen, dass ich natürlich auch noch andere Dinge gemacht habe. Da war zum Beispiel die Wanderung durch den Yosemite-Nationalpark mit einem Rucksack auf dem Rücken, der fast so viel wog wie Poppy.

Und die achtstündige Zugfahrt nach Sacramento, wo ich Anfang des Monats für ganze drei Wochen meine Großeltern Mimi und Bumpa besucht habe – der Spitzname ist geblieben, seit ich als Kleinkind daran gescheitert bin, *Grandpa* auszusprechen. Es war das erste Mal, dass ich ganz allein gefahren bin, und es war so schön, dass ich es jederzeit wieder tun würde. Aber dazu müsste Mimi noch mal eine Hüft-OP haben, und das will ich natürlich nicht.

Einen Großteil des Sommers habe ich damit verbracht, davon zu träumen, dass mich endlich ein Junge küsst. Aber das kann ich natürlich auf keinen Fall aufschreiben und meinem Vater zum Korrigieren und Benoten geben. Stattdessen behalte ich die Uhr im Blick und zähle die Minuten bis zum Mittag, in die wir in unserer kleinen Küche einen ganzen Schultag mit mehreren Fächern quetschen. Aber sind diese vier Stunden endlich vorbei, dann gehört der Tag mir. Das ist immer der Moment, in dem mein Vater irgendeinen blöden Spruch rauslässt wie: »Fliegt aus, meine Vögelchen!« Und wir streunen in alle Himmelsrichtungen davon. Solange es nur darum geht, wohin wir unsere Körper bewegen, und nicht, was wir in sie hineintun, sind meine Eltern nämlich sehr für eine liberale Erziehung. Die freien Nachmittage ermöglichen es meinem Vater außerdem, seine Arbeit als Freiberufler von zu Hause aus zu erledigen.

Poppy zieht sich meistens bloß in die Welt ihrer Bücher zurück. Und Sequoia verschwindet im Garten, um imaginäre Drachen zu erlegen, wie man das als Siebenjähriger eben so tut.

Und ich?

Ich kann das Haus gar nicht schnell genug verlassen. Wohin auch immer.

Ich fahre zum Beispiel mit meinem Skateboard zur Bücherei, um im Internet die *Teen Vogue* zu lesen. Schließlich muss ich auf dem Laufenden bleiben, was in der Welt so los ist. Oder ich skate zum Strand und springe ins Meer.

Auf der anderen Straßenseite läutet die Glocke zum ersten Mal um Viertel nach acht. Ihr Gong zieht durch unsere viel zu warme Küche, hallt von den Arbeitsflächen und der wackeligen Tafel in unserem behelfsmäßigen Klassenzimmer wider und erinnert mich daran, wie anders es da drüben doch ist.

Die Klassenzimmer auf der anderen Straßenseite sind wahrscheinlich klimatisiert.

Und die Schüler haben nicht ihre kleinen Geschwister als Klassenkameraden.

Und sie werden in der ersten Stunde nicht von ihrem Vater unterrichtet, der sich mit seinem Man Bun und seinem Bart als Woodstock-Nachfolger sieht.

Es gab da nämlich zwei Woodstocks: das echte und das, auf dem meine Eltern waren. Das große Festival, das die ganze Welt vor Augen hat, wenn sie Woodstock hört, fand 1969 statt. Summer of Love, Jimi Hendrix hat die Nationalhymne mit seinen eigenen Riffs verfremdet und überall wurde davor gewarnt, braunes LSD zu nehmen. Aber dann gab es da noch ein anderes Woodstock. Im Jahr 1994. Mit viel Matsch und Regen, einer improvisierten Wasserrutsche und einem Auftritt von Green

Day. Dahin sind meine Eltern gefahren. Zum Möchtegern-Woodstock. Und jetzt behaupten sie uns Kindern gegenüber, ihre Musik sei die beste überhaupt, und deshalb kennen wir die Lieder in- und auswendig.

Und weil sie verliebt und davon überzeugt waren, dass sie einander als zwei Einzelkinder auf eine Weise verstanden wie niemand je zuvor, heirateten sie ein paar Jahre später.

Anstatt dass meine Mom den Nachnamen meines Vaters annahm und sie sich den gesellschaftlichen Normen beugten, legten sich die beiden einen vollkommen neuen Nachnamen zu. *Jade*. Und zwar nur deshalb, weil mein Vater mit einem Jadestein statt einem Diamanten um die Hand meiner Mutter angehalten hat.

Ich mag meine Mutter und meinen Vater mit all ihren Macken. Ehrlich. Aber manchmal wäre ich trotzdem gern wie alle anderen. Ich wünschte, ich könnte das in meinem Aufsatz schreiben, aber damit würde ich meinen Vater nur verärgern. Er sagt immer, ich muss nicht nur lernen, für die Dinge dankbar zu sein, die ich habe, sondern auch für die, die ich nicht habe.

Als meine Mutter zur Tür hereinkommt, schreiben Poppy und Sequoia mit eifrig gebeugten Köpfen weiter an ihrem Aufsatz über die Sommerferien. Sie hält einen abgegriffenen Pappkarton voller Kräuter in den schmutzigen Händen und schiebt ihn auf die Theke, um mit der frei gewordenen Hand nach dem Saum ihres weiten Blumenshirts zu greifen und sich damit den Schweiß von der Stirn zu wischen.

»Ich wünsche euch einen schönen ersten Schultag«, sagt sie, sobald ihr Gesicht wieder zu sehen ist.

Mein Vater wirft ihr einen mahnenden Blick zu, der besagt, dass er gerade im Lehrermodus ist und nicht gestört werden möchte.

Ich zucke mit den Achseln und werfe ihr einen Blick zu, der

besagt, dass das hier nicht wirklich aussieht wie eine Schule, aber angeblich eine sein soll.

»Wie läuft es mit den Kräutern?«, frage ich und mein Vater wirft mir den gleichen empörten Blick zu, mit dem er schon meine Mutter bedacht hat.

»Ruhe«, verlangt Poppy. »Ich muss mich konzentrieren.«

Meine Mutter schnappt sich den Pappkarton und bedeutet mir mit einer Kopfbewegung, ihr ins Wohnzimmer zu folgen. Dabei wiegen sich ihre dunklen, mit grauen Strähnen durchzogenen Wellen. Färben kommt für sie nicht infrage, seit sie irgendwo gelesen hat, dass das angeblich krebserregend ist.

Mein Vater seufzt. Er hält unseren Stundenplan immer akribisch ein, schließlich muss er danach noch arbeiten. »Sie hat gerade Unterricht, Melinda.«

»Ach, du«, sagt meine Mom und gibt ihm einen spielerischen Klaps auf den Arm.

»Ich mein's ernst«, sagt Poppy. »Seid jetzt mal still.«

Ich ziehe den letzten Bissen Pfannkuchen durch den letzten Klecks Sahne, stehe kauend auf und folge meiner Mutter ins Wohnzimmer. Mein Blick fällt auf das offene Fenster, wo unsere schäbigen Vorhänge fröhlich im Wind flattern. Als meine andere Großmutter – die Mutter meiner Mom – gestorben ist und wir das Haus geerbt haben, in dem meine Mutter aufgewachsen, hat mein Vater seine Festanstellung als Lektor gekündigt, um freiberuflich weiterzuarbeiten und Mom bei unserem Unterricht zu unterstützen. Unser Haus hätte in den Ecken dringend mal einen Putzlappen nötig und es könnte auch nicht schaden, aus den Regalen ein bisschen was von dem alten Krimskrams auszusortieren, aber meine Eltern sind froh, nicht mehr zur Miete zu wohnen, sondern ihr eigenes Haus zu haben, wo sie Gemüse anbauen, Kräuter verkaufen und ihren Kindern in der Küche Mathe beibringen können.

Vor dem Fenster auf der gegenüberliegenden Straßenseite sind die Schulbusse inzwischen wieder weg. Die Schüler sind längst im Gebäude verschwunden und sitzen dort an langen Tischreihen, wo sie sich auf eine Art von ihren Sommerferien erzählen, wie ich es nicht kann. Wahrscheinlich scrollen sie durch ihre Handys und schmieden Pläne für das Feiertagswochenende am Tag der Arbeit, auch wenn es noch fünf Tage hin ist.

»Du hilfst mir doch heute, oder? Auf dem Markt?«, fragt meine Mutter.

Widerstrebend löse ich den Blick von der Schule und sehe sie an. Ich habe ihr den ganzen Juni und Juli über beim Verkauf geholfen, aber dann bin ich nach Sacramento gefahren. Und heute hat die Schule wieder angefangen. »Ich dachte, das wäre nur so ein Sommerding.«

»Nein, es ist ein Jobding.«

»Das ist aber kein richtiger Job.«

»An dem Job gibt es nichts auszusetzen.«

Vorsichtig löst sie ein paar Kräuterbüschel aus dem Pappkarton und legt sie in Bündeln auf den mit Zeitungen bedeckten Kaffeetisch.

»Jedenfalls ist es nicht die Art von Job, die mich interessiert.« Seit ich alt genug bin, um neben der Schule zu arbeiten, wünsche ich mir einen Job, den Jugendliche zusammen mit anderen Jugendlichen machen. Zum Beispiel bei Yogurtorium im Stadtzentrum Frozen-Joghurt-Becher, beladen mit fruktosehaltigen Toppings, in die Kasse eintippen. Oder den Gästen in irgendeinem schicken Hotel, wo manchmal Promis übernachten, flauschige, gestreifte Handtücher an den Pool bringen. Oder Fahrräder an sonnenverbrannte Touristenfamilien am Strand verleihen. »Schlimm genug, dass ich nicht auf eine richtige Schule gehen darf. Kann ich dann nicht wenigstens einen richtigen Job haben?«

»Jetzt reicht es mir aber, June. Warum musst du immer herumnörgeln?«

»Was hat das mit nörgeln zu tun? Ich will ja nur einen ganz normalen Job mit Gleichaltrigen. Das nennt man übrigens Leben. Viele Jugendliche in meinem Alter gehen arbeiten. Wenn ich einen Job hätte, würde ich vielleicht auch mal ein paar Leute kennenlernen.«

»Eins nach dem anderen. Setz dich erst mal hin und hilf mir mit den Kräutern.«

Resigniert lasse ich mich auf die verschlissenen grünen Samtkissen unseres Sofas plumpsen, nehme mir Schnur und Schere aus dem Karton und fange an zu schnippeln.

ZWEI

Der Wochenmarkt von Playa Bonita ist eine fröhliche Mischung aus Hippies und Bonzen. Wir stehen schon seit einer Stunde dort, und weil Mom den Sonnenschirm für unseren Stand zu Hause vergessen hat, verbrenne ich langsam, aber sicher in der heißen Nachmittagssonne. An meinem Haaransatz haben sich Schweißtropfen gesammelt, die ich verstohlen mit dem Handrücken abwische, während ich einer Kundin das Wechselgeld für ein Bündel Rosmarin gebe. Scheinbar macht die Hitze meinem Gehirn schwer zu schaffen, denn ich brauche drei Anläufe, bis ich den richtigen Betrag abgezählt habe.

Als ich fertig bin, nimmt meine Mutter einen Zehndollarschein aus ihrer Schürze und drückt ihn mir in die Hand. »Tust du mir einen Gefallen und holst mir Tomaten vom Gemüsestand? Heute Abend gibt es Spaghetti mit Tomatensoße.«

Erleichtert springe ich auf, löse die Schleife meiner Schürze und stopfe mir das Geld in die Hosentasche. Während ich meinen Weg durch die Menge bahne, stoße ich gegen Kinderwagen und dränge mich an den Warteschlangen vor den Ständen vorbei.

Das handbemalte Schild des Bio-Gemüsestandes ist zwischen den professionell gedruckten Bannern der anderen Stände leicht auszumachen. Heute arbeitet Mary. Darüber bin ich froh, denn sie kennt jede Menge Tratsch und ist weitaus unterhaltsamer als ihr Mann, der sein graues Haar immer in einem langen, dünnen Pferdeschwanz trägt und davon erzählt, wie er den Grateful Dead in den Siebzigern quer durchs Land gefolgt ist. Marys Geplauder ist mir wesentlich lieber als die langweiligen Konzertgeschichten. Die beiden sind Hippies aus der ersten Generation. Weite Röcke, Birkenstocks, gehäkelte Westen aus Makramee. Keine Möchtegern-Woodstocks wie meine Eltern. Wahrscheinlich ist das der Grund, warum meine Mom sich von Anfang an zu Mary hingezogen gefühlt hat. Zum Glück war Mary so nett, sie unter ihre Fittiche zu nehmen und dafür zu sorgen, dass wir uns mit unserem kleinen Stand auf dem Markt wohlfühlen.

»Juniper Jade!«, begrüßt sie mich. »Was darf es denn heute sein, Schätzchen? Erdbeeren? Avocados?« Dann beugt sie sich vor und stößt mir verschwörerisch den Ellbogen in die Seite. »Oder vielleicht was Exotischeres?«

»Ich bin immer auf der Suche nach was Exotischerem als *dem* hier, das kannst du mir glauben.« Ich werfe einen Blick über die Schulter auf den gut besuchten Markt. »Aber heute bitte nur ein paar Tomaten. Für Moms Spaghetti.«

»Die gesündesten Spaghetti der Stadt.«

»Ja, das hab ich auch schon mal gehört.« Meine Mutter macht ihre Spaghetti aus Zucchini-Spiralen.

»Na dann, greif zu. Du kennst dich ja aus.«

Ich wühle mich durch die Tomatenkiste, indem ich prüfend eine runde Frucht nach der anderen betaste, um die reifsten und schönsten zu finden. Mary wendet sich währenddessen einer neuen Kundin zu, einer Mutter mit Baby, das sie sich in einem blassgelben Wickeltuch mit Marienkäfern drauf eng auf die Brust gebunden hat.

»Da ist sie ja endlich!« Mary klatscht vor Freude in die Hände und streckt ihren Körper über die Pfirsichkiste, um einen besseren Blick zu erhaschen.

Ich hebe den Kopf und mein Blick fällt auf das rosige, zerknautschte Gesichtchen des Babys. Es hat eine kleine weiße Schleife im fast nicht vorhandenen Haar. Es sieht ein wenig lächerlich aus und es tut mir leid, weil es noch zu klein und frisch auf der Welt ist, um sich dagegen zu wehren.

Die Frau beugt sich vor, damit Mary unter die Bahnen ihres Wickeltuches linsen kann. »Vier Wochen ist sie jetzt.«

»Ach, du meine Güte!«, ruft Mary aus. »Und da bist du schon mit ihr auf den Beinen. Was für eine Supermutter!«

»Das ist unser erster Ausflug. Mein Mann geht seit heute wieder arbeiten und mir fällt langsam die Decke auf den Kopf.«

Stillschweigend, um Marys Plauderei nicht zu stören, packe ich meine Tomaten in einen Beutel.

Eine weitere Frau kommt hinzu. Sie sticht aus der Menge heraus, weil sie einen für diesen Ort viel zu schicken, marineblauen Anzug trägt. Mary grüßt sie freundlich, doch sie antwortet ihr mit einem gequälten Lächeln, so als wäre sie körperlich gar nicht in der Lage für solch banale Nettigkeiten, wo sie doch wichtige Anrufe zu tätigen und an großen Konferenzen teilzunehmen hat. Doch als sie zu den Pfirsichen tritt, mildere ich mein Urteil. Sie trägt Flip-Flops. Anzug und Flip-Flops. Das macht sie mir direkt sympathischer. Sie kauft einen Pfirsich, beißt sofort hinein und eilt davon.

Ich wische mir über die Stirn. Selbst hier im Schatten schwitze ich. Der Schweiß sammelt sich auf meiner Oberlippe und hinter meinen Ohren. Ich wickle mein Haar zu einem Knoten auf, doch die frische Luft in meinem Nacken kühlt nicht so sehr, wie ich es gern hätte. Und da ich nichts dabeihabe, um meine Haare hochzubinden, fallen sie sofort wieder runter. Neidisch stelle ich fest, dass Mary weitaus weniger schwitzt als ich, denn ihr Stand liegt den ganzen Nachmittag im Schatten.

Die Frau mit dem Baby sieht mich an und lächelt.

Ich hebe den Beutel mit Tomaten in die Höhe und gebe Mary das Geld.

»Das ist übrigens Juniper Jade«, sagt Mary, während sie mein Wechselgeld abzählt. »Falls du jemals einen Babysitter brauchst, bist du bei ihr an der richtigen Adresse. Sie hat selbst zwei Kleine in der Familie und ich muss sagen, sie ist ein Naturtalent.«

Poppy und Sequoia kann man nicht mehr wirklich als klein bezeichnen, aber da mir jede Hilfe von Mary, um an einen normalen Job zu gelangen, überaus willkommen ist, nicke ich eifrig.

»Oh, danke«, sagt die Frau zu mir. »Im Moment kann ich mir noch nicht vorstellen, sie jemals allein zu lassen. Die Hormone, verstehst du. Aber wie finde ich dich, wenn wir so weit sind?«

»Ich bin jeden Montag da drüben beim Kräuterstand.«

»Oh, ich liebe diesen Stand!«

Ich lächle und schiebe das Wechselgeld in meine Hosentasche. »Danke. Das freut mich.« Das Baby bewegt sich und jammert leise. »Wie heißt sie?«

»Katherine. Genannt Kat. Mit *K.* Wenn sie sich in der Sonne rekelt, sieht sie wirklich aus wie ein Kätzchen, deshalb der Spitzname.« Lächelnd blickt sie auf ihr Baby hinunter. »Stimmt's?«

»Sie ist wirklich süß.«

Kat windet sich und innerhalb von fünf Sekunden steigert sich ihr leises Gejammer zu einem ausgewachsenen, gesichtsverzerrenden Wutgeschrei.

»Oh, Mist.« Die Frau schaukelt ihr Kind genau wie Mom früher Sequoia. Als fanatische Anhängerin einer bindungsorientierten Erziehung hat sie ihn quasi Tag und Nacht mit sich herumgeschleppt. »Ich glaube, sie hat Hunger.« Panisch huscht ihr Blick über den Markt. Das hier ist ein Parkplatz. Keine Sitzmöglichkeiten. Keine Bänke oder Tische.

»Ich dulde keine hungrigen Babys an meinem Stand. Setz

dich.« Mary zeigt auf den Klappstuhl in einer schattigen Ecke hinter sich.

Die Frau bläst sich den Pony aus dem Gesicht. »Oh, danke, Mary. Ich hab den Bogen noch nicht so ganz raus.«

Während sie versucht, ihre vielen Taschen zu schultern und gleichzeitig ihr schreiendes Baby aus dem Wickeltuch zu befreien, dreht sie sich nervös im Kreis. Ich komme ihr zu Hilfe, indem ich ihr die Wickeltasche und einen Leinenbeutel voller Obst abnehme. Als sie auf dem Stuhl Platz genommen hat, bücke ich mich, um die Taschen neben dem Stuhl abzustellen. Das Baby streckt die Hand aus, und bevor ich michs versehe, hat sie eine meiner langen braunen Locken mit ihrer kleinen Faust gepackt.

»Oh nein!«, sagt die Frau. »Ups!«

»Ist schon okay.« Ich versuche, die kleinen Fingerchen zu lösen, doch dabei grapscht die Kleine stattdessen mit erstaunlicher Kraft für ein Neugeborenes nach meinem Zeigefinger. Gutmütig lasse ich sie ein letztes Mal daran ziehen, bevor ich meinen Finger vorsichtig aus ihrer winzigen Faust befreie. Sofort stopft sie sich die Faust in den kleinen Mund. »Schön, Sie kennenzulernen. Und falls Sie mal einen Babysitter brauchen, denken Sie an den Kräuterstand. Immer montags.«

»Danke. Ich komme bestimmt auf dich zurück.« Sie hat sich schon im Stuhl zurückgelehnt und schiebt ihr T-Shirt hoch, um das Baby zu stillen. Augenblicklich beruhigt sich Kat und Erleichterung macht sich auf dem Gesicht der Frau breit.

»Grüß deine Mutter von mir«, ruft Mary mir hinterher, bevor ich in der Menge verschwinde.

»Mach ich!«

Ich gehe zurück an unseren Stand, lasse die Tomaten neben Moms recycelbare, BPA-freie Wasserflasche plumpsen und binde mir wieder eine Schürze um.

Mom sieht mich prüfend an und fühlt mit dem Handrücken meine Wange. »Alles in Ordnung? Du siehst nicht gut aus. Ganz rot im Gesicht und deine Wangen sind heiß.«

»Liegt bestimmt an der Sonne«, entgegne ich. »Es ist brüllend heiß heute.«

Das Kratzen in meinem Hals erwähne ich lieber nicht. Kommt wahrscheinlich nur vom Durst.

DREI

Als wir um fünf Uhr nach Hause kommen und ich aus unserem alten Van steige, den Dad auf Pflanzenölkraftstoff umgestellt und Bessie getauft hat, stürzt Sequoia mit ausgebreiteten Armen auf mich zu. Geistesgegenwärtig reiße ich den Beutel Tomaten in die Höhe, damit sie nicht an meiner Brust zerquetscht werden.

»Hey, pass doch auf.«

»Iih. Du bist ja ganz verschwitzt«, sagt er und weicht angeekelt zurück.

»Das war eine Affenhitze da draußen und wir hatten den Sonnenschirm vergessen. Sei froh, dass du hier im Schatten bei der Limo bleiben durftest.«

»Puh.« Erleichtert wischt er sich über die Stirn und hüpft vor meiner Mom und mir her ins Haus.

»Wo ist Poppy?«, fragt meine Mutter.

»Hinten im Garten. Macht irgendwas für Bio.«

»Und Daddy?«

»Er war heute früher mit der Arbeit fertig und liest einen neuen Krimi. *Dö dö döönnn.*«

Das hat er von unserem Dad. Er sagt immer: »Ich bin drüben im Wohnzimmer und lese einen Krimi. *Dö dö döönnn.*« Und dann sollen wir immer lachen, als hätten wir den Witz noch nie gehört.

Meine Mutter fährt Sequoia durch den zerzausten Haarschopf. »Tja, dann bist du wohl an der Reihe, mir bei der Tomatensoße zu helfen.«

»Au ja!« Sequoia reckt triumphierend die Faust in die Luft.

Ich gebe ein trockenes Husten von mir und meine Mutter dreht sich prüfend zu mir um. Sie zieht die Augenbrauen zusammen und fühlt mit der Hand meine Stirn. Danach ist ihre Hand nass vor Schweiß.

»Du wirst krank, June. Ich würde vorschlagen, du ruhst dich aus, und wenn Poppy mit ihrem Projekt fertig ist, bringt sie dir einen Tee mit Honig.«

»Okay.« Ich habe zwar keine Lust, krank zu sein, muss aber zugeben, dass ich mich wirklich nicht gut fühle. Vielleicht brauche ich einfach nur ein kleines Schläfchen, um wieder auf die Beine zu kommen.

Da mir die helle Sonne in meinem Zimmer die Tränen in die Augen treibt, lasse ich die Rollläden herunter. Die Schule ist aus, also gibt es da draußen sowieso nichts Interessantes mehr zu sehen. Ich schalte den Deckenventilator ein, werfe meine Sandalen in eine Ecke und lasse mich aufs Bett fallen. Ohne das Sonnenlicht ist es dunkel in meinem Zimmer und der Wind des Ventilators kühlt meine erhitzte Haut. Ich vergrabe mich unter der Decke und schließe die Augen. Jetzt erst spüre ich, wie sehr mein ganzer Körper schmerzt. Als wäre ich mit blauen Flecken übersät und hätte überall Muskelkater. Eingewickelt in die Patchworkdecke, die meine Mom mir vorletztes Jahr zu Weihnachten genäht hat, kuschele ich mich tiefer in mein gemütliches Bett. Bald gleite ich in unruhige Träume ab.

Träume über Jungs, Strand und Sonne.

Sommermusik.

Meeresbrandung …

Urplötzlich fahre ich unsanft aus dem Schlaf und starre in Poppys Gesicht, die sich wie eine Axtmörderin über mich beugt.

Sie hat das Licht eingeschaltet und mein Zimmer ist wieder viel zu hell.

»Tee«, sagt sie und wuchtet mir einen derart riesigen Becher entgegen, dass sie ihn mit beiden Händen halten muss. »Mit frischem Orangenblütenhonig.«

»Danke.« Ich setze mich auf, stopfe mir ein Kissen in den Rücken und nehme den Tee entgegen. Der erste Schluck läuft angenehm meinen kratzigen Hals hinunter.

»Deine Augen sind ganz rot«, sagt Poppy kritisch.

»Kein Scherz, Nancy Drew. Ich bin ja auch krank.«

»Nein, im Ernst. Knallrot. Echt unheimlich. Und total verklebt.« Sie schaudert.

»Okay. Du kannst wieder gehen.«

»Ich soll dir von Mom sagen, dass es in einer Stunde Essen gibt.«

Ich öffne den Mund, um Danke zu sagen, doch in dem Moment wird mein Körper von einem Hustenanfall geschüttelt. Heißer Tee schwappt über und hinterlässt feuchte Flecken auf meinem T-Shirt. Bevor ich alles verschütte, nimmt Poppy mir schnell den Becher ab und stellt ihn auf den Nachttisch.

»Das klingt übel«, stellt sie fest. »Bist du besessen oder so was?«

»Kannst du bitte wieder gehen? Ich will einfach nur schlafen.«

Es ist ein Wunder, aber Poppy macht tatsächlich das Licht aus und ich habe wieder meine Ruhe. Erleichtert drehe ich mich auf die Seite, ziehe die Knie an und stecke meine Arme unter die Decke, weil mir wieder kalt ist.

Außerdem bin ich klatschnass.

Ein Häufchen Elend.

Irgendwas stimmt nicht, aber ich bin zu erschöpft, um mir darüber Gedanken zu machen.

VIER

Ich starre auf einen roten Punkt.

Er funkelt mir aus unserem Spiegel entgegen, vor dem ich mich am Waschbeckenrand festklammere, um aufrecht stehen zu können. Heute ist Freitag. Mittlerweile bin ich seit vier Tagen krank. Meine Mutter hat entschieden, dass ich eine Grippe habe, mit der mein Körper allein fertigwird. Sie hat regelmäßig Fieber gemessen, mich mit jeder Menge Kräutertinkturen versorgt und besteht unerbittlich darauf, dass ich viel schlafe und trinke. Ich bin so kraftlos, dass ich es kaum noch bis zum Badezimmer schaffe, doch jetzt musste ich so dringend pinkeln, dass ich den Weg auf mich genommen habe.

Der Punkt sitzt an meinem Haaransatz über meiner linken Augenbraue. Zunächst halte ich ihn für einen Pickel. Aber dann entdecke ich noch einen, direkt neben meinem rechten Ohr. Und noch zwei darüber. Ich ziehe mein Shirt hinunter und sehe, dass sich in meinem Ausschnitt noch mehr verbergen.

»Mom!«

Poppy, die gerade an der halb geöffneten Badezimmertür vorbeikommt, macht auf dem Absatz kehrt und stößt sie weit auf.

»Wow«, sagt sie und betrachtet fasziniert mein Gesicht.

»Wo ist Mom?«

»Küche.«

»Hol sie mal.«

Poppy rast den Flur entlang und die Treppe nach unten. Das dumpfe Trappeln ihrer Schritte hallt bis zu mir ins Badezimmer. Ich bin ziemlich beeindruckt, wie anstandslos sie mir gehorcht hat. Und dann steht Mom in der Tür und starrt mich aus dem Spiegel an.

»Jucken die?«, fragt sie. »Oder brennen?«

»Keine Ahnung. Vielleicht.«

Sie drückt mit dem Zeigefinger auf einen der roten Punkte. Als sie loslässt, wird die Haut erst blass und dann wieder rot.

»Wahrscheinlich einfach nur ein harmloser Ausschlag. Du warst ziemlich krank.« Sie hebt mein T-Shirt hoch und betrachtet meinen Rücken. »Hier hinten hast du auch ein paar.« Sie fährt am Hosenbund meines Pyjamas entlang, um meinen unteren Rücken zu inspizieren.

»Sieht aber komisch aus.«

»Vielleicht finde ich jemanden, der dich heute noch untersuchen kann.« Meine Mutter hat bisher noch keinen Hausarzt für Poppy, Sequoia und mich gefunden. Die meisten Ärzte weigern sich, nicht geimpfte Patienten aufzunehmen.

»Im Zweifel gibt es ja immer noch die Notfallambulanz. Aber lass uns erst mal abwarten. Vielleicht gehen sie ja von allein weg.«

Schön wär's. Ein paar Stunden später haben sich die Punkte vermehrt.

Sie haben sich entlang meines Haaransatzes und um die Ohren herum ausgebreitet. Inzwischen bedecken sie mein gesamtes Gesicht und reichen bis hinunter zum Ausschnitt. Von dort aus sind sie über meinen gesamten Körper bis hin zu meinen Füßen verstreut, verschmelzen miteinander und färben mich scharlachrot.

»So was habe ich ja noch nie gesehen«, sagt mein Vater, während er staunend meinen Rücken betrachtet.

»Ich auch nicht«, erwidert Mom. »Meinst du, es ist eine allergische Reaktion?«

»Könnte ich mir vorstellen, wenn sie nicht so krank wäre. Du hast nicht zufällig was aus dem Supermarkt oder irgendwas industriell Verarbeitetes gegessen, Junebug?«

Ich schüttle den Kopf.

Meine Mutter steckt mich in ein Backpulver-Bad und reibt danach mit einem cremigen Haferflockengemisch meinen ganzen Körper ein. Nichts hilft. Um fünf Uhr bin ich ein wandelnder Krebs.

»Sie muss untersucht werden«, sagt meine Mutter schließlich. »Ich kann sie besser behandeln, wenn ich weiß, was es ist.«

»Ja, das scheint mir auch am vernünftigsten«, stimmt mein Vater zu.

Und so klettern Mom und ich eine Stunde später in Bessie und fahren zur Praxis der Notfallambulanz neben dem großen Supermarkt. Ich trage immer noch meine Pyjamahose und einen Kapuzenpulli, weil ich nicht die Energie hatte, mich umzuziehen.

Der Parkplatz ist voll, weshalb wir ganz hinten parken müssen. Der Weg zur Praxis kommt mir vor wie eine halbe Weltreise und ich muss mich auf Mom stützen, um ihn hinter mich zu bringen.

»Halte durch«, sagt sie.

Im Wartezimmer sitzen ein paar Kinder mit Rotznasen neben ihren Eltern, eine Frau Mitte dreißig, die immer wieder von Hustenanfällen geschüttelt wird, und ein Typ Anfang zwanzig in Fußballtrikot, der sich das Knie mit einem Eisbeutel kühlt.

Meine Mutter meldet mich an, reicht meine Versichertenkarte über den Tresen und zahlt in bar. Währenddessen lasse ich mich auf einen Stuhl fallen und ziehe mir die Kapuze über den Kopf.

»Alles in Ordnung?«, fragt Mom, als sie sich auf den Stuhl neben mich setzt.

Ich bringe nur ein Grunzen und ein Achselzucken zustande.

»Keine Sorge, wir gehen der Sache jetzt auf den Grund. Das wird schon wieder.«

Nach uns tritt eine ältere Frau an die Anmeldung und nimmt dann direkt gegenüber von mir Platz. Ich kenne sie vom Wochenmarkt. Sie hat dort Gemüse und Blumen gekauft und ich habe mir ihr Gesicht gemerkt, weil sie mich ein bisschen an meine Großmutter Mimi erinnert. So adrett. Nur strenger, mit diesem hochgezurrten Dutt, bei dem mir schon beim Zusehen die Kopfhaut schmerzt. Als ihr Blick auf mich fällt, zuckt sie zusammen. Dann sieht sie erneut hin. Mustert mich. Ich ziehe an den Bändern meines Kapuzenpullis, um mein Gesicht zu verbergen und mich vor dem Licht der grellen Deckenlampen zu schützen, das mir in den Augen brennt.

Als ich schließlich aufgerufen werde, kann ich mich kaum noch auf den Beinen halten. Meine Mutter und ich durchqueren das Wartezimmer und laufen einen Flur entlang, von dem fünf Türen in die verschiedenen Behandlungsräume abgehen. An einer Station im Flur misst eine Arzthelferin meinen Puls, gluckst über mein hohes Fieber und führt mich dann in einen Behandlungsraum von der Größe meines Kleiderschranks. Ich ziehe meinen Pulli aus, damit der Arzt meinen Ausschlag begutachten kann, und bin froh, darunter noch ein T-Shirt zu tragen. Der Doktor, der mit gesenktem Kopf den Flur entlang geht, könnte gut die Rolle des Arztes in einer von Mimis Seifenopern übernehmen, statt hier die Leute zu untersuchen. Er ist jung, hat dichtes schwarzes Haar und viel zu markante Wangenknochen für einen echten Arzt.

Als er schließlich meinen Behandlungsraum betritt, sieht er mich etwa für eine halbe Sekunde an und sagt: »Oh, oh. Du hast die Masern. Das geht nicht. Los, aufstehen. Raus. Hier kannst du nicht bleiben.«

»Was?« Meine Mutter klingt völlig geschockt. Ihre Stimme ist seltsam hoch. »Das ist nur ein Ausschlag. Die Masern kann sie gar nicht haben.«

»Das sind eindeutig die Masern.«

»Wie kann das sein? Die Masern gibt es doch gar nicht mehr.«

»Stimmt nicht«, entgegnet er. »Ist sie dagegen immun? Hat sie die MMR-Impfung bekommen?«

»Nun.« Nervös fingert sie an dem breiten Riemen ihrer Recyclinghandtasche herum. »Nicht direkt.«

»Was soll das heißen?«

»Sie ist nicht geimpft.«

»Gar nicht?«

»Das ist richtig.«

»Warum nicht? Hat sie besondere gesundheitliche Einschränkungen?«

»Ich muss mich vor Ihnen nicht rechtfertigen, warum ich mein Kind nicht habe impfen lassen.«

»Tja, sagen Sie das ihr.« Er zeigt mit Klemmbrett auf mich. »Schließlich ist sie diejenige, die hier mit den Masern sitzt. Sorgen Sie dafür, dass sie eine ordentliche medizinische Versorgung erhält, denn ich bin hier für einen solchen Fall nicht ausgestattet.«

»Aber … aber …« So aufgeregt habe ich Mom noch nie erlebt.

Abrupt wendet der Arzt sich an mich. »Du musst gehen. Ich kann nicht zulassen, dass du in meiner Praxis die Masern verbreitest. Hier kommen Säuglinge mit einem schwachen Immunsystem her. Patienten, die eine Chemotherapie erhalten und Komplikationen haben. Ich kann sie dieser Gefahr nicht aussetzen.«

»Und was sollen wir dann machen?« Meine Mutter wird so laut, dass uns inzwischen auch die Leute im Wartezimmer hören können. »Sie sind doch schließlich Arzt! Wir sind zur Behandlung hier! Die können Sie uns doch nicht einfach so verweigern.«

»Oh doch, das kann ich sehr wohl, wenn es um den Schutz meiner Patienten geht. Sie müssen in eine Einrichtung gehen, die für solche Fälle ausgestattet ist. Ich kann in der Notaufnahme des Städtischen Krankenhauses Bescheid sagen, dass Sie auf dem Weg sind.«

»Lass uns gehen, Mom.« Ich nehme meinen Pulli. Mir ist kalt. Während ich ihn über den Kopf ziehe, liest der Arzt meiner Mutter weiter die Leviten. Er hat eine Menge darüber zu sagen, warum sie nicht sofort erkannt hat, dass ich Masern habe und dass wir alle Leute in der Praxis gefährdet haben. Unter seinen Worten werde ich immer kleiner.

»Na, Sie erlauben sich was«, sagt meine Mutter.

Wie eine Dreijährige ziehe ich an ihrem Ärmel, doch sie reißt sich los. Meine Hände fallen wieder kraftlos herunter und ich schlurfe mit schweren Schritten aus dem Behandlungsraum, den Flur hinunter und durch das Wartezimmer in Richtung Tür. Durch den Fiebernebel in meinem Kopf höre ich sie immer noch mit dem Arzt streiten.

Komm schon, Mom.

Er will, dass wir gehen.

Er findet, dass ich geimpft sein sollte.

Er sagt, ich bin hochansteckend.

Menschen schwirren in einer dunstigen Wolke in meinem Kopf. Mein Bruder. Meine Schwester. Mary an ihrem Gemüsestand. Alle, denen ich am Montag Kräuter und Öle verkauft habe. War ich da schon krank? Also ansteckend krank? Schließlich habe ich eine Menge Bargeld in die Hand genommen und den Leuten gegeben. Und ich habe fast alle Tomaten in der Kiste an Marys Stand angefasst. Und nun habe ich alle Menschen im Wartezimmer angeatmet, angehustet und angeniest. Ich stoße die Tür nach draußen auf. Vielleicht liegt es am Fieber, doch bei dem Gedanken, alle anderen dieser Krankheit auszusetzen, würde ich am liebsten aus meiner Haut kriechen. Die Worte des Arztes hallen in meinem Kopf nach. *Ich kann sie dieser Gefahr nicht aussetzen.* Mit anderen Worten, *ich* bin die Gefahr.

Ein Typ mit Halskrause, ungefähr im Alter meines Vaters, steuert auf die Praxistür zu. Im Glauben, dass ich hineinwill, hält er sie für mich auf. Doch ich stehe nur da. Und dann höre ich die Arzthelferin.

»Ich bedaure, Ihnen mitteilen zu müssen, dass Sie alle dem Masernvirus ausgesetzt waren«, verkündet sie. »Wenn jemand von Ihnen nicht geimpft ist oder noch nie die Masern hatte, lassen Sie es mich bitte sofort wissen.«

Die ältere Dame, die mich vorhin so eingehend gemustert hat, springt auf und zeigt mit dem Finger auf mich. »Ich wusste es!«

Das Wartezimmer gerät in helle Aufregung. Alle reden durcheinander. Die Stimmen werden immer lauter. Ja, sie sind geimpft, doch viele wollen wissen, ob sie wirklich immun sind. Die Arzthelferin hat alle Hände voll zu tun, die Leute zu beruhigen. Der Mann mit der Halskrause macht auf dem Absatz kehrt und läuft den Gehsteig zurück.

Ich mache Anstalten, wieder hineinzugehen. Ich möchte mich entschuldigen. Aber dann entscheide ich mich dagegen. Es wissen ohnehin schon alle, dass ich es war. Das allein ist schon schlimm genug.

FÜNF

Um zehn Uhr abends liege ich in einem Krankenhausbett mit einem Quarantäneschild an der Tür, denn abgesehen von den Masern ist mein Fieber inzwischen auf vierzig Grad gestiegen. Der Arzt sagt, ich habe eine Lungenentzündung, eine häufige Folge der Maserninfektion. Ich hatte noch nie eine Lungenentzündung. Ich habe nur gehört, wie der Arzt zu Mom gesagt hat, es wäre ernst. Alles, was ich weiß, ist, dass mir das Atmen schwerfällt und ich mich von all dem schleimigen Husten beinahe übergeben muss.

Meine Mutter ist bei mir, aber mein Vater ist zu Hause bei Poppy und Sequoia. Bei dem Gedanken, dass meine Geschwister genauso krank werden könnten wie ich, geht es mir noch schlechter.

Ich fühle mich schuldig.

Wie ein Haufen Kartoffelbrei liege ich auf dem Bett und kann noch nicht einmal die Energie aufbringen, den Fernseher einzuschalten. Zu Hause haben wir keinen, weil ein Fernseher in den Augen meines Vaters nichts weiter als ein »Kasten voller Schund« ist. Wenn ich in einem Raum mit einem Fernseher bin, verschlinge ich deshalb normalerweise alles, was gezeigt wird. Wie zum Beispiel im Sommer, als Mimi und ich uns während meines dreiwöchigen Besuchs alle fünf Staffeln ihrer Lieblings-Reality-Show reingezogen haben. Manchmal hat Bumpa uns hausgemachte Donuts vom Bäcker mitgebracht, die scheinbar überall der letzte Schrei sind, außer bei uns zu Hause. Dabei merke ich selbst, wie absurd es ist, dass ich das bisschen Popkultur in meinem Leben von meinen neunundsechzigjährigen Großeltern mitbekommen habe. Aber Mimi und Bumpa sind eben ganz anders als mein Vater. Erstens halten sie es für »Humbug«, dass wir zu Hause unterrichtet werden. Und zweitens finden sie, mein Vater sollte seine Zeit besser darauf verwenden, in irgendeinem Managerbüro mit Panoramablick zu sitzen und hinter den Glasfassaden irgendeines Hochhauses die Karriereleiter hochzuklettern. Wahrscheinlich ist mein Dad genau deshalb so geworden, wie er ist. Kinder wollen eben anders sein als ihre Eltern. Und weil sie so anders sind, haben Mom und Dad mich auch nur ungern allein zu Mimi und Bumpa fahren lassen. Aber nach ihrer Hüft-OP brauchte Mimi jemanden, der ihr beim Kochen half und mit ihrem Maltipoo Duke Gassi ging, und da kam ich genau richtig. Ich war froh, endlich mal meinen Eltern zu entkommen. Da sie mich rund um die Uhr brauchte, hatte ich am Ende allerdings gar nicht so viele Freiheiten, wie ich mir erhofft hatte.

Wie aus weiter Ferne dringt die Stimme meiner Mutter zu mir. Ihre Worte klingen verzerrt, nicht laut und klar wie die von Dr. Seifenoper in der Notfallambulanz.

»Es gibt einen Grund, warum Sie die Masern nicht erkannt haben, als Sie sie vor der Nase hatten«, hat er zu ihr gesagt. »Das liegt daran, dass Sie in einer Generation groß geworden sind, deren Eltern ihre Kinder geimpft haben, weil *sie* die Krankheit noch kannten. *Sie* wussten, wie gefährlich die Masern sind. Heutzutage haben wir es jedoch mit Eltern wie Ihnen zu tun, die denken, ihre Kinder sind geschützt, weil andere Eltern das für sie erledigen. Aber so läuft das nicht. Nicht alle sind geschützt. Nicht alle können geimpft werden. Indem Sie Ihr Kind nicht impfen, gefährden Sie nicht nur sein eigenes Leben, sondern auch das von Menschen, die Sie gar nicht kennen.«

»Meine Sorge gilt allein meiner Tochter«, hat Mom trotzig entgegnet.

»Das ist unschwer zu erkennen«, hat Dr. Seifenoper sarkastisch gesagt.

Die Ärzte und Krankenschwestern im Krankenhaus sind netter als er, auch wenn sie mein Zimmer nur mit Handschuhen und Maske betreten. Ihre Schutzkleidung zeigt mir, wie ernst die Angelegenheit ist und wie ansteckend ich offensichtlich bin.

Sie kommen sehr oft hinein. Um meine Temperatur zu messen, meinen Puls zu nehmen und meine Lunge abzuhören. Und um einen Blick auf die Monitore zu werfen.

Zwischen ihren Besuchen versuche ich zu schlafen.

Am nächsten Morgen taucht mein Vater auf und ich habe einen neuen Arzt mit grauen Haaren und grauen Augen. Mit ernster Stimme spricht er mit meinem Vater über all die Impfungen, die ich nicht bekommen habe, und unternimmt verzweifelte Versuche, ihn davon zu überzeugen, mich und meine Geschwister impfen zu lassen. Dabei schmeißt er mit Worten um sich, die mögliche Folgeerscheinungen der Masern sein können. Worte wie Gehirnentzündung. Blindheit. Taubheit.

Nichts von alledem kann Dad überzeugen. »Ich sehe doch mit eigenen Augen, wie es ihr zusehends besser geht. Sie wird wieder vollkommen gesund. Vielleicht sollten wir uns lieber mal über die möglichen Nebenwirkungen von Impfungen unterhalten.«

»Wir sind gern bereit, mit Ihnen über Ihre Bedenken zu reden und sie aus dem Weg zu räumen«, sagt der Arzt. »Es gibt Impfkalender, mit denen man alle Immunisierungen nachholen kann.«

»Nein, danke, ich pumpe meinen Kindern ganz sicher nicht eine Ladung Karzinogene in den Körper. Gifte wie Aluminium, Formaldehyd und Thiomersal, besser bekannt als Quecksilber.« Mein Vater zählt sie nacheinander an den Fingern auf, als würde er die Zutaten einer Todessuppe herunterrattern. »Ganz zu schweigen von Begleiterscheinungen wie Autismus, die Sie ganz sicher kennen, aber geflissentlich verschweigen.«

»Erstens enthält der MMR-Impfstoff in Wahrheit kein Thiomersal. Zweitens ist die Verbindung zu Autismus ein weitverbreiteter Irrtum«, widerspricht der Arzt mit fester Stimme. »Und zu guter Letzt sind die Risiken einer schweren Erkrankung ohne Impfung weitaus höher als die geringe Wahrscheinlichkeit einer Impfreaktion. Um es ganz klar zu sagen, die Amerikanische Vereinigung für Pädiatrie empfiehlt …«

»Ach, hören Sie mir bloß mit Ihrem pharmazeutischen Blödsinn auf. Ihr Ärzte steckt doch alle mit der Pharmaindustrie unter einer Decke, das weiß ich ganz genau. Eine abgekartete Sache, damit ihr alle Geld damit machen könnt. Ich habe meine Nachforschungen betrieben.«

So langsam bekomme ich das Gefühl, der Arzt würde meinen Vater gerne schütteln, um ihn zur Besinnung zu bringen. Dass er am liebsten auf mich im Krankenbett gezeigt hätte, als der beste Beweis seiner Argumente, doch er bleibt erstaunlich ruhig. Irgendwann rauscht mein Vater ab. Als meine Mutter kurz darauf mit frischer Unterwäsche auftaucht, versucht der Arzt das Ganze bei ihr aufs Neue.

Ich kann sehen, wie ihr Blick flackert, als er Poppy und Sequoia erwähnt und sagt, dass es kaum zu verhindern sei, dass sie auch krank werden. Werden sie auch so krank werden wie ich? Oder sogar noch schlimmer? Was, wenn sie eine Gehirnentzündung bekommen und Schäden fürs Leben davontragen?

Meine Eltern sind wahrscheinlich immun, weil sie Mitte der Siebziger geimpft wurden, doch der Arzt warnt meine Mutter, dass die Immunität nachlassen kann. Sie könnten das in einer

Blutuntersuchung überprüfen und die Impfung im Zweifel auffrischen lassen.

»Wenn die Impfungen nichts für meine Kinder sind, dann sind sie auch ganz sicher nichts für mich«, entgegnet sie, und damit ist das Thema für sie beendet.

Sie hat gut reden, schließlich sind ihre Chancen, die Masern zu bekommen, vergleichsweise gering.

Am Nachmittag kommt eine Frau vom Gesundheitsamt vorbei. Sie setzt sich zu meiner Mutter und mir, um meine Kontakte zurückzuverfolgen, und macht sich Notizen, wo ich überall in den letzten Wochen war. Sie erzählt uns, dass das Gesundheitsamt herauszufinden versucht, wo ich mir die Masern eingefangen haben könnte und wen ich alles angesteckt habe.

»Da uns über den ganzen Bundesstaat verstreut Fälle gemeldet wurden, scheint es am wahrscheinlichsten, dass du auf dem Weg von Sacramento nach Hause im Zug mit dem Virus in Kontakt gekommen bist.«

»Wie viele Fälle gab es denn bisher?«, frage ich.

»Bisher wissen wir von fünf. Aber es ist noch zu früh für genaue Angaben. Fürs Erste ist es wichtig, alle Leute zu warnen. Die Masern sind hochansteckend. Daher muss ich Sie und Ihre Familie auch bitten, mindestens einundzwanzig Tage zu Hause in Quarantäne zu bleiben«, erklärt sie. »Wenn jemand nicht immun ist, besteht eine neunzigprozentige Wahrscheinlichkeit, dass er sich ansteckt, sobald er mit dem Virus in Kontakt kommt. Außerdem können die Viren bis zu zwei Stunden auf Oberflächen oder in der Luft überleben, wenn ein Infizierter dort gehustet oder geniest hat.« Sie macht sich eine weitere Notiz. »Wir werden dementsprechende Warnungen über die Nachrichten und die Tageszeitungen verbreiten, damit Risikopatienten nachvollziehen können, ob sie sich mit dir an einem Ort aufgehalten haben.«

»Muss das wirklich gleich die ganze Stadt erfahren?«, fragt meine Mutter. »Ich finde, das verletzt unsere Privatsphäre.«

»Da es hier um den Schutz der allgemeinen Öffentlichkeit geht, ist es leider unumgänglich. Aber machen Sie sich keine Sorgen. Der Name der Person wird nicht genannt.«

Meine Mutter verschränkt die Arme. »Wenn die Leute wollen, finden sie das aber leicht heraus. Schließlich leben wir hier nicht in einer Metropole. Bis die von uns Wind bekommen, ist es nur eine Frage der Zeit. Und was passiert dann?«

»Wir tun unser Bestes, um Sie anonym zu halten. Ihre Sicherheit und Ihr Schutz sind uns wichtig.«

Doch meine Mutter wirkt ganz und gar nicht überzeugt.

SECHS

Nach drei Tagen werde ich wieder aus dem Krankenhaus entlassen. Ein paar Tage später bekommt Poppy abends Fieber. Sequoia am Tag darauf. Ich selbst bin immer noch zu schwach, um das Bett zu verlassen und meinen Eltern zu helfen. Doch ich habe nur den leisen Anflug eines schlechten Gewissens. Und das nicht etwa ihretwegen, sondern weil ich weiß, wie schlecht es meinen kleinen Geschwistern geht. Es ist meine Schuld, dass sie krank sind. Ich habe ihnen das eingebrockt. Ich bin wirklich die schlechteste große Schwester der Welt.

Meine Mutter und mein Vater haben sich eingeredet, dass meine Geschwister nicht so krank werden wie ich, weil sie diesmal wissen, womit sie es zu tun haben. Meine Mutter überschüttet sie mit ätherischen Ölen und mein Vater trägt ihnen eine strenge Diät aus Shiitake-Pilzen und Holunderbeerentee auf und was er sonst noch so in seinem Naturheilkundebuch gefunden hat.

Wetten, davon wird ihnen bloß kotzübel, würde ich am liebsten sagen. Ihr habt keine Ahnung. Aber ich halte lieber den Mund.

Während meine Eltern im Hintergrund treppauf, treppab rennen, versuche ich den Roman zu lesen, den mein Vater mir als Hausaufgabe aufgegeben hat. Aber die Worte verschwimmen vor meinen Augen, und wenn ich am Ende eines Absatzes angelangt bin, habe ich schon wieder vergessen, was darin passiert ist. Ich hätte gern einen Fernseher. Oder einen Laptop. Ich wette, wenn die Kinder von der Highschool gegenüber krank sind, bekommen sie Eis am Stiel und sehen sich schnulzige Filme über Abschlussbälle und die erste große Liebe an.

Seufz.

Ich schließe die Augen, um mein eigenes Kopfkino einzuschalten. Eigentlich läuft schon seit Wochen derselbe Film ab. Er handelt von diesem Sommer und dem Jungen, der im Haus direkt neben Mimi und Bumpa gewohnt hat. Er heißt Noah, und obwohl ich ihn in den drei Wochen nie offiziell getroffen habe, hatte ich das Gefühl, ihn zu kennen. Er war groß, braun gebrannt und gut aussehend und auf seinem Arm prangte ein Tattoo. Das habe ich entdeckt, als er oberkörperfrei den Rasen gemäht hat. Am liebsten hätte ich das Tattoo mit den Fingern nachgezeichnet, und wann immer ich ihm bei einem meiner Spaziergänge mit Duke zufällig begegnet bin, schob es sich vor mein inneres Auge. Als ich Mimi nach ihm ausgefragt habe, hat sie mir bereitwillig alles erzählt, was sie über ihn weiß. Er ist seit einem Jahr auf dem College und hat im Sommer gerade ein Praktikum in irgendeinem dieser Finanzhochhäuser im Zentrum gemacht. Sein Job klang stinklangweilig, doch es gefiel mir, dass er sein Tattoo für die Arbeit unter einem Hemd mit Krawatte versteckte.

Schließlich bringe ich genug Energie auf, um die Treppe hinunterzugehen, mir ein Glas Wasser einzuschenken und mich zur Abwechslung mal ins Wohnzimmer zu setzen.

In einer Ecke steht ein verstaubtes Regal voller Bücher, die noch von meinen Großeltern stammen. Jede Menge Klassiker, Western und eine ganze Enzyklopädien-Sammlung aus dem Jahr 1989, also zwei Jahre bevor meine Mutter ihren Highschool-Abschluss gemacht hat. Bestimmt hat sie vor den Zeiten des Internets alles darin nachgeschlagen. Obwohl mir klar ist, dass die Einträge längst überholt sind, ziehe ich die Ausgabe mit den Anfangsbuchstaben Ma–Me aus dem Regal und blättere durch die Seiten mit dem Buchstaben *M*, bis ich schließlich bei *Masern* angelangt bin. Es gibt ein paar Fotos von bizarren Ausschlägen und lebhafte Beschreibungen der Symptome und Risiken. Wie die Leute daran gestorben sind. Und dann kam im Jahr 1963 die rettende Impfung.

Ich schiebe den Wälzer zurück und nehme mir den Band mit den Anfangsbuchstaben Po–Pu. Dann schlage ich den Eintrag zu Polio auf. Kinderlähmung. Daneben sind Bilder von Kindern mit Beinschienen zu sehen. Menschen, die in Eisernen Lungen stecken, die aussehen wie Foltermaschinen aus dem Weltall. Todesstatistiken. Und dann im Jahr 1955 die rettende Impfung.

Ich drücke mit dem Finger auf meinen Arm. Auf die roten Punkte, die sich langsam pellen.

Die Masern hätten mich umbringen können.

Polio kann es immer noch.

Weil ich vorher noch nie ernsthaft krank war, habe ich mir darüber noch keine Gedanken gemacht. Aber nach dieser Erfahrung würde ich, wenn es nach mir ginge, die Impfung wählen.

Warum kann es nicht nach mir gehen?

Ich bin sechzehn. Ich bin diejenige, die den Rest ihres Lebens in diesem Körper verbringen muss. Warum sollten meine Eltern darüber entscheiden, was mit ihm passiert?

Ich höre Poppy von oben rufen: »Mom!« Ihre Stimme klingt abgehackt und heiser. »Meine Haut brennt!«

Und dann Sequoia: »Mom! Mein Hals tut weh!« Seine Worte werden von einem Hustenanfall erstickt.

Sie hören sich furchtbar elend an und wollen von meiner Mutter getröstet werden, obwohl sie, wenn man es genau betrachtet, an unserer Krankheit schuld ist.

SIEBEN

Die ersten zwei Wochen meiner einundzwanzigtägigen Quarantäne sind um und mir geht es von Tag zu Tag besser. Poppy und Sequoia hingegen müssen noch mindestens zwei Wochen durchhalten. Am Samstag wage ich mich fürs Frühstück erstmals aus meinem Zimmer und geselle mich zu Mom und Dad an den Küchentisch, wo sie sich Teile der Zeitung hin- und herreichen. Ganz im Gegensatz zum Rest der Welt sind sie noch nicht im Internetzeitalter angekommen, sondern halten hartnäckig an der Papierversion fest. Weil sie die Lokalzeitung abonnieren, loben sie sich, kleine Unternehmen zu unterstützen. Neben den bundesweiten Nachrichten wird dort im Sportteil über die Erfolge und Niederlagen der örtlichen Highschool-Teams berichtet, über Spendenaufrufe der Elternbeiräte und sie drucken Fotos von den monatlichen Treffen der Schüler mit Polizisten im Java Jim's am Pier ab. Da in dieser Stadt nicht wirklich viel passiert, braucht man sich für die wichtigen Dinge bloß die Titelseite anzuschauen.

Während ich am Tisch sitze und an meinem Orangensaft nippe, raschle ich mich durch die verschiedenen Zeitungsschichten, um die Titelseite aufzustöbern. Doch sobald ich sie in der Hand halte, versucht mein Vater, sie mir wieder wegzunehmen. Nach einigem Ziehen und Zerren quer über den Tisch, wobei das dünne Papier fast zerreißt, fasst meine Mutter mich am Handgelenk. Sie versucht, mir die Zeitung zu entwenden.

»Nichts, was du sehen musst, June«, sagt mein Vater.

»Hört auf, mich in Watte zu packen. Ich weiß inzwischen, dass auf der Welt schlimme Dinge passieren«, widerspreche ich.

Nervös kaut meine Mutter auf ihrer Unterlippe herum und ihr Blick wandert hilflos zwischen uns hin und her.

»Vielleicht nicht unbedingt heute«, sagt sie.

»Warum? Glaubst du etwa, morgen wird die Welt anders sein? Was auch immer passiert ist, ist *passiert*. Es wird nicht besser davon, dass ich es nicht lese.«

Mit einem letzten Ruck reiße ich die Zeitung an mich und blicke auf die Titelseite. Sofort fällt mir die Kinnlade herunter. Der Schluck Orangensaft arbeitet sich wieder meine Kehle hoch. Dort, in schwarzer Tinte auf das Papier geklatscht, prangt die Titelgeschichte über ein sechs Wochen altes Baby hier aus der Stadt, das infolge einer Maserninfektion gestorben ist. Ihr Name war Katherine St. Pierre.

Fassungslos blicke ich zu meinen Eltern auf. Dann wieder hinunter auf die Zeitung. Sehe mir das Foto des Babys genauer an. Die weiße Schleife auf ihrem kahlen Köpfchen. Das Zitat ihrer Mutter: *Ich bin in Gedanken jeden Schritt durchgegangen, den ich gemacht habe, jeden Türgriff, den ich angefasst habe, jeden Atemzug, den sie getan hat. Wir haben uns nur sehr zögerlich mit ihr aus dem Haus gewagt, schließlich war sie noch ein Säugling.*

Ich lasse die Zeitung fallen. Mein Herz schlägt schmerzhaft gegen die Rippenbögen. Ich kannte das kleine Mädchen.

»Ich habe dieses Baby umgebracht.«

»Junebug«, sagt mein Vater beschwichtigend.

»Wir dürfen keine voreiligen Schlüsse ziehen«, stimmt meine Mutter ein.

»Mom, von wem hätte sie es sonst haben sollen? Mal im Ernst. Das ist doch der Grund, warum ich das nicht sehen sollte.«

»Wir wollten dich nicht beunruhigen.« Meine Mutter umfasst ihren Kaffeebecher fester. »Wir wollten nicht, dass du dir Sorgen machst, Poppy und Sequoia könnte das Gleiche zustoßen. Wie du sehen kannst, erholen sie sich bestens. Genau wie du.«

»Bestens würde ich das nicht gerade nennen. Ich bin mit einer Lungenentzündung im Krankenhaus gelandet. Dass es Poppy und Sequoia nicht genauso ergangen ist, war reines Glück.«

»Aber jetzt geht es dir doch viel besser. Sieh dich doch an!« Sie klingt, als versuche sie sich selbst davon zu überzeugen, dass die Masern nicht viel schlimmer sind als eine gewöhnliche Erkältung. Bleib einfach zu Hause und ruh dich aus. Trink viel. Dann wirst du im Nu wieder gesund.

Aber für die kleine Kat war es nicht so.

»Tja, schön für mich. Und schön für Poppy und Sequoia. Aber wir hätten alle so enden können wie dieses Baby. Das habt ihr doch begriffen, oder? Wir hätten sterben können.«

»Das ist alles sehr traurig, aber das Baby war erst sechs Wochen alt«, sagt mein Vater. »Wir wissen nichts über ihren Gesundheitszustand. Vielleicht hatte sie ein schwaches Immunsystem oder es gab irgendwelche anderen Komplikationen. So wie wir das sehen, hat sie dich angesteckt und nicht andersherum.«

»Ein so kleines Baby hätte die Mutter gar nicht erst mit nach draußen nehmen dürfen«, brummt meine Mutter.

»Ihre einzigen Komplikationen waren, dass sie mit sechs Wochen noch zu jung war, um geimpft zu werden.« Ich zeige auf das Foto. »Und ihr redet über sie, als ginge euch das alles gar nichts an. Sie hieß Katherine. Ihre Eltern haben sie Kat mit *K* genannt, weil sie sie an ein Kätzchen erinnert hat, wenn sie sich gestreckt hat. Ich bin ihr begegnet. Ich habe ihrer Mutter auf dem Wochenmarkt mit den vielen Taschen geholfen. Das Baby hat an meinen Haaren gezogen und ich habe ihre Hand angefasst, um mich zu befreien. Da war ich schon krank. Ich habe *sie* mit den Masern angesteckt, nicht andersherum.« Zischend hole ich Luft. Ich erinnere mich noch genau an die Mutter und wie nervös sie war, zum ersten Mal mit ihrer kleinen Tochter draußen zu sein. Wie sie sie mit dem Wickeltuch eng auf ihre Brust gebunden hatte, direkt an ihr Herz, um sie vor Leuten wie mir zu schützen. Sie hatte es nicht verdient, zu sterben.

»Das Baby war unschuldig. Müsste ich nicht zur Polizei gehen oder so? Ich sollte bestraft werden.«

»Nein, so darfst du das nicht sehen«, sagt mein Vater.

Meine Mutter übertönt ihn. »Vielleicht verwechselst du sie auch mit einem anderen Baby.«

»Ich verwechsle sie nicht.« Meine Faust saust auf den Tisch. »Stell dich nicht dumm, Mom, hier geht es um die Masern. Damit laufen die Leute nicht reihenweise rum. Sie sind selten geworden, weil alle dagegen geimpft sind. Und das hier«, ich tippe erneut auf die Zeitung, »ist der Grund dafür. Weil Babys wie Katherine St. Pierre ansonsten nicht dagegen geschützt sind. Alle zählen auf Leute wie mich, Poppy und Sequoia, um sie zu schützen. Sie zählen darauf, dass Eltern wie du und Dad es besser wissen.«

»Nun«, sagt meine Mutter und schnalzt missbilligend mit der Zunge. »Wenn jemand es besser hätte wissen müssen, dann die Mutter des Babys. Sie hätte wissen müssen, dass man ein Neugeborenes nicht einfach so mit nach draußen nimmt. Kinder behält man in der ersten Zeit sicher und gesund zu Hause und lässt sie erst mal ihr Immunsystem durch die Muttermilch aufbauen, bevor man sie in die Öffentlichkeit bringt.«

»Sie ist auf den Wochenmarkt gegangen, nicht quer durchs Land gereist.« Ich schluchze auf. »Sie war noch so klein. Das hatte sie nicht verdient.«

Mein Vater seufzt auf, als würde ihn die Unterhaltung ermüden. »June …«

»In Wahrheit seid ihr doch genauso abhängig wie die Eltern von Neugeborenen, weil ihr darauf setzt, dass andere Eltern ihre Kinder impfen, damit eure eigenen gesund bleiben. Nur hattet ihr die Wahl, die Eltern von Neugeborenen haben das nicht. Ihr wusstet, dass es fast unmöglich ist, dass wir die Masern bekommen, weil sich außer euch kaum jemand gegen die Impfung entscheidet. Merkt ihr eigentlich, wie egoistisch das ist? Dass ihr ein krasses Privileg ausnutzt? Was macht uns denn bitte so besonders? Was macht uns denn wichtiger als andere Kinder? Kinder wie Katherine St. Pierre?«

»Nenn es, wie du willst, aber ich bin einzig und allein für meine Kinder verantwortlich und nicht für die anderer Leute. Und wir leben hier schließlich nicht in einem Polizeistaat. Alle Eltern sollten das Recht haben, die beste Entscheidung für ihre Kinder zu treffen«, sagt mein Vater.

Ich verschränke die Arme vor der Brust. »Will heißen: die beste Entscheidung für sie. Nicht für ihre Kinder. Mich habt ihr schließlich nie gefragt. Und Poppy und Sequoia auch nicht.«

»Poppy und Sequoia sind noch viel zu jung. Sie wissen ja noch gar nicht, worum es hier geht.«

»Wie könnten sie es nicht wissen? Sie liegen in diesem Moment mit den Masern oben in ihren Betten. Deshalb sollten wir alle etwas dazu sagen dürfen.«

»Juniper«, sagt meine Mutter beschwichtigend. »Wir verstehen ja, dass du verärgert bist.«

»Verärgert? Ich bin nicht verärgert. Ich bin …« Tränen laufen mir die Wangen hinunter. »Ein Baby ist tot! Ist euch das denn völlig egal?«

»Nein, ist es nicht«, sagt meine Mutter. Ein Tränenschleier liegt über ihren Augen. »Das ist furchtbar tragisch.«

»Ich will ihnen Blumen schicken. Ich will ihrer Mutter sagen, wie leid es mir tut.«

»Ich fürchte, das ist keine gute Idee«, sagt mein Vater. »Besser, sie wissen nicht, wer du bist.«

»Warum?«

»So ist es sicherer für alle«, sagt meine Mutter.

»Oh, jetzt sorgt ihr euch also um meine Sicherheit?« Ich lasse ein sarkastisches Schnauben ertönen. »Vielleicht hättet ihr euch darüber mal Gedanken machen sollen, bevor ihr euch entschieden habt, eure Kinder nicht impfen zu lassen. Ich glaube es einfach nicht, wie ihr hier rumlauft, als könntet ihr alles mit ein paar Kräutern und irgendeinem anderen Hippiezeug überstehen. Aber da liegt ihr falsch. Und dass ihr es glaubt, lässt euch einfach nur dumm aussehen.«

»June!«, ruft mein Vater warnend. »Das reicht.«

Aber ich bin nicht zu stoppen.

»Du weißt genau, dass ich recht habe! Du erträgst es nur nicht. Soll ich dir mal was sagen? Hätte ich die Wahl gehabt, dann hätte ich mich für die Impfung entschieden. Aber ihr habt mir ja keine Wahl gelassen.«

Meine Mutter springt auf und schiebt dabei ihren Stuhl so heftig zurück, dass er hintenüberkippt. »Das reicht. Geh in dein Zimmer.«

Auch ich stoße meinen Stuhl so heftig zurück, dass er mit einem Knall umfällt. Dann schnappe ich mir die Zeitung und stürme aus der Küche, die Treppe hinauf in mein Zimmer. Dort werfe ich die Tür hinter mir ins Schloss und lasse mich auf mein ungemachtes Bett fallen. Wütend boxe ich auf die Kissen ein.

Was sind meine Eltern nur für Dummköpfe.

Egoistische Idioten.

Ich hasse sie.

Katherine St. Pierre starrt mich von der Titelseite an, als

wolle sie mich daran erinnern, wie kurz ihr Leben war und sie nie dazu gekommen ist, irgendwas zu tun oder zu werden. Sie war einfach nur ein Baby, das von ihren Eltern geliebt wurde und noch das ganze Leben vor sich hatte. Bis sie mich getroffen hat und krank wurde.

Ich kringle mich auf meinem Bett zusammen, umklammere mein Kissen und schluchze hinein. Meine Trauer tut richtig weh. Sie sticht in der Brust und schmerzt in den Knochen. Wie kommen Kats Eltern nur mit der Trauer zurecht? Wie können sie jeden Morgen aufwachen, der Realität ins Auge blicken und weiterleben? Sie war ihr erstes Kind. Ihr einziges Kind.

Ihr Haus muss ihnen furchtbar leer vorkommen.

»Es tut mir leid«, flüstere ich Kats Foto zu. »Es tut mir so leid.«

ACHT

Eine Woche später, am Sonntag, ist mein Ausschlag schließlich verblasst. Meine Kopfschmerzen, die Rotznase und das Fieber sind verschwunden. Doch der leere Schmerz in meiner Brust ist geblieben. Ein letztes Mal betrachte ich Katherine St. Pierres Foto, dann falte ich den Zeitungsausschnitt zusammen und lege ihn in meinen Nachttisch. Ihn in den Papierkorb zu schmeißen, bringe ich nicht übers Herz. Ich muss ihn behalten.

Gestern, als meine Mutter den Zeitungsartikel auf meinem Bett entdeckt hat, hat sie innegehalten und meine Hand genommen. Da sind auch ihr die Tränen gekommen.

»Es ist so traurig.«

»Du scheinst nicht besonders traurig zu sein.«

»Doch, das bin ich. Und Dad auch. Wir sind schließlich keine Monster.«

Ich habe ihr meine Hand entzogen. »Wie auch immer.«

Nach einer nachmittäglichen Dusche schmiere ich mir mal wieder das klumpige, selbst gemachte Deo unter die Achseln und blicke sehnsüchtig zur Schule auf der anderen Straßenseite hinüber. Ich wünschte, ich könnte morgen früh einfach aus meinem Schlafzimmerfenster über die Stromleitungen fliegen, durch die Türen und hinein in die mit Spinden gesäumten Flure. Immer weiter würde ich gleiten, mein T-Shirt würde sich wie ein Heißluftballon um mich herum aufblähen, bis ich unauffällig an einem Tisch in einem Klassenzimmer voll mit

Gleichaltrigen lande. Unsere Küchenschule fällt momentan aus und ich vermisse meine Klassenkameraden kein bisschen. Klar will ich, dass es Poppy und Sequoia besser geht, aber ganz bestimmt nicht, weil ich gemeinsam mit ihnen die Schulbank drücken will.

Ich habe keine Lust mehr, am Küchentisch zu lernen, wo Sequoia rülpst und Poppy ihm sagt, dass er eklig ist, und sie sich mitten im Unterricht für volle fünf Minuten streiten.

Wenn ich drüben von der Straße hereingesegelt käme, würde keiner von den Schülern mich auch nur ansehen. Sie würden einfach ungerührt an ihren Tischen sitzen bleiben, als wäre es das Normalste der Welt, dass ich plötzlich da bin.

Ach, die? Die kommt hin und wieder reingeflogen und setzt sich zu uns.

Sie wäre gern normal.

Wir lassen sie.

Ich wasche mir im Bad die schmierigen Deoreste von den Fingern und stecke dann den Kopf in Poppys Zimmer. Sie sitzt aufrecht in ihrem Bett und liest bestimmt zum tausendsten Mal einen Band von *Die Tribute von Panem*. Über ihrem Kopf bewegt sich ein Schwarm Papierschmetterlinge in der Brise, die durch das offene Fenster hereinweht. Als wir eingezogen sind, hat Poppy ein ganzes Wochenende damit verbracht, die Schmetterlinge mit konzentriert herausgestreckter Zunge auszuschneiden, zu falten und so detailgetreu zu bemalen, dass sie wie echte Schmetterlinge aussehen. Dann hat sie sie auf einen dünnen Draht aufgespießt und den Draht an der Metallleiste am Kopfteil ihres Bettes befestigt. Nun flattert stets eine Wolke Schmetterlinge um ihren Kopf. Sie ist künstlerisch viel begabter als ich. Fast bin ich ein bisschen neidisch.

»Brauchst du irgendwas?«, frage ich.

»Ja. Dass die Quarantäne endlich vorbei ist.«

Ich durchquere das Zimmer und lege ihr Lieblingszeichenbuch vom Bett auf den Nachttisch. Wenn sie nicht liest, dann zeichnet sie. »Mach mal Platz.«

Sie lehnt *Die Tribute von Panem* gegen ihre Brust, rutscht rüber und überlässt mir den kühlen Rand des Bettes, was ich zu schätzen weiß. Ich setze mich hin. Als sie ein Eselsohr in die Seite macht, erschaudere ich.

»Was?«

»Zeig mal ein bisschen mehr Respekt für Katniss. Hast du kein Lesezeichen?«

»Doch. Irgendwo.« Sie legt das Buch zwischen uns, wirft die Hände über den Kopf und stößt einen so theatralischen Seufzer aus, dass ihre blonden Ponyfransen hochwehen.

»Was ist los?«

»Mir ist langweilig.« Sie zieht das Wort in die Länge. *Laaaangweilig.* »Ich will raus.«

»Das bedeutet, dass es dir besser geht.«

Sie rollt die Augen. »Ich halt's hier drinnen echt nicht mehr aus. Dieses Haus ist wie ein Gefängnis.«

Ich lache. »Wem sagst du das.«

»Ich mein das nicht in der gleichen weinerlichen Art wie du.«

»Ey!« Ich stoße ihr den Ellbogen in die Rippen.

Sie dreht sich weg und reibt sich die Stelle. »Das sollte keine Beleidigung sein.«

»Hörte sich aber ganz danach an.«

»Ich wollte damit nur sagen, dass ich mich hier nicht gefangen fühle, weil ich lieber in die Schule gegenüber gehen würde oder irgendeinen fancy Kaffee trinken oder irgendwas von den anderen Dingen, über die du dich mit Mom und Dad immer streitest.« Sie sieht mich von der Seite an. »Ich hab neulich übrigens gehört, wie du mit Mom über das Baby geredet hast.

Dass es die Masern von dir hatte. Kann ich den Zeitungsartikel lesen?«

Sie sollte ihn lesen. Sie sollte wissen, was unsere Eltern verursacht haben. »Ich geb ihn dir später.«

»Okay.« Sie schiebt ihre Bettdecke zurück und strampelt mit den Beinen. »Ich werd schon ganz kribbelig.«

»Dir geht es bald besser. Siehst du?« Ich halte ihr meinen Arm hin, damit sie die verheilende Haut sehen kann. »Du bist nur etwa eine Woche später dran als ich.«

Sie bewegt ihre Hand wie den Mund einer Marionette. »Bla bla bla.«

Ich ziehe einen losen Faden aus der Patchworkdecke, die meine Mutter ihr genäht hat. »Willst du wirklich gar nichts von den Dingen, die ich will? Muss ja kein fancy Kaffee sein. Aber willst du wirklich, dass Dad für immer unseren Lehrer spielt?«

Ich war ungefähr in Poppys Alter, als ich anfing, andere Dinge zu wollen. Als mir langsam klar wurde, dass meine Familie anders ist. Damals habe ich in einem Fußballverein gespielt, was bei meinem Dad als Sportunterricht durchging, und eines Tages haben die anderen Mädchen beim Training über irgendwas geredet und gelacht, was mittags in der Cafeteria passiert war. Da ist mir klar geworden, dass ich die Einzige in der ganzen Mannschaft war, die keine Ahnung hatte, worüber sie redeten. Ich fühlte mich ausgeschlossen. Noch am selben Abend habe ich meine Eltern beim Essen gefragt, ob ich nicht auf eine richtige Schule gehen könnte, um in der Cafeteria mit meinen Mannschaftskolleginnen zu essen. Aber sie haben nur gelacht, als wäre es eine verrückte Idee, die ich am nächsten Morgen vergessen hätte. Aber das hatte ich nicht. Ich habe nie aufgehört, das zu wollen, und ich warte darauf, dass bei Poppy die gleiche Veränderung einsetzt.

»Weiß nich'«, sagt sie. »Frag mich vielleicht in ein paar Jahren noch mal, wenn ich in deinem Alter bin. Bis dahin hast du bestimmt rausgefunden, ob es die ganzen Streitereien wert war.«

»Du bist so ein Klugscheißer. Normalerweise eher klug als scheiße, aber heute nicht.« Ich stehe auf. »Willst du irgendwas?«

»Moms Limonade?«

»Gluck, gluck.«

Sie kichert und ihr Lachen geht in einen Hustenanfall über. »Mit viel Eis«, würgt sie noch hervor.

Ich reiche ihr eine Box mit Taschentüchern. »Okay.«

Auf dem Weg nach unten stecke ich meinen Kopf auch bei Sequoia rein, um zu sehen, ob er was braucht, aber er scheint fest zu schlafen. So leise wie möglich ziehe ich seine Tür wieder zu und schleiche auf Zehenspitzen davon.

NEUN

Als ich in die Küche komme, kann ich meine Eltern durch das Fenster über dem Waschbecken sehen. Sie stehen unter einer Pergola in der Ecke des Gartens. Meine Mutter gestikuliert wild mit den Händen, was bedeutet, dass sie heftig diskutiert.

Ich unterbreche meine Mission, Poppy Limonade zu organisieren, und gehe hinaus, um zu sehen, was los ist.

»… aber was, wenn sie es doch herausfinden?«, fragt meine Mutter mit besorgter Stimme. »Was, wenn sie uns verklagen?«

»Um Himmels willen, Melinda, das ist doch nicht unsere Schuld.«

»Ich bezweifle, dass die Mutter des Babys June dafür nicht verantwortlich machen würde, wenn sie es wüsste.«

»'tschuldigung, was?«, frage ich und meine Eltern wirbeln herum. »Ihr denkt also wirklich, dass ich das Baby umgebracht habe. Genau wie ich gesagt habe.«

»Ich nicht«, widerspricht mein Vater und wirft verzweifelt die Hände in die Luft. Dann sieht er meine Mutter an. »Siehst du? Ist es das, was du willst? Wirklich?«

Eilig greift meine Mutter nach meiner Hand und bemüht sich, mich zu beschwichtigen.

»June, Liebling, willst du reden? Können wir, bitte?«

»Wie können wir helfen?«, stimmt mein Vater ein. Sonnenstrahlen dringen durch die Bretter der Pergola und überziehen uns mit einem Netz aus Licht.

»Gar nicht. Keiner kann die kleine Kat zurückholen.«

In einer Geste, die mir wohl Halt geben soll, legt mein Vater mir eine Hand auf die Schulter. »Das hatten wir doch schon, Liebes. Du hast nichts falsch gemacht.«

»Du hast recht. Vielleicht seid ihr schuld und nicht ich. Vielleicht solltet ihr euch schlecht fühlen. Warum weint ihr euch eigentlich nicht jede Nacht in den Schlaf?«

»Woher willst du wissen, dass es nicht so ist?«

»Das werde ich wohl nie erfahren, weil ihr ja nie über das Baby redet. Ihr sagt gar nichts.«

Er öffnet den Mund. Macht ihn wieder zu. Sieht mich ernst an. »Meine Aufgabe als Vater ist es, für dich stark zu sein. Ich verstehe, dass du verletzt bist. Ich bin auch verletzt. Aber wenn ich jedes Mal, wenn du mich siehst, wegen dieses Babys zusammenbrechen würde, wie wäre dir damit geholfen? Was geschehen ist, ist schrecklich, aber ich habe das Mädchen nie zu Gesicht bekommen. Ich kannte sie nicht. Aber dich liebe ich. Dein Schmerz ist mein Schmerz und nur das zählt.«

»Es ist einfach nur egoistisch, wenn einem alle Kinder egal sind, außer seinen eigenen. Aber ich schätze mal, nur so kannst du vor dir selbst deine Haltung zum Impfen rechtfertigen.«

»Das ist völlig absurd«, sagt mein Vater.

Nervös verknäuelt meine Mutter ihre Finger ineinander. »Lasst uns in Ruhe reden. Bitte. Setzen wir uns.« Sie macht eine Handbewegung zu dem Tisch in der Mitte des Gartens.

Ich schüttle den Kopf. »Nein. Ich muss hier raus, und zwar sofort.«

Mir geht es genau wie Poppy. Meine Füße sehnen sich danach, endlich rauszugehen. Weit weg. Frei zu sein. Ich entwinde mich dem Griff meines Vaters.

»Was glaubst du, wo du jetzt hingehst?«, fragt er.

Meine Mutter streckt die Hand nach mir aus, bekommt aber

nur noch einen Zipfel meines T-Shirts zu fassen. Blitzschnell schnappe ich mir mein Skateboard und entwische durch das Gartentor. Sie ruft meinen Namen.

Mein Dad ebenso. »Juniper Jade, du kommst sofort zurück!«

»Lass sie, Russ. Sie muss sich erst abreagieren«, sagt meine Mutter beschwichtigend. »Das braucht sie jetzt.«

Ich knalle mein Board auf den Asphalt und rolle mit schnellen, wütenden Fußtritten auf dem Gehsteig davon. Zu schnell. Am Fuße des Hügels, auf dem unser Wohnblock steht, gerate ich ins Schleudern und der Boden schwankt gefährlich unter meinen Füßen. Beinahe wäre ich gestürzt. Wenn ich auf dem Kies aufschlage, war es das. *Juniper Jade: überlebte die Masern, starb auf einem Skateboard.* In etwas gemäßigterem Tempo rolle ich durch unser Wohngebiet. Ich zittere vor Wut auf meine Eltern. Am liebsten hätte ich laut geschrien. Oder irgendetwas geschlagen. Ich hasse es, kein Mitspracherecht zu haben. Egal, was ich sage, sie werden mir ohnehin nicht zuhören. Die denken doch eh, sie haben recht und ich liege falsch und das wird sich nie ändern.

Mit der Zeit wird mein Atem gleichmäßiger. Ich versuche, mich zu beruhigen, indem ich mich darauf konzentriere, wie Sauerstoff in meine Lunge strömt. Morgen ist Herbstbeginn, doch die warme Luft fühlt sich sommerlicher an als im Juli. Von den vielen Grillfeuern steigen Rauchsäulen über die Gartenzäune direkt in meine Nase. Es riecht nach verbranntem Fett.

Mir wird übel.

Es stinkt nach Tod.

Ich muss weg hier.

Ich skate um die Ecke davon und brettere über den Kantstein auf die offene Straße. Immer schneller stoße ich mich ab, nur weg, irgendwohin, wo ich selbst bestimmen kann, was ich tue.

ZEHN

Mindestens eine Stunde lang fahre ich ziellos umher, bis ich mich endlich abreagiert habe. Um fünf Uhr komme ich an der Notfallambulanz an. Auf dem Schild an der Tür steht, dass die Praxis noch ein paar Stunden geöffnet hat. Das sollte reichen. Mit einem Zipfel meines T-Shirts wische ich mir den Schweiß von der Stirn und gehe zögernd zur Anmeldung. Ich bin unsicher, was ich sagen soll. Meine Versichertenkarte steckt im Portemonnaie meiner Mutter und ich habe kein Bargeld dabei.

Die Tür zum Flur, wo die Arzthelferin vor ein paar Wochen meinen Puls gemessen hat, liegt zu meiner Linken, doch der L-förmige Tresen ragt zur Hälfte ins Wartezimmer und zur Hälfte in den Flur hinein. Die Türen zu den Behandlungsräumen im Flur sind allesamt geschlossen, was bedeutet, dass ich wohl eine Weile warten muss.

»Ich muss mit jemandem reden«, verkünde ich.

Ein Mann sieht vom Computer auf und schiebt gleichgültig ein Klemmbrett über die Theke. »Hier ist der Anmeldebogen, bitte ausfüllen.«

»Kann ich hier Impfungen kriegen?«

»Eine Grippeimpfung?«

»Impfung*en*. Mehrzahl. Alle.«

Er wirft mir einen kurzen Blick zu. »Was soll das heißen? Geht es um eine Auslandsreise?«

»Nee. Aber ich wurde noch nie geimpft und jetzt will ich

alle. Wie stelle ich das an?« Er wirft mir einen Seitenblick zu, als wolle ich ihn verarschen. »Ich mein es ernst.«

Endlich schiebt er seine Tastatur beiseite und sieht mich richtig an. »Bist du volljährig?«

»Ich bin sechzehn.«

»Ist jemand von deinen Eltern oder ein Erziehungsberechtigter dabei?«

»Sie würden es nicht erlauben. Ich muss das allein machen.«

Er stützt sich mit den Ellbogen auf den Tisch und beugt sich vor.

»Du hast noch keine einzige Impfung? Was ist mit MMR? Tetanus? Windpocken?«

»Nichts davon.«

Er lehnt sich in seinem Stuhl zurück und verschränkt die Arme hinterm Kopf. »Wow.«

Ich bin ein Freak. Eine medizinische Sensation.

Denen kommst du gerade recht, Juniper Jade. Nachtaktiv und ohne Impfungen. Nicht die Bären füttern. Nicht die Kinder impfen.

Eine Patientin und ein Arzt kommen gerade aus einem der Behandlungsräume und laufen auf die Anmeldung zu. Da erkenne ich ihn. Er ist es. Dr. Seifenoper. Der mit den Wangenknochen und dem harten Urteil. Genau den brauche ich jetzt. Ich warte, bis er das Rezept seiner Patientin elektronisch an die Apotheke geschickt und ihr versichert hat, dass es ihr bald besser gehen wird.

»Hey«, sage ich dann und lehne mich über den Tresen. »Ich bin es. Erinnern Sie sich noch an mich?« Ich krächze ein bisschen, um krank zu klingen und ihm so auf die Sprünge zu helfen.

Er hebt den Kopf und ich sehe, wie bei ihm der Groschen fällt. »Masern?«

»Jup.«

»Wieder vollständig genesen?«

»Ja.«

»Gut. Wie war dein Name noch mal?«

»Juniper. Wie heißen Sie?«

Er streckt seine Hand aus. »Dr. Villapando.« Wir schütteln Hände.

»Hören Sie, die Masern waren furchtbar und ich will so was nie wieder durchmachen. Ich bin hergekommen, weil ich mir alle Impfungen holen will, die ich hätte kriegen sollen. Ich hab mir ein paar Sachen über Polio durchgelesen. Die will ich zuerst. Was gibt es noch? Mumps. Und Röteln.« Ich zähle ihm die Krankheiten an den Fingern auf. »Ich hab grad nicht mehr alle im Kopf.«

Er hebt die Hand und unterbricht mich. »Du bist noch minderjährig. Mir ist nicht wohl bei dem Gedanken, dich zu impfen, ohne dass zumindest ein Elternteil anwesend ist.«

»Sie haben meine Mom doch kennengelernt. Glauben Sie im Ernst, das würde sie tun?«

»Hast du versucht, mit ihr darüber zu reden?«

»Ja.«

Er lehnt sich über den Tresen und wirft einen Blick ins Wartezimmer, wo jede Menge Leute darauf warten, dass sie an der Reihe sind. Dann bedeutet er mir mit einem Wink, ihm in den Flur zu folgen. »Zwei Minuten.«

Zwei Minuten erscheint mir nicht sonderlich lang für ein Dutzend Impfungen, aber meinetwegen, dann ist es zumindest schnell vorbei. Ich nehme mir vor, die Augen zu schließen und mir das Meer vorzustellen.

Als ich durch das Wartezimmer marschiere und den Türknauf zum Flur drehe, stößt eine Frau einen entnervten Seufzer aus. Ich hab mich einfach vorgedrängelt. Egal. Ich folge

Dr. Seifenoper in den leeren Behandlungsraum, aus dem er kurz zuvor mit der Patientin gekommen ist, lehne mein Skateboard gegen die Wand und hocke mich mit ausgestrecktem Arm auf eine Behandlungsliege mit Papierschutz. Er setzt sich auf seinen Bürostuhl und rollt zu mir herüber.

»Dann erzähl mal.«

Verdammt. Keine Impfungen. Nur Reden. In dem Moment wird mir schlagartig klar, was ich im Begriff bin zu tun, und ich lache nervös. Die Worte auszusprechen, macht das Ganze so schrecklich real. Ich widersetze mich Mom und Dad. Ich sorge für mich selbst.

»Ich glaube, ich bin klüger als meine Eltern. Ich weiß ja, dass sie nur das Beste für mich wollen, aber mit den Masern ist nicht zu spaßen.«

»Definitiv nicht.«

»Ich habe ein bisschen recherchiert«, fahre ich fort. »Und was ich gelesen habe, hat mir Angst gemacht.«

»Aus gutem Grund.«

»Ich hätte sterben können.«

»Stimmt. Aber das bist du nicht.«

»Ich nicht. Und Poppy und Sequoia auch nicht.« Er sieht mich fragend an. »Meine Geschwister.«

»Ah.«

»Aber ein Baby ist gestorben.«

Er richtet sich auf. »Welches Baby?«

»Eins hier in der Stadt. Sie hieß Katherine St. Pierre. Ich bin ihr begegnet, als ich noch nicht wusste, dass ich ansteckend bin.«

Seine Augenbrauen ziehen sich zusammen. »Bist du dir sicher?«

»Ja.« Ich erwidere seinen Blick ebenso ernst. »Sie ist wegen mir gestorben.«

»Das ist …« Er schüttelt den Kopf. »Das ist schrecklich.«

Er sieht mich wieder an. Sein Blick ist weich und mitfühlend. »Das tut mir leid. Kommst du damit klar?«

»Nicht wirklich.«

Er nickt. »Ich kann schon verstehen, warum du denkst, dass du schuld bist. Aber als du sie getroffen hast, wusstest du schließlich nicht, dass du krank bist.«

»Das sagen meine Eltern auch die ganze Zeit.« Ich verlagere das Gewicht und das Papier knistert unter meinen Oberschenkeln.

»Das macht es auch nicht einfacher, stimmt's?«

Ich schüttle stumm den Kopf. Eine Träne rollt meine Wange hinunter. Er fährt mit seinem Stuhl zur Seite, schnappt sich eine Box Taschentücher vom Tisch und hält sie mir hin.

»Danke«, murmele ich.

»Ich wünschte, ich könnte dir helfen. Das ist wohl das Schwierigste an meinem Beruf: dass man nicht immer helfen kann.«

»Kann ich mir vorstellen.«

»Sieh mal.« Er reibt sich die Bartstoppeln am Kinn. »So gern ich dir helfen würde, du kannst hier nicht einfach reinmarschieren und alle Impfungen abholen. Aus verschiedenen Gründen. Die fehlende Erlaubnis deiner Eltern ist nur einer davon. Aber abgesehen davon bin ich mir gar nicht sicher, welchen Impfplan wir verfolgen würden, weil ich so einen Fall noch nie hatte. Ich müsste mich erst mal erkundigen.« Er schüttelt den Kopf und lächelt. »Dein Mut in allen Ehren, aber darf ich dir einen Rat geben?«

»Dafür bin ich ja schließlich hier, oder nicht?«

»Warte, bis du achtzehn bist. Das ist ja nicht mehr so lange hin. Dann kannst du deine Gesundheit selbst in die Hand nehmen.«

Am liebsten hätte ich mit dem Fuß aufgestampft, wie Sequoia es immer tut, wenn er seinen Kopf nicht durchsetzen kann. Aber die Behandlungsliege ist so hoch, dass meine Füße den Boden gar nicht berühren. »Ich will aber nicht warten. Warum dürfen meine Eltern Entscheidungen für mich treffen, wenn diese mich fast umgebracht hätten? Das ist unverantwortlich. Das haben Sie doch selbst gesagt.«

»Ich verstehe dich. Wirklich. Aber sie sind nun mal deine Eltern und so werden alle Welt und auch das Gesetz es sehen. Man wird sagen, die Entscheidung, dich nicht impfen zu lassen, wurde nicht getroffen, um dich zu gefährden, sondern weil deine Eltern nur das Beste für dich wollten.« Er runzelt die Stirn. »Frustrierend, ich weiß. Ich ärgere mich auch darüber. Ich finde es unverantwortlich. Aber ich bin auch der Meinung, dass du dir unnötig den Kopf zerbrichst. Du hattest die Masern, gut. Aber dir geht es ja wieder besser.«

»Dem Baby nicht.«

»Versteh mich bitte nicht falsch. Was mit dem Baby passiert ist, ist furchtbar traurig, aber die Wahrscheinlichkeit, dass du, Juniper, dich mit einer anderen seltenen Krankheit ansteckst, ist sehr gering. Deshalb ist es in Ordnung, noch – wie lange, zwei Jahre? – zu warten.«

»Ein Jahr und neun Monate.«

»Siehst du? Nicht mal volle zwei Jahre. Ich weiß, dir kommt das vor wie eine halbe Ewigkeit, aber für einen alten Mann wie mich ist das keine lange Zeit.«

»Aber mir geht es ja nicht nur darum. Ich will auf eine richtige Schule gehen. Mein Vater unterrichtet uns zu Hause in der Küche.« Allein bei dem Gedanken erschaudere ich. »Wenn ich warte, bis ich achtzehn bin, ist es dafür zu spät.« Ich mache mir gar nicht erst die Mühe, ihm zu erklären, dass der Versuch, meine Eltern von den Impfungen zu überzeugen, nichts ist im

Vergleich zu dem, was mir bevorsteht, wenn ich auf eine staatliche Schule wechseln will. Aber die gesetzlichen Vorgaben der Impfungen zu erfüllen, wäre zumindest ein Anfang.

»Jetzt redest du über Dinge, die außerhalb meines Fachbereichs liegen. Ich kann deine Situation zwar verstehen, aber ich habe keinerlei Einfluss darauf, welche Schule du besuchst. Impfungen hin oder her.«

»Was, wenn ich einen Nebenjob anfangen will? Gucken sie da auch nach solchen Sachen?«

»Nicht unbedingt nach Impfungen. Aber für einige Jobs im Lebensmittelbereich ist ein Tuberkulin-Test erforderlich.«

»Brauche ich für diesen Test die Erlaubnis meiner Eltern?«

Er seufzt. »Ja.«

»Und wie kann ich das umgehen?«

»Hol dir einen guten Anwalt«, schnaubt er. Dann steht er so abrupt auf, dass der Stuhl quer durchs Zimmer rollt und fast an die gegenüberliegende Wand stößt. »Und fürs Protokoll, ich verstehe deine Sorge wegen Polio, aber ich würde erst gegen Meningitis impfen. Dann Tetanus und Keuchhusten. Ganz ehrlich, hier gibt es weitaus verbreitetere Krankheiten als Polio.«

»Super. Gut zu wissen. Vielleicht trete ich einfach mal in einen rostigen Nagel, damit meine Eltern gezwungen sind, mich gegen Tetanus zu impfen, wenn sie nicht wollen, dass ich sterbe.«

»Davon würde ich dir natürlich dringend abraten.«

»Und ich mache es natürlich nicht.«

»Sieh mal, ich muss mich jetzt um meine übrigen Patienten kümmern. Sie warten schon. Aber ich wünsche dir viel Glück, Juniper.«

Er schiebt eine Hand in die Tasche seines Arztkittels. »Hier ist meine Karte. Wenn du noch mehr Fragen hast, stehe ich dir gern zur Verfügung.« Ich nehme seine Karte und studiere sie. »Okay.«

Ich packe mein Skateboard und klemme es mir unter den Arm. Während ich durch das Wartezimmer nach draußen eile, stößt es dumpf gegen meine Hüfte.

ELF

Eine Straße weiter gibt es einen Starbucks. Ich stehle mich hinein, nur um ein bisschen hippen Kaffeeduft zu schnuppern. Als die Türen hinter mir zugleiten, betaste ich meine Hosentasche in der Hoffnung, dass wie durch ein Wunder ein paar Münzen darin auftauchen. Tun sie nicht. Nur Dr. Villapandos Karte. Als ich wütend aus unserem Garten abgedampft bin, habe ich in der Eile nichts als mein Skateboard mitgenommen. Das baumelt jetzt schmutzig und nutzlos gegen mein Bein.

Ich sehe mich nach einem freien Tisch um. Vielleicht kann ich mich eine Weile im Café herumdrücken, ohne was zu kaufen. Ich könnte so tun, als würde ich auf jemanden warten. Auf einen süßen Typen mit goldblonden Haaren und einem T-Shirt mit ironischer Aufschrift. Oder vielleicht finde ich hier neue Freunde.

An einem langen Tisch vorm Fenster sitzt sogar eine Gruppe Schüler, die ihre Hausaufgaben machen. Mit aufgeklappten Laptops, gezückten Smartphones und aufgeschlagenen Büchern. Von zuckrigen, halb geschlürften Frappuccinos läuft Kondenswasser auf den Tisch und bildet Kreise auf dem Tisch. Würden sie mich komisch ansehen, wenn ich mich einfach daneben setze? Würden sie mir sagen, dass der leere Stuhl schon für jemand anderen, jemand Besseren reserviert ist, und mich auffordern, woanders hinzugehen?

Ich mache zwei zögerliche Schritte in Richtung der lernenden Gruppe, doch dann landet mein Blick auf zwei Tabletts voll kleiner Pappbecher zum Probieren. Auf einem stehen fingernagelgroße Probierhäppchen von irgendeinem Kuchen und auf dem anderen gibt es ein Getränk mit Milchschaum, einer Sahnehaube und einer Krönung aus Karamellfäden. Ich schlendere zu dem Tisch und frage das Mädchen mit den lila Haaren an der Kasse, worum es sich bei den Köstlichkeiten handelt.

»Das ist ein Iced Lemon Pound Cake und das ist unser Ultra Karamell Frappuccino«, antwortet sie mit einem schwungvollen Lächeln. »Greif zu.«

Frappuccinos und Kuchen? Alles Dinge, die mein Vater von Herzen verabscheut, also lange ich begierig zu. »Danke.«

Ich schiebe mir ein Stückchen Zitronenkuchen in den Mund. Er ist viel zu süß und durchdringend und hat einen chemischen Nachgeschmack. Ich krümme mich innerlich und schnalze mit der Zunge. Mal ehrlich, da ist der Zitronenkuchen meiner Mutter um Längen besser. Trotzdem nehme ich mir noch ein Stückchen und spüle alles mit einem Frappuccino runter. Die cremige Süße des Karamells beißt sich mit der Zitronensäure, doch ich schlucke beides herunter, als wäre es die leckerste Kombi, die ich je gekostet habe.

Das Mädchen mit den lila Haaren sagt: »Gut, oder? Willst du was davon bestellen?«

Ich schüttele den Kopf. »Mein Vater sagt, die sind giftig.« Ich nehme mir noch ein Getränk und leere es in einem Zug.

»Oh, ähm … okay.«

»Keine Sorge, das hält mich nicht auf. Aber ich bestell erst, wenn mein Freund da ist. Er kommt immer zu spät und wenn ich jetzt bestelle, habe ich alles aufgegessen, bevor er überhaupt da ist.« Ich zucke mit den Schultern, als wollte ich sagen: *Jungs. Sind sie nicht furchtbar nervig und gleichzeitig die Besten?*

Ich nehme mir noch ein Kuchenstückchen und einen Frappuccino. Die mit den lila Haaren hebt den Zeigefinger, als wolle sie etwas sagen – wahrscheinlich, dass es nur ein Probierhäppchen für jeden gibt und ich es mal langsamer angehen lassen soll –, aber da kehre ich ihr schon den Rücken zu.

Erneut überlege ich, ob ich mich zu der Schülergruppe an den langen Tisch setzen sollte. Wenn sie meine neuen Freunde werden, könnten wir zusammen zum Strand und ins Kino gehen und mit meinem Taschengeld und dem, was ich auf dem Wochenmarkt verdiene, die Secondhandläden im Zentrum durchstöbern. Aber sie sehen gerade zu ernst aus. Vollkommen vertieft in ihre Aufsätze und Matheaufgaben. Ich will sie nicht einfach unterbrechen und ihnen auf die Nerven gehen, wie Sequoia es immer bei mir macht, wenn wir in der Küche lernen. Stattdessen schiebe ich mich auf einen Stuhl an einem leeren Tisch ganz hinten und scanne das Café nach interessanten Leuten. An einem Tisch bei der Tür sitzt eine Frau in einem Anzug, die eifrig auf ihrem Laptop herumtippt. Als sie ihre übereinandergeschlagenen Beine tauscht und ich einen Blick auf ihre Füße erhasche, muss ich lächeln. Es ist die Flip-Flop-Frau vom Wochenmarkt.

Eine Schülerin am langen Tisch sieht in meine Richtung. Statt ihr cool zuzulächeln, wende ich nervös den Blick ab. Mein Tisch steht genau neben den Toiletten und ich kann durch die dünne Tür die Toilettenspülung hören. Widerlich. Ein Typ kommt raus und wischt sich die nassen Hände an der Jeans ab. Noch widerlicher.

Während ich auf meinen imaginären Freund warte, täusche ich Interesse für die Flyer an der Pinnwand über meinem Kopf vor. Die meisten sind örtliche Spendenaufrufe oder zeigen verlorene Haustiere mit Telefonnummern zum Abreißen darunter.

Doch ein Flyer erregt meine Aufmerksamkeit.

Mahnwache für Katherine St. Pierre am Pier

In der Mitte prangt ein Foto der kleinen Kat. Das gleiche wie in der Zeitung, mit der Schleife im Haar. Die Mahnwache findet heute Abend um sieben Uhr statt.

Ich werfe einen Blick über die Schulter in den Raum. Keiner beachtet mich. Nicht einmal die Schülerin, die mich vorhin angesehen hat. Keiner weiß über mich Bescheid. Und obwohl mein Foto nirgendwo auf dem Flyer zu sehen ist, könnte es sich genauso gut um ein Fahndungsbild der Polizei handeln. Ich habe das Gefühl, mitten im Scheinwerferlicht zu stehen. *Das ist das Mädchen, das das Baby mit Masern angesteckt hat.* Ob die Flyer wohl überall in der Stadt aushängen? Ich wünschte, sie würden verschwinden. Ich wünschte, *ich* könnte verschwinden. Jedes Mal, wenn ich mich umdrehe, werde ich daran erinnert und der vertraute dumpfe Schmerz kehrt in meine Brust zurück.

Bitte schließen Sie sich uns für eine Gemeindeversammlung an, um Katherine St. Pierre zu gedenken. Reverend Charles von St. Mary's By-the-Sea wird die Gebete sprechen. Kerzen werden zur Verfügung gestellt.

Ich reiße den Flyer mit solch einer Kraft von der Pinnwand, dass die Reißzwecken auf mich zuschnellen. Schnell kauere ich mich auf den Boden und sammle die Nadeln ein, bevor noch jemand darauftritt. Was, wenn derjenige genau wie ich noch nie eine Tetanusspritze bekommen hat? Nachdem ich die Reißzwecken zurück in die Korktafel gedrückt habe, falte ich den Flyer zusammen und stecke ihn zu Dr. Villapandos Karte in meine Tasche. Dann stehe ich auf und schnappe mir mein Skateboard.

Meine Eltern werden sich Sorgen machen. Es wird schon dunkel. Tja, wenn sie mir erlauben würden, wie jeder normale Mensch ein Handy zu haben, könnte ich ihnen schreiben. Ich könnte ihnen sagen, dass ich einfach zum Pier gehen muss. Ich weiß nicht, warum. Ich weiß nicht, ob ich ihr meine letzte Ehre erweisen will oder das Bedürfnis habe, jemandem zu erzählen, wer ich bin.

Aber ich muss unbedingt zu dieser Mahnwache gehen.

ZWÖLF

Ich war lange genug im Starbucks, dass der Kaffeegeruch sich in meinem Pullover und in meinen Haaren festsetzen konnte. Selbst die salzige Meeresluft am Strand kann ihn nicht vertreiben, da kann der Wind noch so sehr um mich herum peitschen.

Ich springe von meinem Board und mustere die Menschen, die sich um eine provisorische Bühne am Ende des Piers versammelt haben. Auf derselben Bühne hat der Bürgermeister am vierten Juli die Nationalhymne gesungen und das Feuerwerk zum Unabhängigkeitstag eröffnet. Dieselbe Bühne, auf der im Mai, einen Monat nachdem wir hergezogen sind, die Freiwilligen Ersthelfer standen und die Anwesenden über das richtige Verhalten im Falle eines Erdbebens aufgeklärt haben. Eine kleine Bühne aus sechs Planken, die einfach ineinandergesteckt werden, sodass man sie schnell auf- und abbauen kann.

Heute sind die meisten der Umstehenden Erwachsene oder Eltern mit kleinen Kindern. Ein paar ältere Leute sind auch da. Aber ich entdecke niemanden in meinem Alter und mache mir Sorgen, dass ich dadurch umso mehr auffalle.

Ein kleines Mädchen in einem blauen Kleid, das mit der Hand mehrere Kerzen wie einen Blumenstrauß umklammert, entblößt mit einem breiten Lächeln ihre Zahnlücke und hält mir eine Kerze hin, die am unteren Rand mit Spitze verziert ist. Unsicher, was ich damit soll, da weder ich noch sie ein Feuerzeug haben, nehme ich sie zögerlich entgegen.

Als ich mich der Bühne nähere, bemerke ich, dass die Menschen ihre Kerzen der Reihe nach stillschweigend an der Kerze ihres jeweiligen Nachbarn anzünden. Ich reihe mich ziemlich weit hinten ein und warte darauf, dass die Flamme bei mir ankommt.

Haben all diese Leute Katherine St. Pierre gekannt? Sitzt auch in ihren Knochen und in ihrem Magen ein unerträglicher Schmerz oder geht das nur mir so? Ich ziehe den Kopf ein und verberge mich in der Menge. Inzwischen ist die Sonne untergegangen und ein herbstlicher Septembermond steht am Himmel. Groß und kräftig scheint er in einem hellen Orange auf uns herab, so als glühe er für die kleine Kat mit all den Kerzen um die Wette.

Schließlich, als meine Kerze bereits müde flackert, steht eine Frau im Priestergewand auf, um eine Rede zu halten. Sie sagt Dinge ins Mikrofon wie: Die Herzen ihrer Eltern hätten sofort gewusst, dass es Liebe ist und dass, obwohl Katherine St. Pierre nicht lange bei uns auf Erden war, der Schmerz ihres Verlustes unermesslich sei. An dieser Stelle ruft sie die Gemeinschaft dazu auf, nicht nur die St. Pierres zu lieben und zu unterstützen, sondern alle um uns herum, die Schmerz erleiden. Sie fordert uns auf, die Hand nach unseren Nachbarn und Freunden auszustrecken. Im Anschluss wird gebetet und dann singt die Vorschulgruppe der Grundschule von Playa Bonita ein paar Lieder.

Danach darf jeder, der etwas in das Mikrofon sagen möchte, auf die Bühne kommen. Ein paar Leute gehen nach vorn.

Es gibt nicht viel zu sagen. Schließlich war Katherine St. Pierre erst sechs Wochen alt. Niemand kann etwas über ihre Lieblingslieder oder ihre Hobbys erzählen. Ob sie besser in Fußball, Eishockey oder im Zeichnen war. Nur ihre Familie kann sagen, wie sehr sie sie vermissen. Das Haus muss ihnen schrecklich leer vorkommen. Wahrscheinlich lassen sie die Tür zu ihrem Zimmer zu, um die schmerzhaften Erinnerungen auszusperren.

Ich versuche mir vorzustellen, wie es wohl sein muss, jeden Tag in ein Haus zurückzukehren, wo einen ein Zimmer mit einer Wiege, einer Babydecke und einem Kinderwagen erwartet. Es muss die Trauer noch tausend Mal schlimmer machen, überall an sie erinnert zu werden, obwohl sie fort ist.

Die Frau neben mir schnieft unentwegt und hält ihren Sohn, der sich an ihr Bein klammert, fest umschlungen. Er ist so klein, dass er ihr gerade mal bis zur Hüfte reicht. Damit ist er jünger als Sequoia, aber alt genug, um mit den Kindern auf der Bühne zu singen. Ich weiche ein paar Schritte zurück, als dürften diese Mutter und ihr Kind jemandem wie mir nicht zu nahe kommen. Wie würde sie wohl reagieren, wenn sie wüsste, wer ich bin und was ich getan habe?

Was würde die Trauergemeinde wohl tun?

Mob-Mentalität.

Letztes Jahr musste ich für Dad einen Aufsatz darüber schreiben. Damals habe ich das Thema der aufgebrachten Menge noch nicht ganz verstanden, aber jetzt kann ich es mir lebhaft vorstellen. In meinem Aufsatz habe ich versucht, Shirley Jacksons Kurzgeschichte »Die Lotterie« zu interpretieren; wie ein ganzes Dorf sich an der Steinigung einer Frau beteiligte, nur weil alle anderen es auch taten. Aus dem einfachen Grund, dass sie es schon immer getan hatten. Weil sie es nicht anders kannten.

Was, wenn so etwas heute wieder geschehen würde?

Was, wenn jemand aus dem Krankenhaus hier ist und mich erkennt? Meinen Namen ruft? Was, wenn jemand die Mitteilung des Gesundheitsamtes in der Zeitung gelesen und sich zusammengereimt hat, wer ich bin? Was, wenn sie mich zu Boden reißen, mich treten und auf mir herumtrampeln? Was, wenn sie mich zerstören?

Vielleicht habe ich genau das verdient.

Die Stadt scheint ohne mich besser dran zu sein.

Ich nehme mein Skateboard, rolle von der Menge weg, um noch ein bisschen am Rand herumzulungern, und lege mir währenddessen einen Fluchtweg zurecht, für den Fall, dass mich jemand erkennt.

Da ertönt hinter mir eine dröhnende Stimme: »Hey! Du!«

Ich drehe mich um und erstarre. Vor mir steht ein Polizist, die grelle Taschenlampe direkt auf mein Gesicht gerichtet. Auf seinem Namensschild steht *Alvarez*. Ich bin mir ziemlich sicher, dass ich zu zittern begonnen habe. Meine Oberlippe bebt. Warum zum Teufel bin ich nur hergekommen? Habe ich insgeheim gehofft, ertappt zu werden?

»Hast du keinen Helm dabei?«, fragt er streng. »Personen unter achtzehn müssen in Playa Bonita einen Helm tragen, wenn sie Fahrrad oder Skateboard fahren. So lautet das Gesetz.«

Ich schüttele den Kopf. Wie soll ich ihm erklären, dass ich in einem Wutanfall zu Hause losgerast bin und meine Eltern in einer Staubwolke habe stehen lassen? Ich hatte gerade genug Zeit, um mir mein Board zu schnappen, an einen Helm war nicht zu denken.

»Der liegt zu Hause. Ich hatte es eilig. Da hab ich ihn wohl vergessen.«

»Darauf steht eigentlich ein Bußgeld.«

»Wie viel?«

»Wahrscheinlich genug, damit du nie wieder deinen Helm vergisst.« Er knipst seine Taschenlampe aus. »Heute Abend lass ich dich noch mit einer Verwarnung davonkommen. Immerhin bist du für eine gute Sache hergekommen.«

»Das weiß ich zu schätzen. Danke.«

Ich schwanke auf meinem Board und mir fällt auf, dass es wohl besser rüberkommt, wenn ich nicht mehr darauf fahre. Ich steige ab und lasse es in meiner Hand baumeln, während meine andere Hand immer noch die brennende Kerze umklammert. Wachs tropft auf das Spitzendeckchen.

Abschätzend mustert er meine Vans mit Schachbrettmuster. »Du hast nicht getrunken, oder?«

»Nur Frappuccinos. Na ja, eigentlich Frappuccino-Proben.«

Er lächelt und tätschelt sich den Bauch. »Die sind ziemlich gut, wie?«

»Ja, sind sie.«

Meine Stimme bebt.

Der Schmerz droht mich zu übermannen.

Manchmal sagt jemand etwas so Einfaches, aber genau im richtigen Moment, dass alles aus dir herauszubrechen droht. Wahrscheinlich liegt es daran, dass ich mir in diesem Moment vorstelle, wie ich auf meinem Board sitze und ihm mein Herz ausschütte. Aber für heute habe ich genug.

Ich will nach Hause.

Meine Finger umklammern das Board fester.

Ich puste die Kerze aus.

»Sicher, dass du noch nach Hause kommst?«, fragt der Polizist.

»Jep.«

Er tippt sich an den Kopf. »Beim nächsten Mal mit Helm.«

»Hmhm.«

DREIZEHN

Ich stehe vor unserem Haus und starre durch die orangegelb erleuchteten Fenster in unser Wohnzimmer im Erdgeschoss und auf das kleine Buntglasfenster über der Haustür. Es wirkt einladend. Warm und geborgen.

Mein Zuhause.

Trotz allem, was passiert ist. Obwohl ich durch das Gartentor abgehauen und zur Notfallambulanz geskatet bin.

Drinnen sitzt mein Vater wahrscheinlich in seinem gemütlichen Sessel und liest einen Krimi. *Dö dö döönnn.* Und meine Mutter sieht nach Poppy und Sequoia oder schreibt in ihr Traumtagebuch. Meine Familie. So vertraut in ihren sonderbaren Gewohnheiten. Komisch, wie ich ihnen zur gleichen Zeit zwei so widersprüchliche Gefühle entgegenbringen kann. Ich kann sie lieben und doch momentan nicht mögen.

Ich gebe mir einen Ruck und trete ein.

»June!« Meine Mutter unterbricht sich mitten in einem Telefonat und hängt auf – wahrscheinlich wollte sie gerade eine Vermisstenanzeige bei der Polizei aufgeben. Erleichtert stürzt sie mir entgegen und zieht mich an sich.

Aber mein Vater ist außer sich. Das sehe ich an seiner drohend gerunzelten Stirn und seiner bebenden Stimme. »Wo warst du bitte?«, verlangt er zu wissen. »Wir waren krank vor Sorge. Es ist eine Sache, mal beleidigt abzuziehen, um den Kopf freizukriegen, und eine völlig andere, für Stunden zu verschwinden. Du bist einfach so abgehauen, ohne Taschenlampe, Geld oder deinen Helm.«

»Glaub mir, das weiß ich. Die Polizei war darüber auch nicht begeistert.«

»Die Polizei!«, ruft meine Mutter aus. »Wovon redest du, was ist passiert?«

»Ich wurde von einem Polizisten angehalten, weil ich ohne Helm gefahren bin.«

»Na, großartig«, brummt mein Vater.

»Keine Angst. Er hat mich noch mal mit einer Verwarnung davonkommen lassen.«

»Schön für dich.« Mein Vater zieht das Zopfgummi aus seinem Man Bun und macht sich einen neuen. Das macht er immer, wenn er aufgebracht ist. »So geht das nicht, June. Wir sind gerade erst hergezogen. Jetzt ist es nicht mehr so wie früher, als du die ganze Stadt gekannt hast. Du kannst nicht einfach in ganz Playa Bonita herumstreunen, ohne einen Gedanken an deine Eltern zu verschwenden, die sich zu Hause Sorgen machen, wo du bist und mit wem du dich rumtreibst.«

»Ha! Das ist es ja gerade. Mit wem sollte ich mich denn rumtreiben? Du hast es eben selbst gesagt: Alle, die ich kenne, leben sechs Stunden von hier entfernt. Ich hab noch nicht mal ein Handy, um mit ihnen in Kontakt zu bleiben. Ich habe Unterricht hier am Küchentisch statt in der Schule auf der anderen Seite der Straße. Ich hab null Komma null Sozialleben.«

Mein Vater überhört meine Beschwerde. »Es ist Sonntagabend. Der gehört der Familie, das weißt du doch.«

»Poppy und Sequoia liegen krank im Bett. Was hätten wir denn bitte schön als Familie machen sollen? Uns gegenseitig die Temperatur messen?«

»Wo bist du hingefahren?«, fragt meine Mutter.

Ich erwäge kurz, zu lügen, entscheide mich dann aber für die

Wahrheit. »Ich war bei der Mahnwache am Pier. Für das Baby, das gestorben ist.«

»Oh, June! Warum hast du dir das angetan?«

Ich spiele mit der Fußspitze an dem ausgefransten Ende unseres Teppichs herum. Der, auf dem Mom laufen gelernt hat. Das hat mir meine Großmutter erzählt, als sie noch gelebt hat. »Ich musste da hin.«

»Musstest du gar nicht«, widerspricht mein Vater.

»Ich halte das auch für keine gute Idee«, sagt meine Mutter.

Ich erinnere mich an die Kerzen, an die Trauernden, an die Lieder und die Gebete. Und an meine Schuldgefühle und meine Traurigkeit. »Ich bin froh, dass ich hingegangen bin. Es hat mir geholfen, ein paar Sachen klarzukriegen.«

»Was denn klarzukriegen?« Mein Vater spuckt das Wort aus, als hätte er einen schlechten Geschmack im Mund. Bestimmt will er, dass ich mich gehobener ausdrücke als *klarkriegen.*

»Ich hab heute Abend was beschlossen, das wichtig ist und das ihr, glaube ich, wissen solltet.«

»Nur zu«, sagt meine Mutter.

»Ich will geimpft werden. Und zwar gegen alles, was mir fehlt. Meningitis, Tetanus, Keuchhusten. Was auch immer ich brauche.«

»Deine Mutter und ich haben entschieden, dass unsere Kinder nicht geimpft werden«, sagt mein Vater. »Ende der Geschichte.«

»Aber was, wenn ich andere Entscheidungen über meinen Körper treffe als ihr?«

»Dann erkläre ich dir, dass du sechzehn bist und das nicht zu entscheiden hast.«

»Was für ein Scheiß.«

»Ausdruck, June«, sagt meine Mutter warnend.

»Die Folgen von Impfungen sind plötzlicher Kindstod, Schlaganfälle, Autismus, Lähmungen …«, zählt mein Vater auf.

»Die Folge, wenn man sich nicht impfen lässt, ist der Tod!«, unterbreche ich ihn heftig. »Und die Sache mit Autismus ist völliger Schwachsinn, das ist längst widerlegt. Hast du jemals von dieser Sache namens Wissenschaft gehört?«

»Die Wissenschaft kann sich irren.« Mein Dad tigert auf dem abgenutzten Parkett auf und ab, als hielte er einen seiner Vorträge im Küchenunterricht. Es würde mich nicht wundern, wenn er gleich seine Tafel herbeirollt. »Die Forschung kann nach hinten losgehen. Sieh dir doch an, was passiert, wie überall die Medikamente zurückgerufen werden. Ein Stoff, der dir eigentlich dabei helfen soll, keinen Herzinfarkt zu bekommen, verursacht am Ende Krebs. In den Sechzigern gab es zum Beispiel ein Medikament namens Contergan, das angeblich gegen die Morgenübelkeit von Schwangeren helfen sollte, und rate mal, was passiert ist? Am Ende hat es zu Behinderungen geführt. Die Babys sind mit missgestalteten Gliedmaßen auf die Welt gekommen.« Er schießt mir einen unnachgiebigen Blick zu. »Auf dem Papier oder im Labor mag etwas gut aussehen, aber zwanzig Jahre später kommt raus, siehe da, die Wissenschaft hat sich geirrt. Es gibt keine Garantie und die einzige Möglichkeit, euch zu schützen, sehen deine Mutter und ich darin, euch das Zeug gar nicht erst in den Körper zu pumpen.«

»Aber es gibt auch keine Garantie, dass ihr mich schützt, indem ihr mir gar nichts in den Körper pumpt.« Ich balle die Hände zu Fäusten. Schlage sie gegen meine Beine. »Wegen euren tollen Entscheidungen habe ich die Masern bekommen.«

»Und ich glaube immer noch fest daran, dass das die gesündere Variante war«, hält mein Vater dagegen.

»June.« Meine Mutter streckt die Hand nach mir aus, doch ich weiche zurück. »Dein Vater und ich haben diese Entscheidung für dich, Poppy und Sequoia getroffen, weil wir wollen, dass ihr die Welt mit anderen Augen betrachtet. Wir wollen, dass ihr über den Tellerrand blickt. Es gibt so viele Schäfchen auf der Welt, die, ohne nachzudenken, alles nachahmen, was ihre Nachbarn und Freunde tun. Die Welt und all die Entscheidungen darin sind nicht einfach schwarz und weiß. Wir wollen euch zu Freidenkern erziehen.«

»Kleine Nachricht am Rande: Wenn ich mit sechzehn an Kinderlähmung sterbe, werde ich nicht alt genug, um irgendwas zu sein.«

Mein Vater funkelt mich an. »Jetzt übertreibst du aber maßlos.«

»Wie kannst du das sagen, obwohl gerade ein sechs Wochen altes Kind an Masern gestorben ist? Nachdem ich deshalb im Krankenhaus gelandet bin?«

Er schüttelt so heftig den Kopf, dass sich ein paar Strähnen aus seinem Dutt lösen. »Du bist aber kein sechs Wochen altes Baby, sondern ein starkes, gesundes, sechzehnjähriges Mädchen. Und die Tatsache, dass du jetzt hier vor mir stehst, ist der beste Beweis, dass du die Masernimpfung nicht nötig hattest. Es ist viel gesünder, das Virus zu bekommen und natürliche Antikörper dagegen zu entwickeln. Irgendwann wirst du mich verstehen. Das ist die Lehre der Welt und die ist schließlich das beste Klassenzimmer. Hör ihr zu.«

»Die Welt?« In einer verzweifelten Geste werfe ich die Hände in die Luft. »Oh, bitte. Unsere Küche ist mein Klassenzimmer. Das ist ja das Problem. Hier ist es stinklangweilig und es gibt nichts zu sehen außer Rührei und dreckiges Geschirr.«

»Oh, nicht schon wieder das Thema. Du verbringst jede Menge Zeit draußen, gehst wandern, surfen. Deine Mutter und ich haben das immer unterstützt.«

»Aber ich will Leute kennenlernen und ein richtiges Schulleben haben. Bei AGs mitmachen, mir Footballspiele ansehen und auf den Abschlussball gehen. Aber wenn ich weiter mit meiner Schwester und meinem Bruder in unserer Küche zur Schule gehe, wird das nichts. Kannst du das nicht verstehen?«

»Niemand hindert dich daran, Freundschaften zu schließen. Du kannst sofort loslegen.« Demonstrativ blättert mein Vater durch einen Papierstapel auf dem Tisch. »Die Broschüre haben wir gestern erst bekommen.« Er wirft sie mir zu. »Beleg einen Malkurs. Oder melde dich freiwillig zum Müllsammeln am Strand.«

Ich zerknülle die Broschüre in der Faust. »Jugendliche in meinem Alter gehen nicht zum Müllsammeln an den Strand, um Leute zu treffen. Die lernen ihre Freunde in der Schule kennen. Wenn ich meine Impfungen bekommen habe, könnte ich zur Playa auf der anderen Straßenseite gehen.«

»Juniper«, seufzt mein Vater. »Selbst wenn du ohne irgendeine Impfung die Schule gegenüber besuchen dürftest, würden wir dich nicht gehen lassen. Das ist nicht die Art von Ausbildung, die wir für dich und deine Geschwister vorgesehen haben. Und da du noch minderjährig bist, bräuchtest du unsere Erlaubnis, um dich anzumelden. So läuft das nun mal.«

»Mit anderen Worten, ich werde nie ein Sozialleben haben.«

»Wir machen bald wieder Wandertage. Da lernst du andere Kinder kennen, die auch zu Hause unterrichtet werden«, versucht meine Mutter mich zu beschwichtigen. »Und wirklich, June: Alles, was du über die Highschool gesagt hast, wird völlig überbewertet. Ich bin auf eine herkömmliche Schule gegangen und habe nichts davon mitgenommen außer vier Jahre Stress und Mobbing.«

»Mom, ich bin nicht du. Ich habe mein eigenes Leben. Und deine tragische Jugend ist mir momentan ziemlich egal.«

Sie lässt sich in einer dramatischen Bewegung aufs Sofa sinken und sieht meinen Vater kopfschüttelnd an. »So langsam weiß ich nicht mehr, was ich dazu noch sagen soll.«

»Ich schon.« Mein Vater stößt den Zeigefinger in meine Richtung. »Du wirst zu Hause unterrichtet und damit basta. Impfungen stehen in dieser Familie nicht zur Debatte. Du erhältst eine sehr gute Ausbildung, ganz zu schweigen von der praktischen Anleitung, mit der wir euch auf das Leben vorbereiten.«

»Hörst du dir eigentlich manchmal selbst zu? Ihr wollt uns also auf das Leben vorbereiten. Ihr sagt mir, ich soll die Welt mit anderen Augen betrachten. Für mich und meine Überzeugungen einstehen. Aber wenn ich Dinge anders sehe als ihr, könnt ihr nicht damit umgehen. In Wirklichkeit wollt ihr gar nicht, dass ich ein eigener Mensch mit eigenen Vorstellungen bin. Ihr wollt einfach nur, dass ich so werde wie ihr.«

»June«, sagt meine Mutter erschöpft.

»Ich habe da mal eine Frage. Wenn ich in einen rostigen Nagel trete und, sagen wir mal, er steckt so tief in meinem Fuß, dass ich in die Notaufnahme muss wie jetzt, als ich die Masern hatte. Wenn die Ärzte sagen, ich brauche eine Tetanusspritze, was würdet ihr tun? Würdet ihr antworten, nein, danke, wir reiben ein bisschen was von unseren pseudomedizinischen ätherischen Ölen drauf und hoffen das Beste?«

Meine Mutter lacht sarkastisch auf. »Wo willst du denn hier bitte schön in einen rostigen Nagel treten?«

Ich hebe die Hand. »Warte mal. *Das* ist deine Antwort auf das, was ich gerade gesagt habe?«

Meine Mutter massiert sich die Schläfen, um den Kopfschmerz loszuwerden, der sie immer befällt, wenn sie angespannt ist.

Mein Vater stottert. »Erstens müssten die uns schon mit verdammt guten Argumenten kommen, bevor wir dir irgendwas spritzen lassen.«

Ich richte mich auf und sehe ihm direkt in die Augen. »Ihr liebt eure Überzeugungen mehr als mich.«

»Das ist nicht wahr«, widerspricht meine Mutter.

»Bist du dir da sicher?« Ich mustere sie mit einem harten Blick. »Für mich fühlt es sich so an. Vielleicht solltet ihr mal drüber nachdenken.«

»Da muss ich überhaupt nicht drüber nachdenken. Wir haben alles immer nur für euch gemacht. Ihr seid für uns das Allerwichtigste.«

»Wie auch immer. Ich geh ins Bett.«

»Gut«, sagt mein Vater. »Jetzt ist nämlich Schluss mit den Diskussionen. Ich bin es leid, darüber zu streiten. Das Thema ist hiermit durch.«

Ich stürme die Treppe hoch und kümmere mich nicht darum, ob meine lauten Schritte Poppy und Sequoia wecken.

In meinem Zimmer nehme ich ein Blatt Papier von meinem Schreibtisch und ziehe eine Linie in der Mitte. Auf eine Seite schreibe ich die vermeintlichen Nachteile, die meine Eltern mir immer wieder vorbeten: *Autismus, Lähmung, allergische Reaktionen, die Pharmaindustrie, alles Betrug der Regierung.*

Auf die andere Seite schreibe ich die Vorteile: NICHT STERBEN. NICHT DEN TOD ANDERER VERURSACHEN.

Ich unterstreiche den Satz dick und fett und setze ein paar Ausrufezeichen dahinter. Dabei drücke ich den Stift so hart auf das Papier, dass es einreißt und ein paar Löcher entstehen. Verärgert knülle ich die Liste zu einem Ball zusammen und werfe ihn quer durchs Zimmer.

Mein Vater hat gesagt, Schluss mit den Diskussionen. Offensichtlich muss ich einen Weg finden, das allein durchzuziehen. Dr. Villapando hat gesagt, ich soll mir einen guten Anwalt suchen. Das hat er nicht ernst gemeint. Ich aber schon.

Ich bringe meine Eltern vors Gericht.

VIERZEHN

Heute ist mein erster Montag zurück auf dem Wochenmarkt und es fühlt sich seltsam an, wieder hier zu sein. Mir kommt es ohnehin schon so vor, als würde ich ständig ein Geheimnis mit mir herumtragen, aber hier ist das Gefühl noch viel stärker. An diesem Ort habe ich die kleine Kat angesteckt.

Diesmal habe ich dafür gesorgt, dass wir den Sonnenschirm mitnehmen. Während Mom ihre Kräuterbündel und ätherischen Öle auf dem Klapptisch aufreiht, mühe ich mich damit ab, ihn aufzuspannen.

Mary kommt mit einem Korb Äpfel vorbeigeschlendert und bleibt stehen, als sie mich sieht. »Juniper Jade, wo warst du nur, mein Sonnenschein? Ohne dein Lächeln hat hier was gefehlt.«

»Ich war krank«, antworte ich. Meine Mutter zaust mir durchs Haar, als wäre ich ein Kleinkind und wir hätten uns gestern Abend nicht im Wohnzimmer gestritten. »Poppy und Sequoia auch.«

»Oje. Das muss ja schlimm gewesen sein, wenn du so lange außer Gefecht warst. Was hattest du denn?«

Ich öffne den Mund, aber meine Mutter drückt ihren Arm so fest auf meine Brust, dass sie mir fast den Atem nimmt.

»Wenn man drei Kinder hat, kommt scheinbar immer eins zum anderen«, sagt sie.

»Oh ja. An die Zeiten kann ich mich auch noch gut erinnern.« Mary hebt ihren Korb an die Brust und weicht einen Schritt zurück. »Wir haben hier alle die Warnung vom Gesundheitsamt bekommen, dass jemand auf dem Wochenmarkt die Masern hatte. Ich hoffe, das war es nicht. Zuletzt war die Rede von zehn bestätigten Fällen in Kalifornien. Und ihr habt sicher von dem Baby gehört, das gestorben ist.«

Mein Blick huscht zu meiner Mutter und wieder zurück zu Mary, die mich eingehend mustert.

»Es waren nicht die Masern«, erklärt meine Mutter mit fester Stimme. »Uns geht es gut und die Kinder haben wieder Schule.«

»In der Küche«, werfe ich ein.

»Nun, das ist gut.«

»Das ist es wirklich«, bekräftigt Mom.

Mary lächelt meine Mutter an. »Na dann, auf ein gutes Geschäft heute.«

Meine Mutter reckt den Daumen hoch. »Dito, Mary.«

Ich drehe meiner Mutter den Rücken zu und verdrehe die Augen, während ich mir die Schürze umbinde. *Melinda Jade: Die Königin der Übertreibung.*

Sobald Mary außer Hörweite ist, zischt meine Mutter mir zu: »Die Frau ist das größte Klatschmaul der Stadt. Wag es ja nicht, ihr irgendwas zu erzählen. Muss ja keiner wissen, dass du Masern hattest. Behalt das für dich.«

Ich umklammere die Flaschen mit ätherischen Ölen so fest, dass sie zu zerspringen drohen. Heute sind weniger Leute da. Vielleicht, weil der Sommer vorbei ist und niemand mehr vom Strand vorbeikommt, um sich mit einer kleinen Stärkung und frischem Obst zu versorgen. Unser Stand ist ohnehin nie so gut besucht wie die anderen, aber heute verkaufen wir fast gar nichts.

Irgendwann entdecke ich Mary, wie sie mit einer anderen Frau die Köpfe zusammensteckt. Mir rutscht fast das Herz in die Hose. Die kenne ich. Vom Markt und aus der Notfallambulanz. Dieser strenge Dutt und das perfekt aufeinander abgestimmte Outfit. Das ist die Frau, die mich an Mimi erinnert hat. Mary zieht noch zwei junge Mütter mit ihren Kinderwagen zu sich. Sie beugen sich vor und lauschen dem gedämpften Flüstern der älteren Frau. Dabei folgen ihre Blicke dem zeigenden Finger. Landen auf mir. Und urteilen. Sie ziehen die Kinderwagen näher an sich heran, um die Entfernung zu vergrößern. Eine von ihnen macht mit ihrem Smartphone ein Foto von Mom und mir.

Wozu das Foto?

Da steht plötzlich die Frau in Anzug und Flip-Flops vor mir am Stand und mein Blick zuckt von der Gruppe weg. »Habt ihr Minze?«

»Haben wir«, sage ich und starre auf ihre Füße. Ich hätte sie zu gern gefragt, warum sie Flip-Flops trägt. Ob das bei ihr im Büro erlaubt ist? Hat sie überhaupt ein Büro? Oder arbeitet sie immer an ihrem Tisch bei Starbucks? Doch anstatt sie irgendwas von diesen Dingen laut zu fragen, löse ich vorsichtig ein Bündel Minze aus dem Haufen. »Wie viel möchten Sie?«

»Ein Bündel reicht völlig. Ich trinke es gern in meinem Tee.«

Sie zahlt und ich schiebe das Geld in meine Schürzentasche. »Danke, dass Sie vorbeigekommen sind. Der Tag ist bisher ziemlich ruhig.«

»Ja, na ja, das liegt wahrscheinlich daran, dass der Sommer vorbei ist«, sagt sie.

»Wahrscheinlich.« Ich beiße mir auf die Zunge, um nicht mehr zu sagen. »Genießen Sie die Minze. Und Ihren Tee.«

Sie hält das Bündel hoch, als würde sie mir zuprosten. »Werde ich.«

Als wir ein paar Stunden später zusammenpacken, kommt die ältere Frau mit dem strengen Dutt an unserem Stand vorbei.

Sie starrt meine Mutter und mich an.

Ich richte mich auf und starre zurück.

»Ich weiß, wer du bist.« Aus ihrem Mund klingt es wie eine Drohung. Mir läuft es eiskalt den Rücken hinunter.

FÜNFZEHN

Am nächsten Tag, lange nachdem ich den Vormittag damit verbracht habe, in unserer Küchenschule artig einer Vorlesung über chemische Verbindungen zu lauschen, und nachdem die vollen Schulbusse die Haltestelle der Highschool auf der anderen Straßenseite verlassen haben, unterbreche ich meinen Dad am Nachmittag bei seiner Arbeit als Lektor und sage ihm, dass ich zur Stadtbücherei gehe, um ein paar Sachen nachzuschlagen.

»Sehr gut«, sagt er.

Denn eines, was er unweigerlich zugeben muss, ist die unbestreitbare Tatsache, dass unser Haus nicht für tiefergehende Recherchen ausgestattet ist. Grandmas Enzyklopädien von 1989 sind das beste Beispiel dafür. Hinzu kommt, dass wir nur einen Computer für die gesamte Familie haben, die Arbeit meines Vaters eingeschlossen, und ein Tablet. Ein Tablet, vor dem Sequoia gerade klebt und ein Mathe-Tutorial macht – näher wird er einem Videospiel wohl nie kommen. Ich muss also wirklich zur Bücherei. Wenn er annimmt, dass es in meinen Recherchen heute um den Englischaufsatz geht, den er mir aufgegeben hat, und nicht darum, ihn vor Gericht zu bringen, ist das ja nicht meine Schuld.

Unser Haus liegt nur einen Häuserblock von der Innenstadt entfernt, doch der Geruch von Sturm liegt in der Luft, also eile den Bürgersteig entlang und versuche, ihm zuvorzukommen. Playa Bonita ist ziemlich klein und die briefmarkengroße

Bücherei im Stadtzentrum ist der beste Beweis dafür. Die abgewetzten orangen Teppiche sehen aus, als wären sie seit den Siebzigern nicht mehr ausgetauscht worden, und von den Büchern in den Metallregalen geht ein muffiger Geruch aus. Als ich die Eingangstür aufstoße, klingeln mir der helle Gesang und die nervtötenden Tambourinklänge vom Erzählkreis des örtlichen Kindergartens in den Ohren. Hinten in einer Ecke unternehmen Kleinkinder auf ihren stämmigen Beinchen stampfend erste Tanzversuche und ihre Mütter und Babysitter klatschen abwechselnd in die Hände und machen Schnappschüsse mit ihren Smartphones.

Normalerweise gehe ich immer schnurstracks zur Jugendbuchabteilung und vergrabe mich mit einem Buch in einem der prall gefüllten Sitzsäcke. Aber heute brauche ich die Computerabteilung, ein verglaster Raum, in dem zwölf Apple-PCs und zwei Drucker stehen. Dafür muss ich mich erst vorne am Tresen anmelden. Die letzten paar Male, als ich hier war, hat dort eine ältere Frau gearbeitet, die mitten im Sommer eine Strickweste mit Weihnachtsmotiv trug. Aber heute sitzt dort jemand Neues. Ein schlaksiger Junge mit wuscheligen Locken, der ein T-Shirt der Playa Bonita Highschool trägt und Arthur Millers *Hexenjagd* liest. Zu seinen Füßen steht ein Rucksack, der vor lauter Büchern aus allen Nähten platzt.

Ich mag *Hexenjagd.*

Ich mag Jungs, die lesen.

Ich mag wuschelige Locken.

Mein Vater hat mir gesagt, ich soll rausgehen und in einem Malkurs Leute kennenlernen. Wie wäre es mit jemandem in der Bücherei?

»Das ist super«, bemerke ich und zeige auf sein Buch. Sofort höre ich das nervöse Zittern in meiner Stimme, hoffe aber, dass es ihm nicht auffällt. »Hab ich auch gelesen.« Ich verdrehe die

Augen über mich selbst. »Na ja, versteht sich wohl von selbst. Sonst würd ich ja nicht sagen, dass es gut ist.«

»Ich glaube es dir.« Er sieht mich mit seinen großen braunen Augen an und lächelt. Meine Knie werden so weich, wie seine Haare aussehen. »Ist aber stellenweise ganz schön brutal, findest du nicht?«

»Oh ja, auf jeden Fall. Geht um Mob-Mentalität.« Ich widerstehe dem Drang, einen Stuhl heranzuziehen und ihm alles über den Aufsatz zu erzählen, den ich für meinen Vater geschrieben habe. »Brutale Angelegenheit.«

»Gruselige Angelegenheit.« Er schaudert. »Menschen sind echt gruselig.«

Nicht geimpft zu sein, ist gruselig. Bei der Gelegenheit fällt mir wieder ein, warum ich hier bin. »Ich muss an einen Computer.«

»Such dir einen aus.« Er macht eine Handbewegung in Richtung Computerraum und schlägt sie dabei aus Versehen gegen die Wand. Seine Ungeschicktheit beruhigt mich ein bisschen und ich überlege, wie ich ihn beschreiben würde: *schlaksig und ein bisschen unbeholfen, fühlt sich aber wohl in seiner Haut.* »Dafür brauch ich aber deinen Ausweis. Als Pfand.«

»Warum? Haben echt Leute versucht, hier Computer zu klauen?«

Sein Mund verzieht sich zu einem amüsierten Lächeln. »Um ehrlich zu sein, keine Ahnung. Jetzt, wo du es sagst, ist es tatsächlich eine ziemlich komische Regel.«

»Einen Computer aus der Bücherei zu klauen, scheint mir ein zu großer Aufwand. Viel zu schwer und zu kompliziert. Auch mit dem Kabel, das dann an dir runterbaumeln würde.« Ich zeichne mit meinem Finger einen Schnörkel in der Luft, fische dann meinen Büchereiausweis aus der Vordertasche meines Rucksacks und schiebe ihn über den Tresen.

Er mustert ihn. »Juniper, hm?«

»Jup, das bin ich.«

»Cooler Name.«

»Nicht wirklich.«

»Verstehe.« Er zeigt auf sich. »Ich bin Nico. Die meisten Leute mögen meinen Namen ganz gern, aber ich nicht.«

»Mir gefällt er besser als Juniper.«

»Das ist doch mal was.« Er grinst und seine braunen Augen leuchten auf. »Ich glaube, meine Eltern haben sich ein bisschen zu viel Mühe gegeben, mir einen coolen Namen zu geben, und jetzt hab ich keine Chance, den Erwartungen gerecht zu werden.«

»Schon lustig, wie der Name mehr über denjenigen aussagt, der ihn ausgesucht hat, als über denjenigen, der damit leben muss.«

»Hm.« Er nickt und seine Haare fallen nach vorn. »So hab ich da noch nie drüber nachgedacht.«

Ich zucke mit den Schultern. »Vielleicht hab ich ein bisschen zu viel drüber nachgedacht.«

»Zu viel denken geht doch gar nicht.«

»Wenn du das sagst.« Ich vergrabe meine Hände in den Hosentaschen und lasse den Blick durch den Raum wandern. »Also ... Computer?«

»Ach ja. An welchen willst du?«

Im gläsernen Computerraum sitzt nur eine andere Person – eine Frau mittleren Alters, die sich eine Internetseite mit Beanie Babys ansieht. Sie scrollt durch die Kuscheltiere und hält alle paar Sekunden inne, um eine Notiz auf den gelben Notizblock neben sich zu kritzeln.

Ich zeige auf den Computer, der am weitesten von ihr entfernt steht. »An den da.«

»Glückszahl sieben also«, kommentiert Nico, während er meinen Büchereiausweis in den zugehörigen Schlitz eines nummerierten Plastikkartenhalters an der Wand schiebt.

»Es gibt keine Glückszahlen.«

»Wie erklärst du dir dann die Lotterie?«

»Mathe.«

»Was ist, wenn Leute gleich zwei Mal im Lotto gewinnen?«

»Immer noch Mathe. Wusstest du, dass in Bulgarien einmal die gleichen sechs Gewinnerzahlen im Abstand von nur vier Tagen gezogen wurden?«

»Echt? Klingt nach Betrug, wenn du mich fragst.«

»Das war kein Betrug. Zieh dir irgendwann mal *The Improbability Principle* rein, da geht es um das Unwahrscheinlichkeitsprinzip. Dann wirst du sehen, dass alles, von dem du denkst, es ist selten, eigentlich gar nicht so selten ist. Zufälle geschehen andauernd, die Leute erklären es sich einfach nur mit Glück.«

»Puh.« Er kratzt sich am Kopf. »Wo bleibt denn da der Spaß?«

»Die Realität ist selten ein Spaß.«

»Stimmt auch wieder.«

»Sorry, wenn ich deinen Glauben zerstört habe.«

Er lächelt. »Hast du nicht.«

»Okay. Gut.«

Während ich mich an den mir zugewiesenen Computer setze und Google aufrufe, verschwindet er wieder hinter seinem Buch. Nach ein paar erfolglosen Suchanläufen nach meinem Recht auf Impfung stolpere ich über Sorgerechtsstreits, in denen einer der geschiedenen Eheleute das Kind impfen lassen will und der andere nicht. Aber keinerlei Infos für eine Minderjährige, die noch nie gegen Polio geimpft wurde, es aber gerne wäre.

Ich finde heraus, dass ich für die HPV-Impfung, psychotherapeutische Behandlungen oder einen Test auf sexuell übertragbare Krankheiten keine Erlaubnis meiner Eltern benötige. In Kalifornien kann ich sogar abtreiben, ohne meinen Eltern davon zu erzählen. Ich verstehe einfach nicht, warum ich für all diese Dinge eine medizinische Behandlung bekomme, aber keine Meningitis-Impfung.

Vielleicht hatten die Ärzte einfach noch nie mit jemandem wie mir zu tun.

Vielleicht muss ich die Erste sein.

Vielleicht muss ich diejenige sein, die den Weg als Erste geht.

Ich stoße auf ein paar Seiten über die Vorteile (und die angeblichen Nachteile) von Impfungen. Die will ich später in Ruhe lesen und drucke sie mir für zehn Cent pro Seite aus. Nun kann ich es mir für den Rest der Zeit mit einem guten Buch in einem der Sitzsäcke gemütlich machen.

»Danke, dass du keinen Computer geklaut hast«, sagt Nico, als er mir meinen Ausweis wieder aushändigt. »Ich bin nicht sonderlich schnell.«

»Ich auch nicht.«

Die nächste Stunde verbringe ich in einem der Sitzsäcke und lese eine Geschichte über ein Mädchen, das im Sommer, bevor sie aufs College geht, metaphorische Monster bekämpft, bis ich einen steifen Nacken habe. Ich beschließe, das Buch auszuleihen und es zu Hause mit meiner Impflektüre zu beenden. Während ich in mein Buch vertieft war, muss es wohl einen kurzen Wolkenbruch gegeben haben, denn der Asphalt draußen glänzt vor Nässe. Ich entdecke Nico bei den Fahrradständern neben der Bücherrückgabebox, wo er gerade ein knallgrünes Fahrrad mit zehn Gängen aufschließt.

»Hey, Juniper mit dem coolen Namen«, sagt er, als ich vorbeilaufe.

»Oh.« Ich verlagere mein Gewicht von einem Fuß auf den anderen. »Hi.«

Er holt mich ein. Statt auf dem Sattel zu sitzen, steht er lässig mit einem Fuß auf der Pedale und wir warten darauf, dass die Ampel grün wird. Als er zu mir hinübersieht, lächelt er, und weil er ein schönes Lächeln hat, kann ich nicht anders und lächle zurück. Schöne Zähne hat er auch. Wie jemand, der mal eine Zahnspange getragen hat.

»Deine Schicht ist also vorbei?«

»Jep. Bin durch für heute.«

»Arbeitest du gern in der Bücherei?«

Er zuckt mit den Achseln. »Ist ganz okay. Hauptsache, ein Job. Außerdem habe ich an Feiertagen frei. Nur an Halloween nicht.«

»Hoffentlich machen sie Halloween eines Tages zum Nationalfeiertag«, bemerke ich und Nico nickt eifrig. »Ein ziemlich guter Feiertag.«

»Ja, ziemlich gut.« Ich seufze. »Abgesehen davon, ich will auch einen Job. Die Bücherei hört sich nach einem coolen Job an. Die Bücher sind natürlich das Beste, aber ich schätze mal, mit denen hast du gar nicht so viel zu tun.«

»Ja. Die haben mich in den Computerraum gesteckt, weil ich Fehler beheben und die Druckerpatronen wechseln kann. Aber immerhin kann ich dabei so viel lesen, wie ich will.«

»Das ist ziemlich cool.«

»So richtig gut wird es erst im Sommer. Bisher habe ich nur Bücher für die Schule gelesen.«

»Ich schätze mal, du gehst zur Playa Bonita?« Ich zeige auf sein T-Shirt.

»Ja. Du auch? Ich hab dich da noch nie gesehen.«

»Ich gehe bei uns in der Küche zur Schule. Meine Eltern unterrichten uns zu Hause. Unser Maskottchen ist der Staubsauger.«

Er lacht und mir gefällt sein Lachen. Voll und echt, kommt direkt aus dem Bauch. »Ich hab noch nie jemanden getroffen, der zu Hause unterrichtet wird. Hört sich eigentlich nach einem guten Deal an. Mehr Freiheiten und so.«

»Ich hasse es.«

»So, wie du auch deinen Namen hasst?«

»Wie du siehst, sind meine Eltern echt die schlimmsten.«

»Das ist übel.«

Die Ampel springt auf Grün, doch statt auf seinem Fahrrad davonzufahren, springt er von der Pedale und läuft auf dem Gehweg neben mir her.

»Wohnst du auch in diese Richtung?« Ich frage mich, ob er wohl ein Nachbar ist, dem ich noch nie über den Weg gelaufen bin.

»Nee. Aber ich hab um sechs ein Treffen mit dem Filmclub.«

Ich sehe auf meine Uhr. »Ich glaub, dann kommst du zu spät. Es ist sieben nach sechs.«

»Ein bisschen zu spät kommen ist lässig«, sagt er. »Musst du auch in die Richtung?«

»Ich wohne direkt gegenüber von der Schule.«

»Magst du Filme?«

»Ich liebe Filme. Nicht dass ich viele gesehen hätte.«

»Willst du mit mir zu diesem Filmclubtreffen gehen? Wir gucken *Stand by Me* als Teil unserer Stephen-King-Reihe.«

»Wäre das der Moment, in dem ich dir sage, dass ich ihn noch nie gesehen habe?«

»Na, darum geht es ja bei der ganzen Sache.«

Ich lache. »Ach so.«

»Also willst du mitkommen und mit mir ein Film-Nerd sein?«

Ich blicke die Straße hinunter zu unserem Haus. Meine Mutter gräbt gerade ihre Hochbeete unter dem Fenster zur Straße um. Sie kehrt mir den Rücken zu.

»Lass mich kurz … ich frage schnell meine Mutter. Warte hier, okay?«

»Äh, okay. Aber ich kann auch mitkommen, wenn du willst. Ich hab kein Problem damit, Eltern kennenzulernen.«

»Nein, ich geh besser allein.«

»Okay.«

Während Nico auf dem Gehweg stehen bleibt und sein Fahrrad mit einer Hand am Sattel festhält, haste ich zu unserem Haus.

»Mom«, rufe ich, schon als ich auf sie zueile.

Sie dreht sich um, die Gartenhandschuhe voller Erde. »Um Himmels willen, Juniper, wo brennt es denn?«

»Tut mir leid. Ich habe es nur eilig. Ich war in der Bücherei und habe da ein paar andere Schüler getroffen, die gerade in Englisch das gleiche Buch durchnehmen.« Dass ich einen Film sehen will, kann ich ihr nicht sagen. Sie würde den Namen wissen wollen, damit sie die Handlung nachlesen und die Altersfreigabe überprüfen kann. Das würde ewig dauern. »Sie treffen sich heute Abend mit einer Lerngruppe in der Schule. Kann ich auch hingehen?«

Sie wischt sich mit dem Handrücken über die Stirn und hinterlässt einen Streifen Erde. »Das ist ja ein Zufall.«

»Ja, Wahnsinn, oder? Ich musste nicht mal zum Müllsammeln am Strand gehen, um Leute kennenzulernen.«

»Hmpf. Du bist also nur da drüben in der Schule? Auf der anderen Straßenseite?«

»Jep.«

»Für wie lange?«

»Ein paar Stunden.«

Sie zieht ihren Handschuh ein bisschen runter, um auf die Uhr zu sehen. »Dann hast du Zeit bis kurz nach acht. Klingt vernünftig.«

»Danke, Mom.« Am liebsten wäre ich ihr um den Hals gefallen, weil sie mich einfach so gehen lässt.

»Hmhm.« Sie wirft einen Blick die Straße hinunter und entdeckt Nico. »Ist der Junge da der Einzige in der Lerngruppe? Wo sind denn all die anderen?«

»Sie sind schon reingegangen. Nico hat auf mich gewartet, damit ich weiß, wo ich hinmuss.«

»Er hätte wenigstens mit rüberkommen können, um Hallo zu sagen.«

»Wollte er auch. Ich hab ihm gesagt, dass es schon okay ist.«

»Ich fände es ziemlich okay, wenn er es getan hätte. Fürs nächste Mal.«

»Okay«, sage ich über die Schulter, während ich schon die Haustür aufstoße. Ich lege mein ausgeliehenes Buch auf den Wohnzimmertisch und schnappe mir das Buch, das ich gerade für unsere Küchenschule lese. Dann eile ich die Straße hinunter zu Nico, bevor meine Mutter noch auf die Idee kommt, mir selbst gemachte Riegel aus Haferflocken und Leinsamen in die Hand zu drücken, damit ich sie unter den anderen Kindern verteile und sie ihren Verdauungsapparat reinigen.

Nico hebt die Augenbrauen. »Und?«

»Ich darf gehen.«

»Ja?«

Ich lache. »Ja.«

»Cool«, sagt er und grinst so breit, dass mein Magen einen Salto schlägt.

So cool.

SECHSZEHN

Als wir schließlich das Klassenzimmer erreichen, hat der Film schon angefangen. Die Lichter sind aus und ich stolpere über meine eigenen Füße, als ich im Dunkeln versuche, einen Sitzplatz zu finden. Nico stellt seinen Rucksack neben der Tür ab und nimmt meine Hand. Ich folge ihm durch ein unberechenbares Labyrinth aus Tischen und den Beinen Dutzender Schüler, die es sich auf dem Boden gemütlich gemacht haben.

Ich habe noch nie die Hand eines Jungen gehalten. Wobei das nicht wirklich als Händchenhalten durchgeht. Mach dir bloß nichts vor, Juniper. Egal. Ich mag das Gefühl. Nicos Griff ist fest, aber nicht zu stark. Und als ich mir einbilde, einen sanften Druck zu spüren, versuche ich, mich nicht in eine sprudelnde Pfütze aufzulösen. Ich bekomme kaum mit, wie er im Vorbeigehen einen Pizzakarton von einem nahen Tisch nimmt.

Schließlich findet er ein freies Plätzchen für uns am Boden, wo wir uns mit dem Rücken an die Wand lehnen können. Wir sitzen ganz für uns, ein Stück von den anderen entfernt. Er stellt den Pizzakarton zwischen uns, hebt den Deckel an und leuchtet mit seinem Handydisplay hinein. »Würstchen und Peperoni«, flüstert er. »Ich hoffe, du bist keine Vegetarierin?«

Ich flüstere zurück: »Zu Hause machen wir normalerweise Pizza aus Blumenkohl und häufen massenhaft Gemüse obendrauf.«

»Ich kann uns was anderes holen.«

Er klappt den Deckel zu und stößt sich von der Wand ab, um aufzustehen, aber ich halte ihn auf, indem ich ihm den Arm quer über die Brust lege, genau wie meine Mutter es immer bei mir macht, wenn sie bei Bessie hart auf die Bremse treten muss. »Nein, ist schon okay. Ich bin ja nicht zu Hause.«

»Sicher?«

»Hundert Prozent.«

»Na dann, hau rein«, flüstert er.

In meinem Hinterkopf höre ich meinen Vater Vorträge über industriell verarbeitetes Fleisch halten. Ich wische ihn weg wie eine lästige Fliege, nehme mir ein Stück und beiße hinein. Die Pizza ist salzig, fettig und so gut, dass ich ein kleines bisschen aufstöhne und Nico damit zum Lachen bringe. Ich erstarre, in Erwartung, dass die anderen uns zuzischen, wir sollen gefälligst leise sein.

Nico lehnt sich zu mir rüber, damit nur ich ihn hören kann. »Gut, oder?«

»Oh mein Gott.« Ich nehme noch einen Bissen. »Wo war die in meinem bisherigen Leben?«

»Bei Arnoldi's haben sie es echt drauf. Die Pizza ist der Hammer. Für die Kruste schwören sie auf Wasser aus New York, das sie extra einschiffen lassen.«

Nachdem wir jeder zwei Stücke verdrückt haben, schiebt Nico den Karton beiseite und wir lehnen uns gegen die Wand. Auf der Leinwand wird gerade ein Kind von einem Hund über einen Schrottplatz gejagt und unterdrücktes Kichern geht durch die Reihen.

»Das ist einer meiner Lieblingsfilme«, flüstert Nico mir ins Ohr, und als sein Atem über meinen Nacken streicht, läuft mir ein angenehmes Prickeln den Rücken hinunter. Ich spüre es die ganze Wirbelsäule hinunter und bis in meine Fingerspitzen.

Ich versuche, mich auf den Film zu fokussieren, doch in

Wahrheit bin ich zu sehr von Nico abgelenkt, der so nah sitzt, dass ich mich auf nichts anderes konzentrieren kann als seinen Atem. Jedes Mal, wenn er Luft holt, drückt seine Schulter ein winziges bisschen gegen meine. Ich frage mich, ob er es wohl auch bemerkt. Ich kann keinen klaren Gedanken fassen, außer dass ich seine Hand in meiner vermisse.

Krieg dich wieder ein, Juniper. Ist schließlich nur ein Film, ein paar Stücke Gratispizza, keine filmreife Anfrage, ob du mit ihm zum Abschlussball gehen willst.

Trotzdem. Seine Schulter berührt meine immer noch.

Als der Film vorbei ist, hat niemand es eilig, aufzustehen und das Licht anzuschalten. Ich am allerwenigsten. Und ich bin froh, dass Nico es auch nicht macht.

Er stößt einen glücklichen Seufzer aus. »Das beste Zeichen für einen guten Film«, raunt er mir ins Ohr, und mein Körper beginnt wieder zu brodeln. »Manchmal muss man danach noch ein bisschen im Dunkeln sitzen bleiben und alles auf sich wirken lassen.«

»So geht es mir oft mit Büchern. Wenn ich die letzte Seite gelesen habe, muss ich es manchmal richtig umarmen. Um mich eine Minute zu sammeln oder so was. Um durchzuatmen. Ich weiß auch nicht.« Nico legt seinen Kopf schief und mustert mich.

»Was? Ist das so komisch?«

»Überhaupt nicht.«

»Na, dann bin ich ja beruhigt.«

»Welche ist deine liebste Buchverfilmung?«

Ich lege meine Stirn in Falten. »Jetzt verlangst du von mir, bei was in die Tiefe zu gehen, wo ich mich nicht sonderlich gut auskenne. Ich hab nicht viele Filme gesehen. Erzähl mir lieber, welche deine liebste ist.«

»Wahrscheinlich *The Shining*.« Er beugt sich vor und stupst mich mit dem Ellbogen an. »Aber erzähl es nicht Stephen King.«

»Ich versuch, dran zu denken. Ich mein, immerhin sind wir so miteinander.« Ich kreuze meinen Mittelfinger über meinen Zeigefinger.

Er sieht mir in die Augen und lächelt. »Du Glückliche. Er ist ein Genie. Hoffentlich bringt er dir alles bei, was er weiß.«

»Aber du weißt schon, dass er Bücher schreibt und keine Filme macht, oder?«

Er nickt. »Hast du jetzt alle Achtung vor mir verloren, weil ich seine Filme besser kenne als seine Worte?«

»Nein.«

»Cool.«

»Aber warum sollte ich meinem besten Kumpel Steve nicht erzählen, dass *The Shining* deine Lieblingsverfilmung ist?«

»Na ja, ich bin natürlich nicht so dicke mit ihm wie du, aber er hat ja schon ziemlich deutlich zum Ausdruck gebracht, dass ihm Kubricks Adaption nicht gefällt. Nennt sie frauenverachtend. Sagt, es mangelt ihr an emotionaler Tiefe. War damals ein Riesending, weißt du?«

»Wirklich?«

»Jep.«

»Siehst du das auch so?«

»Ich verstehe schon, was er meint.« Nico unterbricht sich, als würde er nach Worten suchen. »Es ist nur … *The Shining* ist ästhetisch einfach wahnsinnig gut, weißt du?«

»Keine Ahnung, ich hab ihn ja nicht gesehen. Gibt es denn überhaupt Verfilmungen, die ihm gefallen haben?«

»Angeblich diese. *Stand by Me*.«

»Dann bin ich froh, dass wir sie gesehen haben.«

»Ich auch.«

Irgendwann flammt doch das Licht auf. Nico drückt den Rücken gegen die Wand, hebt die Arme über den Kopf und streckt sich.

Unfreiwillig fällt mein Blick auf ein kleines Stück Haut, das unter seinem T-Shirt aufblitzt.

»Dir hat es also gefallen?«, fragt er.

Im ersten Moment bin ich verwirrt und denke, er meint seinen Bauch, aber dann fällt mir der Film wieder ein. »Doch, war ziemlich gut. Sogar die Kotzszene.«

»Tut mir leid, dass wir zu spät gekommen sind. Vielleicht können wir ihn irgendwann noch mal von Anfang an gucken.«

»Auf jeden Fall.« Ich würde gern wissen, wann. Sag mir eine genaue Zeit und einen Ort und ich schwänze jederzeit den Unterricht in unserer Küche, um da zu sein.

In einer geschmeidigen Bewegung springt Nico auf und steht über mir. Dann streckt er seine Hand nach meiner aus. Ich nehme sie und er zieht mich hoch. Diesmal bin ich mir definitiv sicher, dass er sie noch einmal drückt, bevor er loslässt.

Da stehen wir also, unsere Gesichter nur Zentimeter voneinander entfernt, bis ein stämmiger Junge mit einer echten Jimi-Hendrix-Woodstock-Frisur und ein paar Pickeln auf dem Kinn Nico seinen Camouflage-Rucksack aus Versehen so hart gegen die Schulter stößt, dass Nico in mich hinein stolpert. Automatisch greifen meine Hände nach seiner Hüfte, um nicht das Gleichgewicht zu verlieren. Plötzlich habe ich das Gefühl, wir vollführen einen langsamen Tanz.

»Alter«, sagt Nico zu dem Typen. »Pass auf deinen Rucksack auf.«

»Sorry, Mann. Wollte dir nur sagen, coole Wahl.«

Ich drehe mich zu Nico um. »Warte mal. Du hast den Film ausgesucht?«

Er zuckt die Schultern. »Ja.«

»Warum tust du dann so schüchtern und verlegen? Du hast doch mega den guten Job gemacht.«

»Danke.«

»Nächstes Mal bin ich dran«, sagt der Junge mit dem Rucksack mit leuchtenden Augen. »Also macht euch auf was gefasst. Ihr wisst, wie sehr ich auf Sci-Fi stehe.« Er reibt die Hände aneinander. »Ich denke da an *Brazil*. Oder *Blade Runner*. Oder beide.«

»Hab ich mir schon gedacht.« Nico schüttelt den Kopf. »Juniper, das ist übrigens Jared.« Er wedelt mit seiner Hand zwischen Jared und mir hin und her. »Jared, Juniper.«

Jared ruckt sein Kinn in meine Richtung. »Hi.«

»Die meisten Leute sind bloß in unserer AG, weil sie gern Filme schauen«, erklärt Nico. »Aber Jared will wie ich an einer Filmhochschule studieren, deshalb verstehen wir uns noch mal auf einem ganz anderen Level.«

»Oh ja«, bestätigt Jared. »Aus dem Grund habe ich auch mit mir gehadert, ob ich Nico ernsthaft ins Gewissen rede, weil er heute Abend einen Neuling mitgebracht hat. Aber du scheinst ganz cool zu sein.«

»Aha. Aber woher willst du wissen, ob ich cool bin?«, frage ich grinsend. »Wir haben ja kaum ein Wort miteinander gewechselt. Ich könnte ein komplettes Arschloch sein.«

Er lacht. »Nee. Nico hängt nicht mit Arschlöchern ab.«

»Außer mit dir«, witzelt Nico.

»Alter. Das tat echt weh«, sagt Jared und presst sich mit schmerzverzerrtem Gesicht die Hand aufs Herz.

Ich kichere in den Ärmel meines Pullis.

»Hatte ich schon erwähnt, dass er auch Schauspieler werden will?«, bemerkt Nico. »In Filmen, die er schreibt *und* bei denen er Regie führt? Was ihm ganz sicher gelingt, denn er ist echt gut.«

»Du hast es erkannt. Ich werde eine dreifache Bedrohung darstellen.« Jared wendet sich zum Gehen und zeigt dabei auf mich. »Schön, dass du dabei warst, Juniper. Bis nächste Woche vielleicht.«

»Ja, vielleicht.« Ich werfe einen Blick auf die Uhr an der Wand. Zehn nach acht. »Ich muss los. Ich hab meiner Mom versprochen, dass ich um diese Zeit wieder zu Hause bin.«

»Oh.« Nico schnappt sich seinen Rucksack. »Ich bring dich.«

Ich hatte gehofft, dass er das sagen würde.

SIEBZEHN

Zusammen mit ein paar anderen von der Film-AG schlendern wir aus dem Klassenzimmer. Alle unterhalten sich angeregt über den Film, diskutierten Symbolismus und die Dualität der Charaktere, die sich irgendwo zwischen Kindheit und Erwachsensein befinden. Nicos Begeisterung ist ihm deutlich anzumerken und ich bin beeindruckt, wie viel die anderen auf das geben, was er zu sagen hat.

Wahrscheinlich sollte ich mich mit meinen eigenen Gedanken am Gespräch beteiligen, aber ich bin zu sehr davon abgelenkt, einen echten Schulflur entlangzulaufen, der nach dem unverwechselbaren Fettgeruch der Cafeteria und Hormonen stinkt. Nach Bodyspray und Deo. Nach Büchern und Schweiß. Trotzdem würde ich am liebsten stehen bleiben und jeden einzelnen Flyer an den rot-gelb gestreiften Wänden lesen. Ich will mit den Fingern an den Türen der Spinde entlangfahren. Ich will in die Klassenzimmer spähen, die ordentlichen Tischreihen sehen und die Hausaufgaben an den Tafeln lesen.

Ich will hierhergehören.

Mein Blick fällt auf ein handbemaltes Banner, das über den Doppeltüren des Eingangs hängt und ein Footballspiel anlässlich von Playa Bonitas Homecoming für nächste Woche ankündigt. Ich frage mich, ob Nico sich wohl das Spiel ansieht oder mit jemandem zu dem Ball geht, den sie auch deshalb veranstalten.

Preise: $ 20 für Einzelpersonen oder $ 35 für Paare.

Ob er mit dem Lohn von seinem Büchereijob wohl eine Karte kauft? Oder zwei?

Auf den Stufen der Eingangstreppe zerstreut sich die Gruppe. Einige Schüler stopfen leere Pizzakartons in einen Mülleimer in der Nähe. Andere steigen nacheinander in Autos. Ein paar gehen zu Fuß. Aber alle verlassen die Schule in der Gewissheit, dass sie sich morgen oder beim nächsten Filmtreffen wiedersehen.

Noch so ein Grund, warum ich an eine öffentliche Schule will. Ich wünschte, meine Eltern würden ihre Meinung ändern.

»Gehst du gern zur Schule?«, frage ich Nico, während er sein Fahrrad aufschließt.

»Glaub schon. Na ja, ich mein, ist eben *Schule*. Wer geht schon gern zur Schule?«

»Was ist mit den Sachen, die nicht direkt Schule sind? Magst du die?«

»So was wie die Film-AG? Ja.«

Wir laufen am Fahnenmast vorbei auf den Gehweg. Die Fenster meines Hauses leuchten hell auf der anderen Straßenseite.

»Wenn man zu Hause unterrichtet wird, gibt es solche Sachen wie Film-AGs natürlich nicht. Ich wäre die Einzige, die hingeht.«

»Magst du es deswegen nicht?«

»Deswegen und aus vielen anderen Gründen.« Ich seufze. »Ich glaube, ich hätte gern die Sachen, die nicht direkt Schule sind. AGs. Footballspiele. Die Cafeteria.« *Homecoming.*

»Juniper, keiner mag die Cafeteria.«

»Wirklich nicht? Ich hab das Gefühl, ich verpasse einen entscheidenden Teil der amerikanischen Highschool-Erfahrung.«

»Tust du nicht. Wirklich.«

»Wenn du das sagst.«

Es ist schwer, jemandem verständlich zu machen, warum man sich nach Dingen sehnt, die er für selbstverständlich hält. Nico hält also nicht viel von der Cafeteria. Wahrscheinlich schmeckt das Essen ziemlich eklig. Die Wände riechen bestimmt nach fettigen Kartoffelröstis und an den Tischen versammeln sich die Cliquen, genau wie in diesem Film, den ich mit Mimi gesehen habe. *Girls Club*. Aber es ist ein Raum voller Teenager und allein deshalb wäre ich gern mitten unter ihnen.

»Warum gehst du dann nicht einfach auf die Playa Bonita?«, fragt Nico.

»Das würden meine Eltern niemals erlauben. Und weil ich noch minderjährig bin, bräuchte ich ihre Erlaubnis, um mich anzumelden.« Von den Impfungen ganz zu schweigen.

»Versteh mich nicht falsch, aber darf ich fragen, was ihre Gründe sind? Ist das so ein Religionsding?«

»Nein, es ist ein Hippieding.«

»Ah, verstehe.«

»Ja.«

»Tja, du weißt aber, dass du jederzeit zu unserem Filmtreffen kommen kannst, oder? Du könntest ein Ehrenmitglied sein.«

»Cool.«

»Uns bleibt immer noch die Film-AG«, sagt er dramatisch und ich muss lachen.

»Oje, ich muss echt jämmerlich klingen.«

»Ich meinte es wie ›Uns bleibt immer noch Paris‹. Aus *Casablanca*. Weißt du?«

Ich sehe ihn verwirrt an. »Ist das ein Film?«

Er winkt ab. »Vergiss es. Ist auch gar nicht so lustig.« Er gestikuliert in Richtung unseres Hauses. »Da wohnst du, oder?«

»Ja.« Ich hebe den Kopf und bleibe wie angewurzelt stehen. Keuchend hebe ich die Hand an den Mund. Was zur Hölle!

Unsere Haustür! Wer hat das getan? Und warum? Mir wären fast die Beine weggeknickt, aber Nico hält mich fest.

Auf unsere Haustür wurde in roter Farbe ein riesiger senkrechter Strich gesprayt. Die obere Spitze trifft genau auf die Mitte des Türrahmens und die überschüssige Farbe tropft über die alte Buntglasscheibe und die Schwelle auf die Türmatte.

Hektisch zuckt mein Blick am Haus vorbei und landet auf dem Rasen, wo das Wort *Impfgegner* in derselben scharlachroten Farbe auf das Gras gesprayt wurde. *I* für Impfgegner. Jetzt verstehe ich.

»Juniper?«, sagt Nico.

Seine Stimme klingt furchtbar weit weg und verzerrt.

Statt einer Antwort schüttele ich nur den Kopf. Ich zittere am ganzen Körper. Die Daumen in meine Augenwinkel gepresst, versuche ich, die Tränen zurückzuhalten. Unser Haus. Unsere Tür. »Oh mein Gott.«

»Juniper, was ist hier los?«

»Ich muss gehen.« Ich laufe zu unserer Haustür.

»Juniper!« Nico lässt sein Fahrrad fallen und es landet scheppernd auf den Steinplatten. Er läuft mir nach, doch ich schaffe es, durch die Haustür zu huschen und sie ihm vor der Nase zuzuknallen. Aus Angst, dass er einfach den Türknauf drehen und mir folgen könnte, schließe ich ab. Aber das tut er nicht. Er rüttelt noch nicht einmal dran. Stattdessen klopft er. Weil er höflich ist. Er ruft wieder meinen Namen.

Mein Vater tritt aus der Küche und tunkt ein metallenes Tee-Ei in einen Becher mit dampfendem Wasser. »Wer ist da an der Tür?«

»Keiner.«

Nico klopft noch einmal.

»Hört sich aber nicht so an.« Mein Vater öffnet die Tür. Das scharlachrote *I* leuchtet in all seiner schrecklichen Pracht in unser Wohnzimmer, aber mein Vater ist zu sehr damit beschäftigt, Nico anzustarren, um es zu bemerken. »Kann ich dir helfen?«

»Irgendjemand hat ein riesiges *I* auf Ihre Haustür gesprayt«, sagt Nico und zeigt darauf.

In dem Moment kommt meine Mutter die Treppe runter.

»Was in aller Welt?«, ruft sie, stürzt zur Tür und berührt den Buchstaben. Danach sind ihre Fingerspitzen in rote Farbe getaucht. »Russ! Jemand hat unser Haus vollgeschmiert! Wer macht denn so was? Was bedeutet das?«

Mein Vater sieht immer noch Nico an und seine Augen verengen sich zu Schlitzen. »Warst du das?«

Nico hebt abwehrend die Hände. »Was, ich? Nie im Leben.«

»Dad, wenn er es war, warum sollte er dann an die Tür klopfen und dir davon erzählen?«

»Wer bist du dann?« Mein Vater wird laut, wie immer, wenn er es ernst meint.

»Russ, das ist ein Freund von Juniper. Sie haben zusammen in der Schule gelernt.«

Ich werfe Nico einen Blick von der Seite zu, der besagt: Wag es ja nicht, ihnen zu sagen, dass wir einen Film gesehen haben.

»Ich bin Nico Noble«, sagt er ruhig und gefasst und ich muss an seine Worte von vorhin denken. Dass er kein Problem damit hat, andere Eltern kennenzulernen. »Ich gehe auf die Playa Bonita und arbeite in der Bücherei.«

Mein Vater schüttelt halbherzig seine Hand. »Freut mich.« Dann dreht er sich zu mir um. »Ihr beiden habt also nicht gesehen, wer das getan hat?«

»Ich glaube, wir hätten es mitbekommen, wenn jemand unsere Haustür verunstaltet«, antworte ich sarkastisch.

Meine Mutter fängt an, auf und ab zu tigern, und ringt die Hände. »Was machen wir jetzt bloß?«

Mein Vater bedeutet Nico einzutreten und geht dann selbst

hinaus. Er knallt die Tür hinter sich zu, um sie aus einem anderen Blickwinkel zu betrachten.

»Das ist doch nicht zu fassen«, ruft er von der Veranda aus, kommt wieder rein und wirft die Tür hinter sich ins Schloss.

Der Lärm hat Poppy und Sequoia aufgescheucht und gemeinsam kommen sie die Treppe hinuntergestolpert – Sequoia in seiner blauen Pyjamahose, die viel zu sehr nach rechts gerutscht ist, um bequem zu sein. Ihr Ausschlag ist schon abgeblättert, aber ihre Haut ist immer noch ein bisschen fleckig und gerötet. Ich stelle mich vor Nico, als könnte ich ihn auf diese Weise schützen.

»Bist du gegen Masern geimpft?«, frage ich ihn leise.

Verwirrt runzelt er die Stirn. »Ähm, ja. Warum?«

»Einfach, weil … du solltest besser gehen. Das hier ist ein Virensumpf.«

»Also wirklich, Juniper«, protestiert meine Mutter. Ihre Arme hängen schlaff herab. »Keiner ist mehr ansteckend.«

Mein Vater hebt den Finger. »Ich rufe jetzt die Polizei.«

»Daddy, was ist passiert?«, fragt Sequoia und seine hohe Stimme bricht vor Angst. Er drückt sein Kuscheltier gegen die Brust. »Wird jemand verhaftet?«

»Na, hoffentlich«, antwortet mein Vater.

»Mom?«, fragt Poppy. »Was ist los?«

»Kommt her.« Meine Mutter setzt sich aufs Sofa und klopft links und rechts neben sich auf die Polster.

»Bin gleich zurück.« Ich bedeute Nico, mir nach draußen zu folgen.

»Um was geht es hier eigentlich?«, fragt er, als wir wieder auf dem Gehweg stehen. »Warum macht jemand so was mit eurem Haus?«

»Glaub mir, das willst du lieber nicht wissen.«

»Sag es mir einfach. Mich haut so schnell nichts um. Was ist los?«

»Meine Eltern sind Impfgegner. Und zwar in Großbuchstaben.« Ich deute auf unsere vollgeschmierte Haustür. »Das ist auch der Grund, warum ich nicht auf deine Schule gehen kann.«

Verwirrt schüttelt er den Kopf. »Warte mal. Du wurdest nie gegen irgendwas geimpft? Noch gar nicht?«

»Nee. Deshalb hab ich die Masern bekommen. Und meine Geschwister auch.«

Er schnappt nach Luft. »Nicht dein Ernst.«

»Ich dachte, dich haut so schnell nichts um.«

»Nein. Es ist nur … seit dieses Baby gestorben ist, hat die ganze Stadt über die Masern gesprochen. Alle haben versucht herauszufinden, wo sie sich angesteckt haben könnte. Sie machen sich Sorgen, dass es einen Ausbruch gibt, weil noch ein paar andere krank geworden sind.«

»Ja. Sie hat sich bei mir angesteckt.«

Er schiebt eine Hand in seine Hosentasche und fährt sich mit der anderen durchs Haar. »Krass.«

»Das ist ziemlich viel auf einmal, ich weiß.«

»Es ist nur …«, beginnt er und bricht ab. »Ja, das ist ziemlich viel.«

Ich nicke schweigend.

Er zieht sein Handy aus der Tasche.

Checkt die Uhrzeit.

Er sucht nach einer Fluchtmöglichkeit.

Ich tu ihm den Gefallen. »Ich muss wieder rein.«

»Ja. Und ich sollte wohl besser …«, sein Blick wandert über das Wort, das in scharlachroter Schrift auf unserem Rasen prangt, »… gehen.«

»Klar. Versteh ich.«

Er weicht noch einen Schritt zurück und nimmt seinen Helm vom Lenker. Schließt ihn unterm Kinn. Die rechte Seite ist fast vollständig vom riesigen Sticker einer Filmrolle bedeckt und ich vermisse jetzt schon die Vorstellung von ihm. »Vielleicht sieht man sich ja mal wieder.«

»Ja. Vielleicht.«

Er schaltet sein Fahrradlicht ein. Während ich ihm nachsehe, wie er davonradelt, schlinge ich die Arme um mich, um nicht in tausend Stücke zu zerfallen.

ACHTZEHN

Ein paar Stunden nachdem ich eingeschlafen bin, beginnt mein Magen zu rebellieren. Schweißgebadet wache ich auf und stürze ins Bad. Für einen Moment habe ich Angst, dass mich wieder ein tödlicher Virus befallen hat, gegen den ich eigentlich geimpft sein sollte. Doch als ich Pizzareste kotze, fällt mir wieder ein, dass mein Körper es nicht gewohnt ist, fettige Peperoni und Würstchen zu bekommen.

Bestimmt hat die ganze Aufregung um das rote *I* auf unserer Tür auch nicht gerade geholfen.

Nachdem Nico weggefahren ist, wurde unser Wohnzimmer von der einschüchternden Präsenz eines Polizisten eingenommen, der Aussagen aufnahm und Sequoia eine Heidenangst einjagte. Mein kleiner Bruder ließ die Handschellen, die von seinem Gürtel baumelten, keine Sekunde aus den Augen. Und seine Waffe in der Halterung.

»Wie geht es jetzt weiter?«, hat mein Vater Officer Cooper gefragt, als der seinen Notizblock zuklappte und in die Brusttasche seines Hemds schob.

»Wir strecken unsere Fühler aus«, lautete Officer Coopers Antwort. »Wenn ich raten müsste, würde ich das der örtlichen Jugend zuschreiben. Sie wohnen direkt gegenüber der Highschool und das hier ist eine kleine Stadt. Hier sprechen sich die Dinge schnell rum.«

»Und mit diesen Leuten willst du zur Schule gehen!«, hat

mein Vater entrüstet zu mir gesagt. Als würde es mich zur Komplizin von Sprayern machen, wenn wir zusammen im Matheunterricht sitzen.

Als ich mich ausgekotzt habe, spüle ich ab und putze meine Zähne mit der Zahnpasta, die meine Mutter selbst herstellt, um toxischen Inhaltsstoffen wie Triclosan und Fluorid zu entgehen. Da sie für den Geschmack Nelken verwendet, schmeckt mein Mund danach nach Kürbiskuchen, wovon ich mich fast noch einmal übergeben hätte. Warum kann sie nicht Pfefferminz nehmen wie alle anderen auch?

Ich schleiche nach unten, um den Geschmack mit einem Glas Wasser runterzuspülen. Da höre ich ein Kratzen an der Tür. Unglaublich. Meine Eltern würden ganz sicher wollen, dass ich erst die Polizei rufe oder ihnen Bescheid sage, aber wenn es wirklich ein paar Jugendliche von der Schule gegenüber sind, wie Officer Cooper behauptet hat, dann will ich sie auf frischer Tat ertappen. Mit einem Ruck reiße ich die Tür auf. Meine Mutter schreit auf und lässt die Bürste fallen, die sie in der Hand hält. Mit einem Platsch landet sie in einem Eimer, gefüllt mit Seifenwasser, der zu ihren Füßen steht. Ich knipse die Lampe auf der Veranda an. Sie ist zwar nicht hell genug, um das ganze Haus zu beleuchten, aber immerhin erkenne ich nun Moms Gesicht.

»Ich bin es nur, June«, sagt sie, als sie ihre Stimme wiedergefunden hat.

Ich gehe hinaus und schließe die Tür hinter mir. »Was machst du hier?«

Sie fischt die Bürste aus dem Seifenwasser und schrubbt auf der roten Farbe herum, die einmal quer über unsere Haustür gesprayt ist. »Ich will das weghaben, bevor es morgen die Nachbarn sehen.«

»Wahrscheinlich haben sie es eh schon gesehen.«

»Hoffentlich nicht.«

»Vielleicht waren es sogar unsere Nachbarn, die es getan haben.«

»Das ist wirklich unzumutbar.« Sie zieht die Nase hoch.

»Weinst du?«

»Das muss kurz raus.«

»Was denn?«

»Ich hab das Gefühl, ich bin wieder in der Mittelstufe und auf den Fluren machen sich alle über mich lustig.«

»Das ist dir passiert?«

»Ja, Juniper. Jeden Tag.«

»Das ist ja furchtbar, Mom.«

»Ja, ist es. Oder besser gesagt, das war es.« Sie schließt kurz die Augen, so als könne sie sich davon überzeugen, nicht zu weinen, wenn sie sich nur genug konzentriert. »Aber sogar in meinen schlimmsten Zeiten damals ist niemand vorbeigekommen und hat mein Haus beschmiert.«

»Haben wir irgendwo noch so einen Schrubber?«

»Unter der Spüle in der Küche.«

»Brauchst du Hilfe?«

»Das wäre schön. Zu zweit sind wir schneller. Dein Vater will früh aufstehen und sehen, ob er mit dem Rasenmäher was im Garten ausrichten kann. Jetzt ist es noch zu dunkel.«

Ich gehe in die Küche, schnappe mir den Schrubber und stürze ein Glas Wasser hinunter. Dann gehe ich wieder zu meiner Mom und tunke die Bürste in den Eimer mit Seife. »Wie wäre es, wenn du oben schrubbst und ich unten?«, schlägt sie vor.

»Okay.«

»Teamwork.« Sie tunkt ihre Bürste in den Eimer und spült sie aus. »Warum bist du überhaupt wach?«

»Mir ging es schlecht.«

Sie hält inne und sieht mich besorgt an. »Inwiefern schlecht?«

Ihr panischer Unterton weckt mein Interesse. Vielleicht liegt sie wirklich jede Nacht wach und sorgt sich um Poppy, Sequoia und mich und macht sich Vorwürfe, dass wir wegen ihrer Entscheidungen hätten enden können wie die kleine Kat.

»Zum Kotzen schlecht.«

Sie streckt die Hand nach meiner Stirn aus, um zu prüfen, ob sie heiß ist, erinnert sich aber im letzten Moment, dass sie nass und voller Seife ist.

»Ich bin nicht krank. Ich hab, glaub ich, einfach ein bisschen viel gegessen.«

»Was hast du überhaupt zu Abend gegessen? Du warst ja nicht hier.«

»Pizza.«

»Pizza!« Sie schleudert mir das Wort voller Entsetzen entgegen. »Was für Pizza?«

»Richtige Pizza. Von einem Laden hier in der Stadt namens Arnoldi's.« Ich streue noch ein bisschen Salz in die Wunde. »Mit Peperoni und Würstchen drauf.«

Verzweifelt wirft sie die Arme in die Luft, sodass Wasser an die Holzwand hinter ihr spritzt. »Na, du siehst ja, was du davon hast.«

»Die war echt gut.«

»Du musstest davon kotzen.«

Ich denke an Nico und wie seine Schulter gegen meine gedrückt hat. Wie er in mein Ohr geraunt hat. Und wie sein Haar immer wieder unkontrollierbar in alle Richtungen gefallen ist, wenn er sich bewegt hat. Wie er mich innerlich zum Brodeln gebracht hat. Ich muss daran denken, wie schön all das war, selbst wenn es bei diesem einen Abend bleibt. Selbst wenn ich ihn nie wiedersehe.

»Das war es mir wert.«

NEUNZEHN

Ein paar Tage später sind meine Eltern mit Bessie unterwegs zur Werkstatt, wo sie neue Bremsbeläge bekommt. Statt meine Hausaufgaben zu machen, stürze ich zu unserem Telefon, das in der Küche an der Wand hängt, und wähle.

»Burns, Menendez und Watson«, zwitschert eine helle Stimme am anderen Ende der Leitung. »An wen darf ich Sie weiterleiten?«

»Gibt es jemanden bei Ihnen, der mir helfen würde, meine Eltern vor Gericht zu bringen?«

»Wie alt bist du?«

»Sechzehn.«

Die Frau lacht so schrill auf, dass es mir durch den Hörer fast mein Trommelfell zerreißt. »Was ist los? Hat deine Mom dir dein Handy weggenommen, weil du zu spät nach Hause gekommen bist?«

Hitze steigt mir ins Gesicht. »Nein. Es geht um eine ernste Angelegenheit. Um Impfungen.«

»Tut mir leid. Wir vertreten keine Minderjährigen.«

Ich reiße mich zusammen und versuche es noch einmal. »Könnte ich bitte mit jemandem sprechen, der mich vielleicht an die richtige Adresse weiter–«

Sie legt auf.

»Oh, sehr professionell«, murre ich, während ich dort stehe und der Wählton mir ins Ohr piept.

Ich schmeiße den Hörer wieder auf die Gabel und blättere weiter in den Gelben Seiten. Die Ausgabe ist so alt, dass es die Hälfte der Kanzleien gar nicht mehr gibt. Nach ein paar falschen Nummern ist die Frau am anderen Ende der Leitung netter. Sie sagt, sie könne sich meinen Namen und meine Kontaktdaten notieren und jemand würde mich zurückrufen.

»Ich muss aber jetzt mit jemandem reden«, widerspreche ich. »Ich kann es nicht riskieren, dass jemand bei mir zu Hause anruft.« Ich klinge wie jemand aus dem Zeugenschutzprogramm.

»Nun, du könntest es morgen noch einmal versuchen.« Ich höre ihre Fingernägel im Hintergrund über die Tastatur klackern, so als wäre es wichtiger, eine E-Mail weiterzuleiten, als mit mir zu reden.

»Vielleicht«, gebe ich zurück und hänge auf.

So viel dazu. Ich kann ja schlecht mitten in unserem Küchenunterricht aufstehen und meinen Anwalt anrufen.

Ich blättere weiter in den Gelben Seiten.

Da kommt Poppy in die Küche getänzelt. »Was machste?«

Schnell schlage ich das Buch zu. »Nichts.«

»Na klar.« Misstrauisch beäugt sie die Gelben Seiten.

»Zerbrich dir über mich nicht den Kopf.«

»Werd ich nicht.« Sie macht den Kühlschrank auf und holt einen Krug mit frischem Orangensaft heraus. Schenkt sich ein Glas ein. Trinkt einen Schluck. Lehnt sich lässig gegen die Theke, mustert mich neugierig und trinkt noch einen Schluck. »Brauchst du Hilfe?«

»Nein.«

Sie nimmt noch einen Schluck und macht das gleiche *Ahh*-Geräusch wie mein Vater, wenn er seinen langweiligen schwarzen Kaffee trinkt. Ich trommle mit den Fingern gegen die Wand.

»Warum nicht?«

»Willst du den ganzen Tag hier rumstehen, oder wie?«

»Hängt ganz davon ab. Du?«

»Nicht, wenn du hierbleibst.«

Sie stößt einen dramatischen Seufzer aus und trinkt ihren Orangensaft aus. »Na gut.« Sie spült ihr Glas aus und stellt es in die Spüle. »Dann lass ich dich mal allein, damit du in Ruhe mit deinem Freund telefonieren kannst.«

»Ich hab keinen Freund.«

»Und wer war dann dieser Junge, der neulich abends hier war? Der Große, der aussieht, als würde er sich nie die Haare kämmen?«

»Er heißt Nico und kämmt sich ganz bestimmt die Haare. Die sind einfach nur … lockig.« Die Erinnerung an Nico und seine Locken bringt mich aus dem Konzept. Ich bin mir nicht sicher, ob mein Mund noch Worte formen kann. Ich versuche es trotzdem. »Übrigens gibt es da einen Unterschied zwischen einem Freund und einem *Freund.*«

»Wenn du das sagst.«

»Außerdem ist er keins von beiden. Er will mich nicht wiedersehen.«

»Oh. Warum nicht?«

»Was glaubst du wohl?«

Sie zuckt mit den Schultern. »Keine Ahnung.«

»Neulich Abend war hier doch ein Riesentheater. Das hat ihn verjagt. Unsere Familie ist die totale Freakshow.«

»Fang am besten erst mal bei dir an.«

Ich verdrehe die Augen. »Kannst du jetzt bitte einfach gehen?«

Endlich dreht sie ab. Ich lege das Telefonbuch beiseite. Das ist eh komplett veraltet und hilft mir nicht weiter. Ich muss mir was anderes einfallen lassen.

ZWANZIG

Nach allem, was mit Nico passiert ist, ist die Bücherei ungefähr der letzte Ort, an dem ich jetzt sein möchte. Aber die Gelben Seiten waren eine Sackgasse und haben mir gezeigt, dass ich im Internet suchen muss, wenn ich einen Anwalt finden will. Ich muss es einfach nur vorsichtig angehen. Also schleiche ich am Dienstagnachmittag, eine Woche nachdem ich Nico getroffen habe, auf Zehenspitzen um die Regale in der Bücherei und schiele zum Computerraum hinüber, um zu sehen, ob er heute da ist.

Ich sehe ihn nicht.

Das Problem ist, ich sehe überhaupt keinen.

Der Platz am Tisch ist leer.

Aber die Öffnungszeiten an der Tür sagen mir, dass der Computerraum eigentlich geöffnet ist.

Unschlüssig tigere ich auf und ab. Soll ich einfach reingehen? Oder bekomme ich dann Ärger, weil ich mich nicht angemeldet habe? Verliere ich meine Berechtigung, den Computerraum zu nutzen, wenn ich meinen Büchereiausweis nicht als Pfand hinterlege? Um sicherzugehen, dass ich keinen Computer klauen will?

Ich spähe wieder um die Ecke. Immer noch keiner da. Arbeitet er nun heute oder nicht? Wenn er das tut, kann ich nämlich nicht reingehen. Nur über meine Leiche.

Also beschließe ich, dass die Bibliothekarin am Haupteingang meine letzte Hoffnung ist.

»Hi, ich würde gern einen Computer benutzen, bitte.«

»Oh, ist da drüben keiner?« Der Blick der Bibliothekarin huscht suchend durch den Raum, über die Bücherregale und die DVD-Abteilung. »Der Zuständige muss kurz vor die Tür gegangen sein. Soll ich jemanden ausrufen?«

»Nein!« Ich schreie das Wort beinahe heraus und beiße mir danach auf die Zunge. So laut wollte ich nicht werden. »Ich warte einfach einen Moment.«

Allerdings warte ich nicht vor dem Computerraum, sondern drücke mich hinter einem Regal herum. Wenn ich zwei Bücher zur Seite schiebe, habe ich freie Sicht auf den Tisch. Überhaupt nicht creepy.

Ich lasse den Blick prüfend über die Bücher gleiten und tue so, als würde ich eine außerordentliche Faszination für die Sammlung über den Zweiten Weltkrieg hegen. Ich fahre mit dem Finger über die Buchrücken und studiere die Titel. Ziehe hier und da ein Buch aus dem Regal und versuche, den Klappentext zu lesen, doch er verschwimmt vor meinen Augen.

Da endlich kommt derjenige wieder, der heute für den Computerraum zuständig ist, und es ist nicht Nico. *Danke.* Ich gelobe mir, so schnell wie möglich fertig zu werden, falls Nico doch noch für die nächste Schicht vorbeikommt.

Als ich meinen Ausweis abgebe, frage ich aus nostalgischen Gründen nach Computer Nummer sieben.

Der Typ, der gerade dort arbeitet, würdigt meinen Ausweis keines Blickes, macht keinen Kommentar zu meinem Namen und wartet auch nicht, bis ich ihm alles über eine Lotterie in Bulgarien erzählt habe. Er schiebt einfach nur den Ausweis in den zugehörigen Schlitz und sagt: »Ist deiner.«

Das lasse ich mir nicht zweimal sagen. Schnell gleiten meine Finger über die Tastatur und rufen die Adressen örtlicher Anwälte auf, die noch im Dienst sind, nicht wie die in unserem

Telefonbuch zu Hause. Dann schicke ich meine Liste an den Drucker und melde mich ab. Ich warte, bis der Drucker aufhört, Papier auszuspucken, und stehe dann auf, um meine Ausdrucke einzusammeln und zu bezahlen.

Der Typ gibt mir meinen Ausweis zurück und ich schlendere aus der Bücherei, als wäre der ganze Ausflug ein Klacks gewesen.

Vielleicht kriege ich mich sogar so weit, dass ich mir tatsächlich glaube.

Ich beschließe, mich mit ein paar Kostproben bei Starbucks zu belohnen. Er ist nur ein paar Häuserblocks entfernt und ich laufe gern ein bisschen durch die Stadt. Das Wetter hat sich abgekühlt und die Luft fühlt sich nach Herbst an. Kalt und klar.

Heute ist die Schlange im Café kurz, aber leider gibt es keine Kostproben. Zum Glück habe ich in der Bücherei noch ein bisschen Wechselgeld von meinem Fünfdollarschein fürs Drucken wiederbekommen. Ich bestelle einen guten alten Filterkaffee. Da gerade eine neue Kanne gebrüht wird, muss ich warten. Wäre ich wie jeder andere normale Mensch, der hier auf sein Getränk wartet, dann könnte ich durch mein Smartphone scrollen, um die Zeit totzuschlagen. Aber das bin ich leider nicht. Ich bin bloß ich. Deshalb stelle ich mich vor den Tresen und sehe dem Barista zu, wie er neben der Espressomaschine Milch aufschäumt.

»Juniper?«

Das ist noch nicht mein Kaffee.

Die Stimme kommt von hinten und ich erkenne sie sofort.

Mir bleibt fast das Herz stehen. Bitte, lass mich einfach im Boden versinken. Auch wenn ich dafür zu Feinstaub werden muss, der auf dem Betonboden verschwindet, mir ganz egal. Hauptsache, ich muss Nico jetzt nicht in die Augen sehen.

»Juniper«, sagt er wieder.

In der vagen Hoffnung, dass ich mich vielleicht geirrt habe und er es nicht ist, drehe ich mich langsam um.

Aber er ist es. Mit seinen wild fallenden Locken und seinen großen braunen Augen, die von dem langen Tisch zwischen lauter Schülern, die ihre Hausaufgaben machen, zu mir aufsehen. Auch Jared ist unter ihnen. Nico sitzt vor einem aufgeschlagenen Buch und hält einen orangen Textmarker in der Hand. Meine absolute Lieblingsfarbe für Textmarker. Ich höre selbst, wie idiotisch das klingt.

»Hi«, murmle ich.

»Hi«, sagt Nico und lächelt, als wäre er neulich Abend nicht auf seinem Fahrrad abgehauen und hätte mich nicht in einer Staubwolke stehen lassen.

»Hey, Juniper«, platzt Jared laut und überschwänglich heraus. »Komm, setz dich zu uns.« Er schiebt seinen Camouflage-Rucksack beiseite, um Platz zu schaffen.

»Ich kann grad nicht. Aber danke.«

Nico steht auf und bewegt sich zögernd in meine Richtung. Als ich einen Schritt beiseitetrete, vergräbt er die Hände in den Jeanstaschen und wippt auf den Fersen. »Hey«, versucht er es noch einmal.

»Hi.« Ich sehe mich im Café um, als würde ich jemanden suchen. Als hätte ich auch Freunde. Als könnte ich mich auch an einen langen Tisch mit lauter Leuten setzen, deren Namen ich allesamt kenne, so wie er.

Aber ich kenne hier niemanden außer Nico und Jared. Und selbst die kenne ich nicht wirklich.

Zum Glück ruft der Barista in diesem Moment meinen Namen für die Bestellung aus. Ich nehme meinen Kaffee entgegen und umfasse den warmen Becher mit beiden Händen.

»Setz dich doch wenigstens zu uns, solange du deinen Kaffee trinkst«, beharrt Jared. »Du bist ja nicht ansteckend oder so.«

Mir bleibt der Mund offen stehen.

Dann sehe ich Nico an. Mein Kinn zittert verdächtig und ich bekomme nur ein Flüstern zustande. »Du hast es ihm erzählt?«

»Ich habe nur …«

»Ich muss hier raus. Oh Gott.«

Ich gehe schnurstracks zur Tür.

»Was soll der Scheiß?«, faucht Nico Jared an. »Juniper, warte.«

Aber ich denke nicht dran.

Ich werde schneller, weil ich hinter mir seine Schritte höre.

Ich stoße die Tür auf und haste weiter, vorbei an den Fahrradständern und der Bank vor der Bushaltestelle. Eins, zwei, drei, fünf Schritte vor ihm.

Der Postbote ruft mir »Guten Tag« zu, als ich vorbeihaste.

»Juniper!«, ruft Nico wieder. An der Kreuzung komme ich zum Stehen. Verdammte rote Ampel.

Ich drehe mich auf dem Absatz um und funkele ihn an. »Du hast Jared von mir erzählt?« Ich senke die Stimme. »Von den Masern?« Doch ich sage es nicht leise genug, denn zwei Passanten, die neben mir an der Ampel warten, drehen sich um und mustern mich. Ob sie wohl in Gedanken Notizen machen? Wie groß ich bin? Wie mein Gesicht aussieht? Haarfarbe? Werden sie mich fotografieren wie diese Frauen auf dem Wochenmarkt? »Warum hast du es ihm erzählt?«

»Weiß nicht. Vielleicht, weil ich ein bisschen von der Rolle war und er mein bester Freund ist. Er hat gesagt, ich soll mich wieder einkriegen.« Er macht einen Schritt auf mich zu. »Er wird es keinem sagen. So was macht Jared nicht.«

»Er hat es gerade im ganzen Starbucks rumposaunt.«

»Ich red mit ihm.«

»Bitte nicht. Sag einfach keinem mehr irgendwas. Du hast

schon genug angerichtet.« Ungeduldig bearbeite ich den Ampelknopf ein weiteres halbes Dutzend Mal mit dem Finger, in der Hoffnung, dass sie endlich auf Grün springt. »Musst du nicht deine Hausaufgaben machen?«

»Ja, muss ich. Ich bin nur …« Nico seufzt tief. »Kann ich bitte mit dir reden? Nur eine Minute?«

Ich drücke mir den Kaffeebecher gegen die Brust. Er wärmt und tröstet mich ein bisschen. Hilft mir, gefasst zu bleiben. »Warum?«

»Hör zu, es tut mir leid, dass ich neulich einfach so abgehauen bin.«

»Schon okay.«

»Nein, ist es nicht. Ich glaube, ich habe deine Gefühle verletzt.«

Ich zucke die Achseln. »Wie auch immer.«

Er fährt sich mit der Hand durch die wilden Haare, sodass sie in alle Richtungen abstehen. Am liebsten hätte ich sie mit den Fingern wieder platt gedrückt.

»Es tut mir leid«, wiederholt er. »Ich wusste nicht, was ich machen soll, also bin ich einfach weggefahren. Ich war ein ziemliches Arschloch.«

»Schon okay. Wirklich.«

»Nein, ist es nicht. Ich versuche gerade, mich bei dir zu entschuldigen.«

Ich sehe an ihm vorbei und nehme stattdessen das Schaufenster einer Buchhandlung ins Visier. Und die Autos, die in der Ferne die Straße entlangfahren. »Okay. Entschuldigung angenommen.« In dem Versuch, gleichgültig zu wirken, genehmige ich mir einen Schluck Kaffee. Er ist widerlich. Heiß und bitter. Am liebsten hätte ich ihn wieder ausgespuckt. Wie kann mein Vater so was nur trinken?

»Komm schon, Juniper.« Er stochert mit der Schuhspitze

seiner roten Chucks in einem Riss auf dem Gehsteig herum. »Können wir bitte wieder zusammen abhängen?«

»Halte ich für keine gute Idee.«

»Warum nicht?«

»Bei mir ist einiges los.«

»Was denn zum Beispiel?«

»Alles.« Mir ist das alles so unangenehm, dass ich es kaum schaffe, ihn anzusehen. »Unser Haus wurde vollgesprayt. Und noch ein paar andere Sachen. Ich bin grad keine gute Gesellschaft.«

»Ich bin aber gern mit dir zusammen.«

Verwirrt runzle ich die Stirn. »Warum?«

»Weil du cool bist. Und schlau. Und lustig.«

»Ich bin alles andere als cool. Ich esse Pizza mit Blumenkohlrand. Mein Vater behandelt Nasennebenhöhleninfektionen, indem er uns eine ausgehöhlte Kerze in den Gehörgang steckt. Ich wasche meine Haare mit einem Shampoo, das meine Mutter aus Eigelb und Zitronen macht.« Ich schüttele mich. »Hast du eine Ahnung, wie übel das riecht?«

»Aber du riechst nicht übel. Du riechst nach …« Er hält für einen Moment inne. »Kokosnuss? Irgendwie nach Sonnencreme.«

»Treffer. Mein selbst gemachtes Deo. Noch besser.«

Er fährt sich wieder mit der Hand durchs Haar und es fällt auf die andere Seite. Er soll damit gefälligst auf der Stelle aufhören. Es macht mich schwach. »Das ist mir alles egal.«

»Mir nicht. Ich schäme mich dafür, okay? Meine Familie ist nicht normal.«

Er lacht. »Wie definierst du überhaupt normal? Das ist nicht eine bestimmte Sache. Das ist bloß eine Perspektive. Normal gibt es gar nicht.« Er stößt seine Schulter gegen meine. »Und du weißt schon, dass Blumenkohlkruste gar nicht so außergewöhnlich ist, oder? Das machen wir bei mir zu Hause auch manchmal. Und bei California Pizza Kitchen kannst du das auch bestellen.«

»Im Ernst?«

»Klar.«

»Oh.« Ich klammere mich an meinen Becher.

»Wenn du peinliche Storys austauschen willst, hab ich jede Menge auf Lager. Willst du hören, wie im Sportunterricht beim Meilenlauf meine Hose runtergerutscht ist?«

Die Ampel springt auf Grün, aber ich rühre mich nicht. »Weiter.«

Nico macht einen Schritt auf mich zu. »Ich hatte die Grippe und hab viel Gewicht verloren. Deshalb hat die Hose nicht mehr gepasst. War echt übel.«

»Wirklich?«

»Eigentlich nicht. Aber ich tu weiter so, als würde ich die Wahrheit erzählen, solange es dir damit besser geht.« Er grinst und ich lache.

»Hör auf, das ist nicht lustig.«

»Und warum lachst du dann?«

»Weil du albern bist.«

»Okay. Aber wenn du es wirklich peinlich haben willst, kann ich dir haufenweise Geschichten auftischen. Wir wär es mit einer, jedes Mal, wenn ich dich sehe?« Seine Augen leuchten hoffnungsvoll.

»Warum solltest du das tun?«

»Vielleicht, weil ich finde, dass all die Dinge, von denen du denkst, dass sie komisch sind, dich nur noch interessanter machen. Außerdem mag ich, dass dir *Stand by Me* fast so sehr gefallen hat wie mir. Und ich mag, dass du so absurde Sachen wie das von der Lotterie in Budapest weißt.«

»Bulgarien.«

»Ist doch Wurst.«

»Wurst? Wie alt bist du eigentlich?«

»Sechzehn.«

»Und da bist du dir sicher, ja?«

»Sieh mal.« Wieder schiebt er seine Hände in die Taschen. »Ich habe es verkackt. Ich bin neulich Abend einfach abgehauen. Das hätte ich nicht tun sollen. Aber ich hoffe, du gibst mir noch eine Chance. Ich würde dich echt gern wiedersehen.« Er sieht mich hoffnungsvoll an. »Können wir?«

Ich bohre meine Schuhspitze in den Boden. »Was willst du denn machen?«

»Wir können Filme gucken, Pizza essen und Lotto spielen.«

»Genau genommen muss man achtzehn sein, um Lotto zu spielen.«

»Dann kauft mein Bruder uns eben die Lose. Aber dann müssen wir bis zu den Semesterferien im Winter warten, weil er an der Northwestern studiert.«

Ich betrachte sein Gesicht. Die großen braunen Augen und den Schwung seiner Lippen. »Wir könnten zum Strand oder so.«

»Normalerweise mach ich nichts draußen. Wie du an meiner edlen Blässe siehst.« Er wedelt mit der Hand vor seinem Gesicht. »Ich bin allergisch gegen Bienenstiche. Und gegen Erdnüsse. Ich lauf mit einem EpiPen rum. Diphenhydramin. Scheitert die Sache daran?«

»Nein.«

»Okay, gut. Ich find Bienen nämlich super. Ich kann nur nicht mit ihnen abhängen.«

»Ja, Bienen sind ziemlich cool.« Ich mustere ihn. »Du gehst also nie raus?«

»Na ja, ich steh ja gerade vor dir, oder? Ich riskiere quasi mein Leben für dich.« Er grinst. »Rausgehen kann ich schon.

Ist nicht so, dass ich *nie* rausgehe. Ich muss mich einfach nur gut ausrüsten. Ein Shirt mit langen Ärmeln anziehen und solche Sachen.«

»Verstehe.«

»Also.« Er stupst mich mit dem Ellbogen an. »Willst du mit mir reinkommen und deinen Kaffee mit uns trinken?«

Statt einer Antwort trinke ich einen Schluck von meinem Kaffee und erschaudere. »Der ist echt eklig.«

»Du magst ihn nicht?«

»Er ist viel zu bitter.«

»Na, dann komm mit zurück und mach Sahne und Zucker rein.« Er lächelt mich an und ruckt mit dem Kopf in Richtung Starbucks. »Komm schon.«

»Okay.«

Während wir zurücklaufen, zieht er sein Handy aus der Tasche. »Du weißt, wo du mich findest, aber kann ich dich zu meinen Kontakten hinzufügen? Hast du Snapchat? Insta? Irgendwas in die Richtung?«

»Kein Handy.« Ich tippe mir mit dem Finger gegen die Schläfe. »Mein Dad sagt, die sind krebserregend. Und, willst du immer noch mit mir abhängen?«

»Und wie, Juniper.«

EINUNDZWANZIG

Eine weitere Woche ist vergangen und ich sitze auf einem unbequemen Stuhl im Wartezimmer einer Kanzlei im Zentrum. Am Ende habe ich doch noch jemanden gefunden, der einverstanden war, mich in seiner Mittagspause kurz zu empfangen. Meine Eltern denken, ich bin im Laden für Kunstbedarf.

Aus dem Fenster über meiner Schulter blickt man auf den Park auf der anderen Straßenseite. Derselbe Park, für den meine Mom im vergangenen Juli einen Picknickkorb gepackt und meine gesamte Familie mitgeschleppt hat, um im Rahmen der Konzertreihe »Summer Sundays« eine Achtzigerjahre-Cover-Band zu sehen. Um der Mode der Zeit zu huldigen, trugen die Bandmitglieder allesamt langhaarige Perücken und pastellfarbene Poloshirts mit offenen Kragen. Eine Frau und ein Mann sangen abwechselnd ins Mikrofon und meine Eltern saßen auf ihrer Patchworkdecke, die sie fürs Picknick ausgebreitet hatten, und wiegten sich im Takt der Musik. Als sie einen Duran-Duran-Song spielten, bekam Mom sich überhaupt nicht mehr ein und mein Vater begeisterte sich für etwas, das entfernt an Punk erinnerte, weil er sich cool vorkam, glaube ich.

Poppy saß unter einem Baum im Schatten und las.

Sequoia hatte es irgendwie hinbekommen, mit einer Gruppe Kinder in seinem Alter Freundschaft zu schließen. Sie jagten sich gegenseitig durch den Park und spielten irgendein *Star Wars* Spiel, das er hundertpro nicht richtig verstand, weil er noch nie die Filme gesehen hatte. Vielleicht hat er ja irgendwann mal die Gelegenheit, Mimi und Bumpa allein zu besuchen, so wie ich. Ohne unsere Eltern. Dann bekommt er von Bumpa eine umfassende Einführung in *Star Wars*, der besitzt nämlich die gesamte DVD-Kollektion.

Auf dem Sommerkonzert habe ich die Menge der mürrischen Jugendlichen, deren Eltern sie dorthin geschleppt hatten, nach sympathischen Gesichtern abgesucht. Ich fand kein einziges.

Trotzdem werde ich bei der Erinnerung wehmütig. Das war vor den Masern. Als meine Familie sich noch unter die Leute mischen konnte wie jede andere.

»Ms Jade?« Die Sekretärin am Eingang steht von dem Stuhl hinter ihrem Tisch auf und unterbricht mein Selbstmitleid. »Mr Graff hat jetzt Zeit für Sie. Ich bringe Sie zu seinem Büro.«

Ich stehe auf und streiche meine Klamotten glatt. Mit der weißen Bluse und dem marineblauen Bleistiftrock habe ich heute versucht, geschäftsmäßig auszusehen, doch als ich meine hübschen Schuhe anziehen wollte, musste ich leider feststellen, dass sie mir zu klein geworden sind. Das einzige andere einigermaßen anständige Paar sind meine Riemchensandalen, auch wenn ich damit eher zum Coachella gehen könnte als zu einem Termin bei einem Anwalt. Aber ich hoffe einfach, ich ziehe es so cool durch wie die Frau auf dem Wochenmarkt in ihrem Anzug und den Flip-Flops.

Als wir den schmalen Flur mit einem so dicken Teppich entlangeilen, dass ich beinahe darüber stolpere, kommen wir an der Kaffeemaschine vorbei. Die Sekretärin bleibt so abrupt stehen, dass ich beinahe in sie hineinlaufe.

»Oh! Kaffee?«, fragt sie, als wäre ihr eben erst wieder eingefallen, dass es so etwas überhaupt gibt.

Die Kaffeemaschine steht auf einem kleinen weißen Klapptisch, der mit Würfelzucker und kreisförmigen, getrockneten Becherabdrücken übersät ist. Eine Schachtel mit hölzernen Rührstäbchen ist umgekippt und ihr Inhalt ist quer über den Tisch verteilt. Es sieht aus wie ein Mikado-Spiel. Das Chaos lässt darauf schließen, dass hier alle viel zu sehr mit überaus wichtigen Dingen beschäftigt sind, um hinter sich aufzuräumen.

Vielleicht ist das ja ein gutes Zeichen. Vielleicht wird sich hier jemand für mich ins Zeug legen.

So gern ich Kaffee getrunken hätte, nur um es meinem Dad zu zeigen, der mich zu Hause keinen trinken lässt, lehne ich ab. Der Kaffee, den ich mit Nico getrunken habe, war nicht besonders lecker, selbst mit Milch und Zucker. Außerdem brauche ich kein zusätzliches Koffein. Ich bin so schon nervös genug.

Die Sekretärin klopft an eine Tür am Ende des Flures und eine tiefe Stimme bellt: »Herein.«

Mit einem *Wuusch* schleift die Tür über den dicken Teppich. »Mr Graff, ich bringe Ihnen Juniper Jade.«

»Danke, Evelyn«, antwortet Mr Graff.

Ich trete in sein Büro und die Sekretärin zieht die Tür hinter mir zu.

Mr Graff schiebt sein halb gegessenes Sandwich beiseite und steht hinter seinem Tisch auf, sodass die Roggenbrotkrümel von seinem Hemd auf den Tisch fallen. Er ist groß und schlank, mit schütterem, blondem Haar über einer einsetzenden Stirnglatze. Ich würde ihn etwa auf das Alter meines Vaters schätzen. Er streckt seine Hand aus und die Krawatte, die er über die Schulter geworfen hatte, schwingt zurück an ihren angestammten Platz über der Knopfleiste seines Hemdes. Nachdem wir Hände geschüttelt haben, unterdrücke ich den Drang, den Abdruck seiner feuchten Handfläche an meinem Rock abzuwischen.

»Setz dich, setz dich«, fordert er mich auf. Ich nehme in einem der beiden Besucherstühle ihm gegenüber Platz und falte die Hände in meinem Schoß.

»Was führt dich zu mir?«

»Ich will meine Eltern vor Gericht bringen.«

Er gluckst kopfschüttelnd, unterbricht sich aber, als ich nicht einstimme. »Oh, du meinst es wirklich ernst.« Er zieht einen Plastikbecher mit Limonade näher zu sich heran und zieht den Inhalt durch den Pappstrohhalm, bis nur noch das hohle Geräusch von Luft und Eis zu hören ist. »Warum?«

Ich verknäule meine Finger ineinander. »Ich will geimpft werden, aber meine Eltern sind Impfgegner.«

Er tippt sich gegen das Kinn. »Interessant.«

»Wirklich?«

»Interessant, aber unmöglich.«

Ich richte mich auf. »Warum?«

»Sag noch gleich dein Alter.«

»Sechzehn. Siebzehn im April.«

»Nun, sechzehn, siebzehn im April, ich würde dir raten, du wartest einfach, bis du achtzehn bist.«

»Ich kann aber nicht warten. Ich mache mir Sorgen um meine Gesundheit.«

»Warum das?«

Ich erzähle ihm von den Masern, meinem Krankenhausaufenthalt und meinen Geschwistern. Von Katherine St. Pierre und den restlichen Bürgern von Playa Bonita.

»Du hast das Baby gekannt, das gestorben ist?«, hakt er nach.

Wie soll ich ihm erklären, dass ich sie nicht wirklich gekannt habe? Dass ich ihr nur ein Mal begegnet bin, sie aber seither mit mir herumtrage, als hätte ich sie schon immer gekannt? Inzwischen kenne ich sie wie einen Teil von mir. Ein Teil, der immer wehtun wird. »Sie hat sich bei mir mit den Masern angesteckt.«

Jetzt blickt er verwirrt drein. »War sie eine Familienangehörige?«

»Nein. Ich habe sie auf dem Wochenmarkt getroffen, als ich noch nicht wusste, dass ich die Masern habe. Ich hab es nicht mit Absicht getan.«

»Nein, natürlich nicht«, entgegnet er kopfschüttelnd. »Aber es ist sehr traurig, nicht wahr?«

»Traurig ist etwas untertrieben.« Ärgerlich funkele ich ihn an. »Sehen Sie, und deshalb kann ich mit den Impfungen nicht warten, bis ich achtzehn bin. Wenn ich was dagegen tun kann, will ich nicht, dass noch mal so was passiert wie das mit dem Baby.«

»Verstehe.«

»Ich will was bewirken.«

»Sehr engagiert.« Er grunzt. »Die Jugend von heute scheint mir in dieser Hinsicht etwas zu engagiert.«

Ich drücke meinen Rücken gegen die Stuhllehne. »Klingt, als würden Sie Jugendliche nicht sonderlich mögen.«

»Im Gegenteil. Ich liebe sie. Habe selbst zwei zu Hause. Aber sie wissen nicht immer, was sie wollen, selbst wenn sie es zu wissen glauben.«

»Ich weiß, was ich will.«

»Bist du dir sicher? Du redest davon, deine Familie kaputtzumachen. Dich und deine Familie auseinanderzubringen. Wofür? Nur um zu beweisen, dass du recht hast?«

»Ich versuche, mein Leben zu retten.«

»Hm.« Er sieht mich ernst an. »Steckt da noch mehr dahinter? Ist es für dich zu Hause nicht sicher, Juniper? Tun deine Eltern dir weh? Alles, was du mir erzählst, behandle ich absolut vertraulich.«

»Was? Nein!«

»Okay. Gut. Das ist gut.«

»Ich liebe meine Eltern. Ich glaube nur, dass ihre Ansichten zu Impfungen falsch sind.«

»Am Ende gibt es immer noch die Emanzipation.«

»Was ist das?«

Er lehnt sich in seinem Stuhl zurück. »Emanzipation gibt dir rechtliche Unabhängigkeit von deinen Eltern.«

»Soll heißen?«

»Deine Mutter und dein Vater wären in keiner Weise mehr für dich verantwortlich. Dementsprechend könntest du auch deine eigenen medizinischen Entscheidungen treffen. Allerdings müsstest du nachweisen, dass du in der Lage bist, allein für dich zu sorgen. Kannst du das?«

»Ich kann kochen, putzen und meine Wäsche selbst waschen.« Insgeheim frage ich mich, ob sich so ein Bewerbungsgespräch anfühlt. Ich richte mich auf. »Ich kann eine Menge Dinge.«

»Arbeitest du? Du müsstest nachweisen, dass du finanziell auf eigenen Beinen stehst. Und du müsstest einen unabhängigen Wohnort finden, getrennt von deinen Eltern. Das alles sind entscheidende Dinge für eine rechtliche Emanzipation.«

»Ich habe keinen Job. Ich hätte gern einen, aber ich habe noch keinen. Und selbst wenn, würde ich nicht ausziehen wollen. Ich lebe gern bei meiner Familie. Poppy und Sequoia brauchen mich.«

»Dann sieht es so aus, wie ich es gleich zu Anfang gesagt habe. Warte, bis du achtzehn bist.« Er beäugt sein Sandwich, so als wünschte er, ich würde gehen, damit er seine Mittagspause beenden kann. Als gäbe es nichts weiter zu sagen.

Ich räuspere mich und er reißt den Blick von seinem Sandwich los und sieht mich wieder an. »Ich bin von den Masern wirklich sehr krank geworden, Mr Graff. So etwas will ich nicht noch einmal erleben.«

Er seufzt. »Juniper, sosehr ich bewundere, was du tust, wir haben es hier mit kalifornischem Recht zu tun. In anderen Staaten mag das anders gehandhabt werden, aber hier ist Emanzipation deine einzige Möglichkeit.«

»Meine Rechte hängen also an meiner Postleitzahl.«

»Könnte man so sagen.« Er beugt sich vor und seine Krawatte wird zwischen ihm und der Tischkante eingeklemmt. »Für diese Situation gibt es keine Präzedenzfälle auf Bundesebene.«

»Das ist oft so. Und dann kämpft jemand hart genug und bekommt Recht zugesprochen.«

»Leider sind diese Jemande selten sechzehnjährige Mädchen.« Seine Worte bringen mein Blut zum Kochen. Ich habe es gründlich satt, abgewiesen zu werden. Er lehnt sich wieder in seinem Stuhl zurück und verschränkt die Hände hinterm Kopf. »Sieh mal, du bist gekommen, um dir meine professionelle Meinung einzuholen, und ich habe sie dir gegeben. Ich weiß, es klingt momentan unerträglich, aber du solltest einfach warten, bis du achtzehn bist.«

»Ich glaube nicht daran, dass Dinge unmöglich sind.« Ich lächle. »Das kann ich einfach nicht.«

»Nun, dann wünsch ich dir alles Gute.«

Ich verlasse sein Büro und steige in den Linienbus, der mich zum Gericht bringt. Vielleicht finde ich dort einen Anwalt, der mir helfen kann. Einer, der gerade aus einem Gerichtssaal kommt oder ein Päuschen auf der Eingangstreppe macht. Ich beschließe, einfach auf sie zuzugehen und ihnen meine Geschichte zu erzählen.

ZWEIUNDZWANZIG

Mein Ausflug zum Gericht war ein totaler Reinfall. Scheinbar mögen Anwälte es nicht, vorm Gerichtsgebäude von völlig Fremden angesprochen und um rechtlichen Beistand gebeten zu werden. Ich hätte es besser wissen müssen, aber ich brauche so dringend Hilfe, dass ich den Plan nicht sonderlich gut durchdacht habe.

Zum Glück kann ich meine Gedanken heute auf etwas anderes richten. Bis Halloween sind es nur noch ein paar Wochen, und da wir alle wieder genesen sind, haben meine Eltern beschlossen, mit der ganzen Familie zum städtischen Kürbisfeld zu fahren. Wie alles andere in dieser Stadt schießt das Halloween-Feld von Playa Bonita mit einer Heufahrt, frisch gepresstem Apfelcider, Tonnen von Kürbissen und einem Streichelzoo etwas über das Ziel hinaus.

»Grausam«, sagt meine Mutter und schüttelt den Kopf über die Ziegen und Alpakas, die hinter einem provisorischen Maschendrahtzaun meckern.

Vielleicht ist es wirklich grausam. Trotzdem tut mir Sequoia leid, wie er da bei meiner Mutter am Zipfel ihres Pullovers hängt und bettelt, dass er zu den Streichelzootieren darf. Ich versuche, ihn mit dem hundert Pfund schweren Kürbis abzulenken, der dort ausgestellt ist, und helfe ihm sogar, daraufzuklettern, damit Dad ein Foto von ihm machen kann. Dann bedeutet mein Vater meiner Mutter, Poppy und mir, uns neben

Sequoia zu stellen. Meine Mutter saugt tief die klare Oktoberluft ein und umarmt einen kleineren Kürbis, als würde sie für einen kitschigen Herbstkatalog voller Geschenkkörbe posieren statt für einen Schnappschuss fürs Familienalbum.

Nachdem er ein paar Fotos gemacht hat, sagt mein Vater: »Wisst ihr, was noch schöner wäre? Wenn wir alle im Bild sind.«

Er dreht sich zu einer vorbeilaufenden Frau um und hält ihr die Kamera hin: »Würden Sie bitte ein Foto von uns machen?« Die Frau hebt den Kopf von ihrem Smartphone, mustert uns, sieht wieder auf ihr Handy und weicht dann mit einem Kopfschütteln zurück. Nein. Angesichts ihrer Reaktion wird mir innerlich eiskalt. Genauso wie an dem Markttag, als Mary mit der älteren Frau und den beiden jungen Müttern die Köpfe zusammengesteckt hat und sie sich flüsternd über mich und meine Mutter unterhalten haben.

Trotzdem bleiben meine Mom, meine Schwester, mein Bruder und ich seltsam verloren dort stehen und halten die Schlange an Leuten auf, die auch auf den Riesenkürbis klettern und ein Foto machen wollen, während Dad versucht, einen Fotografen zu finden.

»Geben wir es auf«, sage ich zu meiner Mutter.

»Ist schon in Ordnung«, sagt sie, obwohl sich Sorgenfalten auf ihrer Stirn abzeichnen.

Endlich willigt ein Vater mit Kind ein. Mit einem falschen Lächeln posieren wir vor dem Kürbis, während Dad ihm die komplizierte analoge Kamera erklärt, die er immer noch benutzt, weil er behauptet, sie mache bessere Fotos als jede Handykamera. Da stößt die Frau, die uns vorhin abgewiesen hat, dazu und zieht das Kind weg. Als der Mann, der wohl ihr Ehemann ist, sich zu ihr umdreht, streift das Objektiv von Dads Kamera ihren Arm und sie zuckt zusammen.

»Was machst du da?«, presst sie wie ein Bauchredner mit zusammengebissenen Zähnen hervor. Aber ich kann sie trotzdem verstehen. »Die sind das. Die Leute von dem Foto im Internet.«

Ihr Mann blickt verwirrt drein. »Was für ein Foto? Wo im Internet?«

»Ich habe grade sicherheitshalber noch mal nachgeschaut.« Sie hält ihr Handy hoch und ich sehe ein gestochen scharfes Bild von meiner Mutter und mir hinter unserem Stand mit Kräutern und ätherischen Ölen auf dem Wochenmarkt. »Ich wusste doch, dass ich sie in dieser Facebook-Gruppe gesehen habe.«

Eine vorbeilaufende Frau schielt auf das Handyfoto, sieht dann uns an, zieht ihre Tochter näher an sich heran und hastet davon. Ich bemerke, wie andere Leute um uns herum die Köpfe zusammenstecken. Von ihrem unterdrückten Geraune schnappe ich das Wort *Masern* auf und ich spüre ihre Blicke.

Wissen hier etwa alle, wer wir sind?

Die Frau will nicht, dass ihr Mann Dads Kamera anfasst, weil sie denkt, sie sei voller Viren.

Sie denkt, wir seien voller Viren.

Unberührbar. Ansteckend.

»Mom«, sage ich alarmiert. »Wir sollten gehen.«

»Ja, das sollten wir«, sagt sie. »Russ, nimm deine Kamera zurück.«

»Nein!«, ruft Sequoia. »Ich will noch nicht weg.« Und damit rutscht er von dem Riesenkürbis und rennt mitten aufs Kürbisfeld.

»Wir sind doch gerade erst angekommen«, stellt Poppy fest und verschränkt trotzig die Arme. »Ich hab mir noch nicht mal einen Kürbis ausgesucht.« Meiner Schwester liegt nichts an Halloween, aber sie schneidet für ihr Leben gern Kürbisgesichter aus. Schon die ganze Woche über und noch auf der Autofahrt hierher hat sie in ihrem Zeichenbuch an verschiedenen Designs gearbeitet.

»Wir müssen aber gehen«, dränge ich. »Sieh dich doch um.«

Passanten starren uns an und flüstern. Ihr Geraune verbreitet sich in Windeseile wie eine Krankheit.

Ob die Person, die das scharlachrote *I* an unsere Haustür gesprayt hat, wohl auch unter ihnen ist? Vielleicht war es die Frau dort, die schicke Gummistiefel trägt, obwohl es heute an Nässe nichts weiter als einen kurzen Sprühregen vor zwei Stunden gab? Oder vielleicht war es der Mann mit dem Becher Apfelcider? Oder das Pärchen mit dem Doppelkinderwagen?

Langsam weichen wir von dem Riesenkürbis zurück und gehen zu dem Kürbisfeld, um Sequoia einzusammeln und nach Hause zu fahren.

»Hey!«, ruft eine Mutter im Sportoutfit hinter uns her, während sie ihre Kinder hinter sich schubst. »Wir wissen, wer ihr seid. Ihr habt ein unschuldiges Kind getötet. Ihr seid Mörder.«

Fieberhaft zerbreche ich mir den Kopf, woher so viele Menschen wissen können, wer wir sind.

Wer hat es ihnen erzählt? Wer hat die Geschichte verbreitet? Meine Mutter, mein Vater oder Poppy würden das nie tun. Wer dann?

Mein Vater ist vollkommen sprachlos und meine Mutter sieht aus, als würde sie jeden Moment umkippen.

»Mom?«, sagt Poppy mit zittriger Stimme.

Sequoia hört das Geschrei und verlässt das Kürbisfeld, um an meiner Seite Schutz zu suchen. Inzwischen hat sich nämlich eine Menschenmenge um uns herum versammelt, die langsam beginnt, uns einzuschließen.

Mob-Mentalität.

Die Leute kommen immer näher. Gaffer, die neugierig sind, was los ist. Als wäre dies ein Unfallort.

Aber diesmal ist meine Familie der Unfall.

Voller Angst weiche ich einen Schritt zurück. Mein Instinkt

sagt mir, Poppy und Sequoia zu schützen, und ich schiebe meinen Körper vor sie. Meine Mutter will instinktiv uns alle drei schützen und stellt sich wiederum vor mich.

»Wir wollen Sie hier nicht haben!« Die Mutter im Sportoutfit ist nun so nah, dass ich sehen kann, wie ihr Speichel durch die Luft sprüht, wenn sie schreit. »Diese Stadt ist nicht bereit, Opfer Ihrer groben Vernachlässigung zu werden.« Eine ihrer Freundinnen versucht, sie wegzuziehen und zu beruhigen, doch sie schüttelt sie wütend ab und zeigt mit hochrotem Gesicht auf meine Eltern. »Sie haben Blut an den Händen. Das wissen Sie doch, oder?«

Verwirrt blickt Sequoia auf die Hände meiner Mutter.

Den Mund zu einem dünnen Strich zusammengepresst, ballt mein Vater die Fäuste. Sie hängen an der Seite herunter, doch ich mache mir ernsthaft Sorgen, dass er jemanden schlagen könnte. *Eine Frau. Eine Mutter.*

»Wagen Sie es ja nicht.« Groß, mit hervorgedrückter Brust und erhobenen Armen baut er sich vor uns vieren auf. »Wagen Sie es ja nicht, meiner Familie auch nur einen Schritt näher zu kommen.«

Auch meine Mutter streckt mit zitternden Händen die Arme aus.

»Oh, na klar, schützen Sie nur Ihre eigenen Kinder, alle anderen sind Ihnen ja egal!«, ruft jemand aus dem Hintergrund.

»Jetzt reicht's«, ruft eine andere Stimme. »Lassen Sie uns vernünftig sein.«

»Sind Sie auch Impfgegner, oder wie?«, kommt die prompte Antwort aus der aufgebrachten Menge.

Einige haben ihre Smartphones gezückt und filmen alles. Andere tippen wie wild auf ihnen herum und berichten wiederum anderen, die nicht Zeugen dieses Spektakels sind, weil sie Besorgungen machen oder Fußball spielen.

»Russ«, murmelt meine Mutter. »Lass uns gehen.«

Sequoia stampft mit dem Fuß auf. »Ich will aber einen Kürbis.«

»Du kriegst später einen Kürbis«, sage ich zu ihm. »Versprochen.«

Seine Augen füllen sich mit Tränen. Hilfe suchend wende ich mich an Mom, doch sie hat ebenfalls Tränen in den Augen. Weil sie sich schuldig fühlt? Oder gedemütigt, als wäre sie wieder in der Schule?

Mein Vater richtet sich auf. »Gehen Sie weg«, sagt er zu der Menge. Als er einen Schritt in ihre Richtung macht, weichen sie vor ihm zurück. Nicht, weil er stark und Furcht einflößend ist, sondern weil sie Angst haben, er könnte sie anstecken. Einen Arm um Poppys Schultern gelegt, führt er uns im Gänsemarsch zu Bessie.

»Danke«, sagt die Mutter im Sportoutfit und klatscht dramatisch in die Hände. »Danke, dass Sie endlich gehen. Wissen Sie was, warum verlassen Sie nicht gleich ein für alle Mal die Stadt? Sie sind hier nicht willkommen.«

»Oh mein Gott.« Poppy verdreht verärgert die Augen. »Geh zu deiner Yogastunde und krieg dich wieder ein.«

Ihre Worte erfüllen mich mit einer seltsamen Mischung aus Stolz und Schrecken.

Auf dem Heimweg sitzt Sequoia mit verschlungenen Händen auf dem Rücksitz. Ich kann sehen, wie sich die Ereignisse von vorhin wieder und wieder in seinem Kopf abspielen. Irgendwann fragt er: »Wen haben wir umgebracht?«

»Was?« Die Handknöchel meines Vaters zeichnen sich weiß gegen das Lenkrad ab, so fest hat er es gepackt.

»So ist es nicht«, widerspricht Poppy.

»Wie ist es dann?«, beharrt Sequoia und sieht mich an.

»Nicht jetzt.« Während er uns im Rückspiegel ansieht, ist

meinem Vater deutlich anzumerken, wie sehr er darum kämpft, ruhig zu bleiben.

»Mit einer Pistole?«, fragt Sequoia.

»Wir haben keine Pistole«, schaltet Mom sich ein.

»Aber wie bringt man jemanden ohne Pistole um?«

Poppys und meine Blicke kreuzen sich. Wir beide wissen, dass es jede Menge andere Wege gibt, einen Menschen zu töten. Aber keine von uns will diejenige sein, die es unserem Bruder sagt.

»Nicht jetzt«, wiederholt mein Vater.

»Aber die Frau hat gesagt, wir haben jemanden umgebracht.«

Wir müssen an einer Ampel halten und mein Vater dreht sich auf seinem Sitz um, um uns anzusehen. »Wir haben keine Pistole und wir werden auch nie eine haben. Niemand wurde umgebracht. Ende der Diskussion.«

Die Ampel springt auf Grün und wir fahren schlingernd an.

Sequoia stößt einen missmutigen Seufzer aus und verschränkt die Arme vor der Brust. Ich würde ihm gern helfen, alles besser zu verstehen, aber wie erklärt man einem Zweitklässler, was mit der kleinen Kat passiert ist?

Ich lehne meinen Kopf gegen das Fenster. Mein Blick fällt auf Poppys Zeichenbuch, das immer noch zwischen uns auf dem Polster liegt. Von der aufgeschlagenen Seite grinsen mir verschiedene Entwürfe für Kürbislaternen entgegen. Eine Katze. Ein Pirat. Eine Hexe. Keiner davon wird heute geschnitzt werden.

Und Katherine St. Pierre wird nie einen Kürbis schnitzen. Sie wird sich nie verkleiden, von Haustür zu Haustür laufen und nach Süßem oder Saurem fragen oder einen Gruselfilm sehen. Sie wird nie heranwachsen und aufs College gehen. Nie eigene Kinder haben.

Und wir sind schuld.

Ob wir es nun mit einer Pistole getan haben oder nicht.

DREIUNDZWANZIG

Am Nachmittag von Halloween habe ich Sequoia immer noch nicht den versprochenen Kürbis besorgt. Ich habe mehrere Versuche gestartet, erneut zum Kürbisfeld zu gehen, doch sobald der Eingang in Sicht kam, habe ich jedes Mal einen Rückzieher gemacht. Zu deutlich sind die Erinnerungen an die Menschenmenge, die uns langsam umzingelt. Ihre hasserfüllten Rufe und wie sie Fotos schießen und uns filmen. Allein will ich da nicht wieder hin. Obwohl ich Nico nicht mehr gesehen habe, seit ich ihm Anfang Oktober im Starbucks über den Weg gelaufen bin, habe ich keineswegs aufgehört, an ihn zu denken. Also beschließe ich, zur Bücherei zu fahren. Er hat gesagt, er arbeitet an Halloween. Vielleicht kann ich ihn überreden, mich zum Kürbisfeld zu begleiten, wenn seine Schicht um ist. Als ich mich seinem Tisch vor dem Computerraum nähere, ist er zu sehr in sein Buch vertieft, um mich zu bemerken. Ich schleiche mich von hinten an, beuge mich zu ihm hinunter und flüstere ihm ins Ohr: »Buh.«

Vor Schreck fährt er auf dem Stuhl zusammen und lässt sein Buch fallen.

Ich muss lachen. »Alles in Ordnung?«

»Du hast gerade einen astreinen Jump-Scare abgezogen. Klassiker.«

»Was hab ich?«

»Ach, das ist so ein Filmeffekt. Jared liebt die.«

»Ich kapier es immer noch nicht.«

Ungeduldig wedelt er mit der Hand. »Das ist, wenn die Szene plötzlich wechselt, weil irgendwas aus dem Nichts auftaucht und du dich so sehr erschreckst, dass du aufspringst.«

»Hm. Darauf hätte ich wohl selbst kommen können.«

»Ist doch egal.« Er sieht zu mir auf und lächelt. »Hallo, übrigens.«

»Hallo.«

»Du wusstest noch, wo du mich findest.«

»Klar.«

Ich komme näher und lasse meine Hand auf der Stuhllehne ruhen. Aus diesem Winkel sieht sein Haar sogar noch weicher und welliger aus. Es juckt mich, mit den Fingern durchzufahren und die seidigen Strähnen auf meiner Haut zu spüren.

»Gehst du mit mir zum Kürbisfeld, wenn du hier durch bist?«, frage ich ihn.

»Zum Kürbisfeld?«

»Ja.«

»Ich glaub, das ist keine gute Idee.«

»Warum?«

»Juniper.« Nico fährt mit dem Daumen über den Rand seines Laptops vor ihm auf dem Tisch. »Es gibt da was, das du sehen solltest. Auch wenn ich lieber nicht derjenige wäre, der es dir zeigt.«

»Jetzt machst du mir Angst.«

»Na ja, ist ja immerhin Halloween.« Grimmig klappt er den Laptop auf und ruft Facebook auf.

Und da ist es.

Ein erstarrtes Video mit der dreieckigen Play-Taste direkt im Gesicht meiner Mutter.

Daneben Poppy, Sequoia und der Hundert-Pfund-Kürbis.

Mein Vater etwas abseits.

Und ich, vor Schreck wie versteinert.

Damals wie heute.

Ich klicke auf Play.

Und schon hallen die furchtbaren Worte im Raum wider. *Vernachlässigung. Blut an den Händen.*

Mörder.

Nico krümmt sich. »Das ist so übel. Tut mir echt leid.«

Meine Beine sind weich wie gekochte Spaghetti. Kraftlos sinke ich auf den Stuhl neben Nico. »Wo hast du das gefunden?«

Er meidet meinen Blick und starrt stattdessen auf den Bildschirm. »Überall. Aber angefangen hat es auf der Facebook-Seite von den ›Besorgten Bürgern von Playa Bonita‹.«

Ich beuge mich weiter vor und sehe, dass die Seite 4200 Follower hat. Das sind eine Menge. Fast ein Drittel der gesamten Stadt.

»Ist das alles?«

»Nicht ganz.«

»Zeig mal.«

Er scrollt nach unten. Auf der Seite gibt es mehrere Fotos von meiner Mom und mir an unserem Stand auf dem Wochenmarkt. Alle aus unterschiedlichen Winkeln aufgenommen. Einige von weiter weg, andere herangezoomt. Unter ihnen prangt eine klare und deutliche Bildunterschrift. *Diese Leute haben Katherine St. Pierre mit den Masern angesteckt. Haltet eure wunderbaren Babys von ihnen fern.* Ich hatte ja keine Ahnung, dass so viele Fotos von uns geschossen wurden. An dem Tag habe ich nur das mitbekommen, das die Mutter mit Kinderwagen von uns gemacht hat, die mit Mary und den anderen Frauen tuschelnd zusammenstand. Als sie auf uns gezeigt und uns verurteilt hat.

Es gibt auch ein Foto von unserem Haus mit dem scharlachroten *I* auf der Tür, bevor meine Mutter es abgeschrubbt hat. *Haltet euch fern,* lautet die Bildunterschrift.

Noch ein Foto von Mom und Sequoia im Garten. *Das Böse*, lautet hier die Bildunterschrift.

Und noch eins von meiner Mutter und meinem Vater, wie sie auf dem Parkplatz der Autowerkstatt aus Bessie steigen. *Das sind sie doch, oder?*

Ich zittere am ganzen Körper. »Deshalb wissen alle, wer wir sind. Die stalken uns. Und zerreißen sich auf dieser Seite schon seit Wochen über uns das Maul.«

Das also meinte meine Mutter, als sie der Frau vom Gesundheitsamt gesagt hat, sie glaubt nicht, dass wir anonym bleiben würden. *Bis die von uns Wind bekommen, ist es nur eine Frage der Zeit,* hat sie gesagt.

»Ich glaube, die denken, sie tun was Gutes, indem sie alle vor eurer Familie warnen«, sagt Nico. »Aber das ist völlig daneben. Mega übergriffig.«

Mein Knie stößt gegen sein Knie. Unsere Schultern berühren sich. Ich verharre in dieser Haltung, weil es guttut, ihn so fest und sicher neben mir zu spüren. Es lindert mein Zittern. Das Video hat über 300 Kommentare. Nico klickt auf das leere Textfeld und fängt an zu schreiben:

Man kann nicht jemandem die Schuld geben, wenn sie nicht einmal wusste, dass sie krank war. Überhaupt führen diese Beschimpfungen ganz sicher nicht zu einem vernünftigen Dialog. Diese Leute sind keine Mörder. Sie wollten nur zum Kürbisfeld gehen. Ich schäme mich für meine Heimatstadt. Das wirft ein schlechtes Licht auf Playa Bon–

Ich unterbreche ihn, indem ich meine Hand auf seine lege.

»Danke«, sage ich. »Aber du musst das nicht tun. Ich will dich da nicht mit reinziehen.«

»Mir egal.« Er tippt zu Ende, drückt auf Enter und der Kommentar erscheint. Binnen Sekunden hat er eine Antwort:

Fick dich Weichei.

»Die Dumpfbacke hat das Komma vergessen«, stellt Nico trocken fest.

Ich klappe den Laptop zu. »Ich will das nicht mehr sehen.«

Sein Blick wird weich. »Die sind im Unrecht, Juniper. Das weißt du doch, oder?«

»Nein. Ich kann sie in gewisser Weise sogar verstehen. Wegen mir ist ein Baby gestorben.«

Er schüttelt den Kopf. »Hör auf, das zu sagen.«

»Das ist aber die Wahrheit.«

»Okay, theoretisch ja. Sie hatte die Masern von dir. Aber du bist ja nicht losgezogen und wolltest genau das erreichen.« Ein Kiefermuskel zuckt. »Und sei mir nicht böse, aber wenn irgendjemand schuld ist, dann deine Eltern.«

»Damit hast du schon recht. Es ist ihre Schuld *und* meine.«

Er hebt die Augenbrauen. »Hast du ihnen das mal gesagt?«

»Ich habe ihnen schon eine ganze Menge gesagt.« Ich zucke mit den Schultern. »Zum Beispiel, dass ich geimpft werden will und auf eine normale Schule gehen möchte. Und wenn sie Nein sagen, erzähl ich ihnen immer, wie elitär und lächerlich sie sind.«

»Wenn ich so was zu einem meiner Eltern sagen würde, hätte ich ganz sicher für den Rest meines Lebens Hausarrest.«

Ich setze mich auf und ahme die tiefe Stimme meines Vaters nach: »Nun ja, offen seine Meinung zu sagen, ist Teil der Jade'schen Familientradition.« Ich lache bitter auf. »Nur weil wir Kinder sind, sollen wir keine Angst haben, offen auszusprechen, was wir denken. Niemand sagt uns, wir sollen den Mund halten. Im Gegenteil, wir werden ermuntert, unseren Standpunkt klarzumachen.« Ich seufze. »So weit zumindest die Theorie. Aber meine Eltern sind Heuchler, weil sie meine Meinung in Wirklichkeit gar nicht hören wollen.«

»Was hast du vor?«

»Ich werde darum kämpfen.«

»Wie?«

»Weiß ich noch nicht genau. Bisher habe ich von allen Seiten nur gehört, das sei unmöglich.«

»Und ist es das?«

»Das werden wir ja sehen.«

Ich stehe auf, weil ich es nicht länger aushalte, hier herumzusitzen. Mein Blick huscht zum Ausgang.

Nico schiebt seinen Stuhl zurück. »Warte. Vielleicht kann ich heute früher Feierabend machen. Der Computerraum wird an Halloween nicht gerade überrannt. Willst du woanders hin?«

»Nichts lieber als das. Kannst du mich irgendwohin ganz weit weg bringen?« Verträumt starre ich die Decke an. »Vielleicht zum Mond?«

Spielerisch gibt er mir einen kleinen Schubs mit der Schulter. »Wie wär es mit einem Film? Ein paar Leute von der Film-AG treffen sich im Playa-Kino, da zeigen sie heute alle *Halloween*-Klassiker.«

»Ich würde nichts lieber tun, als in einen Film abzutauchen, aber ich habe meinem kleinen Bruder versprochen, ihm einen Kürbis zu besorgen. Und ich weiß, dass Poppy auch gern einen hätte.« Ich mache eine Handbewegung in Richtung Laptop. »Aber du hast recht. Ist momentan vielleicht nicht die beste Idee, aufs Kürbisfeld zu spazieren.«

»Ähm, hast du mal unsere Auslage im Fenster vorn angeguckt? Die Bücherei hat ohnehin viel zu viele Kürbisse. Ich hol dir ein paar.«

»Bist du sicher?«

»Klaro.«

VIERUNDZWANZIG

Ungefähr eine halbe Stunde später taucht Nico mit dem büchereieigenen Golfcart vor unserem Haus auf, die Rücksitze über und über mit Kürbissen beladen.

Ich klopfe auf das Lenkrad. »Werden sie das putzige Gefährt in der Bücherei nicht vermissen?«

»Nee. Ist ja schließlich für einen guten Zweck.« Nico grinst. »Hilfst du mir beim Ausladen?«

Wir schleppen die Kürbisse nach hinten in den Garten. Poppy ist völlig außer sich. Sie zittert geradezu vor Aufregung. Einen nach dem anderen inspiziert sie die Kürbisse und versucht, den perfekten unter ihnen auszumachen, möglichst rund und ohne einen einzigen Kratzer.

Als sie ihn schließlich gefunden hat, sagt sie in einem langen Atemzug: »Dankedankedanke.«

Meine Mutter bringt unsere Schnitzinstrumente herbei und stellt eine Schüssel für das Kürbisfleisch auf den Gartentisch. Poppy holt ihr Zeichenbuch und studiert kritisch ihre Designs. Sequoia schnappt sich einen der Kürbisse und umarmt ihn wie ein heiß geliebtes Kuscheltier.

»Das war sehr nett von dir«, sagt Mom zu Nico. »Wie du siehst, hast du den beiden eine große Freude gemacht.« Sie versucht, Sequoias widerspenstigen Haarschopf zu glätten. »Vielen Dank.«

»Kein Problem, für mich war das ein Kinderspiel. Die Bücherei hat jede Menge Kürbisse von der Halloween-Deko übrig.«

»Nun, wir sind dir jedenfalls alle sehr dankbar«, erwidert meine Mutter.

Ich drehe mich ebenfalls zu Nico um. »Danke für deine Hilfe. Aber du musst nicht bleiben. Du wolltest doch ins Kino.«

»Juniper, ich kenn die *Halloween*-Reihe in- und auswendig. Ich werde es überleben, die mal ein Jahr nicht zu sehen.«

»Willst du damit sagen, du willst mit uns Kürbisse schnitzen?«

»Klar, ich schnitze für mein Leben gern Kürbisse.«

Poppy ist bereits dabei, dem Katzengesicht auf ihrem Kürbis den letzten Schliff zu geben, bevor sie mit dem Schnitzen loslegt. Vor lauter Konzentration lugt ihre Zungenspitze seitlich aus dem Mund heraus. Sequoia hingegen nimmt es mit dem Design nicht so genau. Er ist vollauf zufrieden damit, eine traditionelle Halloween-Fratze auf den Kürbis zu malen, die ich dann für ihn ausschneiden muss. Dann krönt er das Ganze mit Stickern, Glitzer und ein paar Strichen mit einem Filzstift, sodass es aussieht, als hätte der Kürbismann eine Naht im Gesicht.

»Das ist ein Kürbismonster«, erklärt er.

»Uh«, macht Mom. »Da wird einem ja angst und bange.«

Nico stößt mich unter dem Tisch mit dem Knie an. »Welchen willst du schnitzen?«, fragt er, während ich durch Poppys Zeichenbuch blättere.

»Keine Ahnung. Poppys Zeichnungen sind viel zu gut. Da kann sich ja kein Mensch entscheiden.« Er sieht mir über die Schulter, um die Kunstwerke meiner Schwester zu betrachten, und eine seiner weichen Locken kitzelt mich am Kinn. Ich atme seinen Geruch ein und beschließe insgeheim, dass ich ihn gern in einem Fläschchen einkorken würde, um ihn über meinem Kissen auszukippen. »Was willst du denn schnitzen?«

»Pennywise. Aus *Es.*« Er hält einen Kürbis hoch und mustert ihn kritisch. »Zumindest versuche ich es.«

»Musstest nicht mal drüber nachdenken, was?«

»Nö.«

»Hast du das Buch gelesen *und* den Film gesehen?«

»Ich hab den ersten Teil der Neuverfilmung fünf Mal gesehen.« Er schüttelt sich, so als grusele es ihn allein bei dem Gedanken. »Was ist mit dir?«

Ich zucke mit den Schultern. »Ich mag keine Horrorgeschichten. Das echte Leben ist schon grausam genug.«

Meine Mutter befreit ihre Finger von den schleimigen Kürbisfleischfäden und wirft sie in eine Schüssel. »Die spenden natürliche Feuchtigkeit«, flötet sie. »Das Fleisch ist voller Antioxidantien und Zink. Ich mische uns daraus eine Gesichtsmaske. Wer hilft mit?«

Ich ducke mich und lehne mich zu Nico hinüber. »Weißt du jetzt, was ich meine?«

»Ich mach mit«, sagt Poppy.

»Ich auch«, kräht Sequoia.

»Willkommen bei meiner ausgeflippten Familie«, brumme ich.

»Ich mag ausgeflippte Leute.« Wieder stößt er mich mit dem Knie an.

»Sehr gut. Das ist nämlich noch lange nicht alles.«

Nachdem meine Mutter alle Kerne zum Rösten rausgepult und das Kürbisfleisch für ihre Gesichtsmaske beiseitegestellt hat, sammelt mein Vater die übrig gebliebenen Fasern für den Komposteimer zusammen. Als die Sonne untergeht, steht eine Schale mit gerösteten Kernen auf dem Kaffeetisch und fünf beeindruckende Kürbislaternen säumen das Geländer und erhellen unsere Veranda.

Sequoia ist aufgedreht, weil bald der traditionelle Halloween-Umzug von Haus zu Haus losgeht. *Gebt uns Süßes, sonst gibt's Saures.* Wir durften schon immer rausgehen und Süßes abstauben, mussten es danach aber jedes Mal in einer Sammelbox bei der Tankstelle als Spende für die Veteranen abgeben. Alles, was keine Süßigkeit ist, dürfen wir behalten, weshalb Sequoia vor allem auf der Jagd nach Stickern, Stempeln, Kleingeld und Seifenblasen ist. Ich bin mir ziemlich sicher, dass diese Regelung in jedem anderen Haushalt zu einem Riesenkrach führen würde, aber wenn man es nicht anders kennt, hinterfragt man so was nicht.

Sobald es draußen dunkel ist, ist mein Bruder ganz wild darauf, endlich loszuziehen. Poppy hingegen lässt sich mit einem Buch in den Händen theatralisch aufs Sofa fallen.

»Ich bin jetzt wirklich zu alt für Süßes oder Saures«, sagt sie.

»Du kannst ja mit uns hierbleiben und Zahnbürsten verteilen«, erwidert meine Mutter.

Ich spüre ein unangenehmes Prickeln auf der Kopfhaut.

Ich muss meinen Eltern von dem Video erzählen, das ich in der Bücherei gesehen habe. Von den vielen wütenden Kommentaren. Eigentlich dürfen wir heute niemandem für Süßes oder Saures die Haustür aufmachen. Wir müssten schnellstens die Kürbislaternen auspusten und sie mit ins Haus nehmen. Schließlich sehen sie auf der Veranda im hinteren Teil des Hauses genauso schön aus, oder?

Ich bitte meine Eltern, mir in den Garten zu folgen, wo Nico sein Handy aus der Tasche zieht und das Video aufruft.

Meiner Mutter steigen Tränen in die Augen. »Russ«, sagt sie zu meinem Vater. »Das ist grauenvoll.«

Mein Vater schiebt das Handy zur Seite. »Ich habe genug gesehen.«

»Wir können den Kindern nicht die Tür aufmachen«, sage ich.

Mein Vater nickt. »Du hast recht.«

»Vielleicht sollte Sequoia auch lieber hierbleiben«, sagt meine Mutter.

Mein kleiner Bruder wäre am Boden zerstört. Ich sehe seinen Wutanfall schon vor mir. »Aber er ist ja verkleidet«, wende ich ein. »Keiner wird ihn erkennen.«

»Stimmt auch wieder«, stimmt mein Vater zu.

»Ich sag Poppy Bescheid, dass wir keine Zahnbürsten verteilen«, verkündet meine Mutter.

Mein Vater nimmt ihre Hand und Nico und ich folgen den beiden zurück ins Haus.

Obwohl sie besorgt sind, machen sie für Sequoia, der überglücklich ist, bald mit seinem Beutel loszuziehen, gute Mienen zum bösen Spiel.

Ich wende mich an Nico. »Willst du mit Sequoia und mir mitkommen?«

»Klar.« Er nimmt seinen Rucksack und macht den Reißverschluss auf.

»Was machst du? Hast du ein Kostüm dabei, nur so für alle Fälle?«

»Nee. Nur einen Pulli.« Er zieht sich einen Kapuzenpulli über den Kopf. Als er sich umdreht und ich die Schrift auf seinem Rücken sehe, muss ich lachen: **Geburt. Filme. Tod.**

»Du bist so ein Nerd.«

»Ich geb mein Bestes.«

Mein Vater hilft Sequoia dabei, sich wie ein Detektiv aus einem Krimi zu verkleiden. *Dö dö döönn.* Mit dem Hut und der Plastikbrille samt angeklebtem Schnurrbart ist er kaum zu erkennen. Aus demselben Grund ziehe ich mir zu meinen gewöhnlichen Jeans und Pulli draußen eine alte Mardi-Gras-Maske meiner Großmutter auf. Sie ist goldfarben, lila und grün und auf der rechten Seite hängen Federn und Schnüre herunter. Die Maske ist groß genug, um mein ganzes Gesicht von der Stirn bis zur Oberlippe zu bedecken, sodass auch ich nicht mehr zu erkennen bin.

»Seid vorsichtig«, sagt meine Mutter.

»Wir vertrauen darauf, dass du ein Auge auf deinen Bruder hast«, sagt mein Vater.

»Habe ich.«

Kopfschüttelnd betrachte ich die Schüssel neben der Haustür, die meine Mutter für die umherlaufenden Kinder bereitgestellt hatte.

»Kaum zu glauben, dass sie ausgerechnet heute biologisch abbaubare Bambus-Zahnbürsten verteilen wollten, oder?«, murmele ich Nico zu.

Er lacht. »Jep. *Das* Haus seid ihr also.« Er legt seine Hand auf meinen unteren Rücken und drückt leicht dagegen. »Aber ist doch eigentlich eine gute Sache. Sie wollen den Planeten retten. Und Karies verhindern.«

»Ich weiß, dass es eine gute Sache ist. Ich finde nur … warum müssen sie das die ganze Zeit so *raushängen* lassen? Nur weil sie ganz genau wissen, dass alle Kinder heute haufenweise Süßkram bekommen, wollen sie das Haus sein, das alle daran erinnert, wie schlimm Zucker ist. Können sie nicht einfach mal einen Abend darüber hinwegsehen?«

»Na ja, jetzt tun sie es ja, oder nicht?«

»Weil sie dazu gezwungen sind.«

Nico zuckt mit den Achseln. »Ich weiß nicht. Ich finde es in gewisser Weise ziemlich cool. Sie leben wirklich das, woran sie glauben. Das ist ja nichts anderes als meine Begeisterung für Filme oder du, wenn du unbedingt geimpft werden willst, oder?«

Ich lasse seine Worte sacken und denke nach. Er hat recht. Meine Eltern tun eine Menge Gutes. Biologisch abbaubare

Bambus-Zahnbürsten *sind* eine gute Sache. Aber Kinder dafür zu verurteilen, dass sie an Halloween Süßigkeiten essen, geht eindeutig zu weit.

Ungeduldig zerrt Sequoia an meiner Hand. »Los«, mault er.

Wir gehen zur Haustür raus und meine Mutter schaltet hinter uns das Licht aus. Unser Haus wird vollkommen dunkel. Gesperrt. Zutritt verboten. Ich lasse es hinter mir und laufe durch die kühle Abendluft. Wie schön es ist, draußen im Mondschein und unter den Sternen umherzulaufen und sich von der freudigen Stimmung mitreißen zu lassen. Es riecht nach Herbst. Nach gegrillten Marshmallows, feuchten Blättern und Kaminrauch.

Sequoia zieht mich hinter sich her, besteht aber darauf, dass er groß genug ist, um allein von Tür zu Tür zu gehen. Umso besser. Zwischen all den Kindern fällt er noch weniger auf.

Nico und ich bleiben auf dem Gehweg stehen und versuchen, schwankend umherstapfenden Kleinkindern und ihren übereifrigen Eltern, die mit gezückten Smartphones Videos drehen, aus dem Weg zu gehen.

»Und, was hast du bekommen?«, fragt Nico Sequoia, als er außer Atem vom ersten Haus wiederkommt.

»So ein Erdnussbutter-Kürbis-Dingsbums.«

»Oh, gutes Zeug.« Nico weicht einen Schritt zurück. »Aber bleib mir damit bloß vom Leib, dagegen bin ich allergisch.«

Sequoia stopft die Riegel in den Jutebeutel, den meine Mutter ihm mitgegeben hat. »Du bist allergisch gegen Süßigkeiten?«

»Nee, gegen Erdnüsse.«

»Ich bin allergisch gegen Baden«, sagt Sequoia verständnisvoll.

Ich muss lachen. »Da ist was dran.«

Und bevor ich michs versehe, ist mein Bruder schon zum

nächsten Haus gerannt und verschwindet zwischen einer Traube aus Teenage Mutant Ninja Turtles und Wonder Women.

»Ach, Halloween.« Nico schüttelt lachend den Kopf. »Da wäre ich fast gern wieder ein Kind.«

»Welches war dein bestes Kostüm?«

Er legt die Stirn in Falten und denkt nach. »Zombie.«

»So ein Film-Zombie?«

»Gibt's noch andere Zombies?«

Sequoia saust an uns vorbei zum nächsten Haus und wir bewegen uns ein paar Schritte weiter.

»Stimmt. Blöde Frage.« Ich gebe ihm einen Schubs mit der Hüfte. »Welches ist dein Lieblingshorrorfilm?«

»Oh Mann, das sind einfach zu viele. Selbst die richtig schlechten sind gut.«

»Zum Beispiel?«

»Nehmen wir *The Return of the Living Dead.*« Wie immer bekommt Nicos Stimme einen begeisterten Unterton, wenn er über Filme redet. »Der Titel soll einem natürlich vormachen, dass der Film was mit Romeros *The Night of the Living Dead* zu tun hat.«

»Oh, natürlich.« Ich sehe ihn an und grinse. »Also *ich* hätte das auf jeden Fall gedacht.«

»Du hast keine Ahnung, wovon ich rede, oder?«

»Für mich klang das so.« Ich mache Anführungszeichen in der Luft. »›*Bla bla. Bla bla bla bla.*‹«

»Wie gemein.« Wäre es nicht offensichtlich, dass er versucht, ein Lachen zu unterdrücken, würde ich mir ernsthaft Sorgen machen, dass ich seine Gefühle verletzt habe.

Abwehrend hebe ich die Hände und gehe auf das Spiel ein. »Ich bitte vielmals um Entschuldigung. Ich wollte dich nicht verletzen.«

Mit ausgestreckten Armen stampft er auf mich zu und brüllt: »Buhuhu! Du kannst einen Zombie gar nicht beleidigen!«

»Du bist so ein Blödmann.«

Unbeeindruckt stampft er weiter auf mich zu und umfasst meine Taille. Seine Fingerspitzen drücken gegen meine Hüfte und all meine Nervenbahnen sind wie elektrisiert. Wen kümmert es, dass wir mitten auf dem Gehweg stehen? Ich lasse mich gegen ihn sinken, schiebe meine Maske in den Nacken und vergrabe mein Gesicht an seinem Hals, um seinen Geruch einzuatmen. Er riecht nach Lagerfeuer und irgendeinem Zitrusshampoo. Nach Sicherheit. Seine Haut ist weich und warm unter meiner kalten Nase. Er schließt die Arme fester um mich und zieht mich zu sich heran.

»Ich bin so froh, dass du in die Bücherei gekommen bist«, sagt er sanft in mein Ohr. »Damals und heute.«

»Ich auch.«

Kinder rauschen an uns vorbei und ihre Plastikkürbisse voller Süßigkeiten schlagen im Vorbeilaufen gegen unsere Beine. Mein Herz flattert wie ein kleiner Vogel in meiner Brust. Ich wünsche mir, dass Nico mich küsst. Ich warte.

Doch auf einmal lehnt er sich zurück und späht in die Dunkelheit. »Weiß dein Bruder nicht, dass er nicht bei den dunklen Häusern klingeln sollte?«

Ich sehe über die Schulter und entdecke Sequoia, der wütend gegen eine Haustür hämmert, die zwei Häuser weiter im Dunkeln daliegt.

»Ähh. Anscheinend nicht.« Ich löse mich aus unserer Umarmung und haste hinter meinem Bruder her, um ihn einzusammeln. Im Laufen ziehe ich mir wieder die Maske übers Gesicht. »Sequoia! Komm zurück!«

Er sieht mich kurz an und hämmert weiter. Ich packe sein Handgelenk und ziehe ihn weg.

»Hey, lass mich! Die sollen aufmachen! Keiner hat Sticker, alle geben mir nur Süßigkeiten.«

»Man klopft nicht an die Häuser, bei denen kein Licht brennt. Die haben nichts für dich.«

»Oh. Tut mir leid.«

»Macht nichts, du wusstest es ja nicht. Aber jetzt weißt du es.«

Doch als wir zurück zum Gehweg laufen, gleitet die automatische Garagentür des Hauses mit einem leisen Ächzen auf und ein dunkelgrüner SUV biegt auf die Auffahrt ein.

»Sie kommen nach Hause«, ruft Sequoia und rennt zu dem Auto. »Gebt uns Süßes, sonst gibt's Saures!«

Wie vom Donner gerührt schiebt die Frau sich tiefer in den Fahrersitz.

»Süßes oder Saures«, wiederholt Sequoia, während ich ihn einhole.

Still und beinahe verwirrt sitzt die Frau da, so als hätte sie vollkommen vergessen, dass heute Halloween ist.

»Oh, Schätzchen. Ich habe keine Süßigkeiten«, sagt sie, während sie zögerlich aus dem Auto steigt.

Mir verschlägt es den Atem.

Ich erkenne sie auf der Stelle.

Die Mutter der kleinen Kat.

Diese Stadt ist einfach zu klein.

Sie sieht nicht mehr lebendig und strahlend aus wie damals, als sie an Marys Stand auf dem Wochenmarkt gekommen ist und ihr neugeborenes Kind mit einem weißen Schleifchen im Haar herumgezeigt hat. Als sie sich ihr Baby sicher und fest mit einem Wickeltuch umgebunden hatte, um es vor Menschen wie mir zu schützen. Damals war sie zum ersten Mal mit ihr draußen. Ich erinnere mich noch genau, wie sie das gesagt hat. Sie war nervös. Besorgt. Vielleicht hat sie tief in ihrem Inneren was geahnt.

Dankbar für die Faschingsmaske, weiche ich einen Schritt zurück.

»Das macht nichts. Ich nehm auch Münzen oder Sticker«, versichert mein kleiner Bruder ihr.

»Sequoia!« Ich schäme mich in Grund und Boden. »Er kennt noch nicht alle Regeln«, sage ich entschuldigend in ihre Richtung.

Dann packe ich meinen Bruder an den Schultern und schiebe ihn vor mir her.

»Nein. Warte.« Ihre Stimme ist dünn. Ich drehe mich wieder um und bleibe reglos vor ihr stehen.

»Okay.« Dabei will ich eigentlich nichts lieber, als auf der Stelle fliehen. Vielleicht erkennt sie mich doch. An meiner Stimme. Meiner Haltung. Vielleicht holt sie ihren Mann, damit er mir ins Gesicht schlagen und mir den Hals umdrehen kann. Damit er mich in einem blutigen Haufen zurücklassen kann, von dem alle denken, es ist irgendeine gruselige Halloween-Deko. Vielleicht sind wir dann quitt.

Aber stattdessen wühlt sie in ihrer Handtasche herum. Ihre Hände zittern. Sie lässt die Tasche fallen. Bückt sich, um sie wieder aufzuheben. Sie sucht weiter und weiter und ich höre Schlüssel und lose Münzen klimpern, bis sie schließlich einen orangen Lolli herausfischt. Sie reicht ihn Sequoia.

»Mehr habe ich nicht«, sagt sie.

»Was sagst du jetzt?«, frage ich ihn.

»Danke.«

»Ich danke Ihnen«, sage ich. »Und ich erkläre ihm, dass er in Zukunft die unbeleuchteten Häuser auslassen soll. Versprochen.«

Sie seufzt. »Ich finde es furchtbar, dass wir dieses Haus sind.« Kopfschüttelnd blickt sie zu Boden. »Ich habe ein paar schlimme Wochen hinter mir. Ich habe es einfach nicht geschafft.«

»Verstehe«, antworte ich.

Sie sieht mich scharf an. »Tust du das, wie?«

Hinter der Mardi-Gras-Maske blicke ich bestürzt drein. Ich habe das Gefühl, alles über sie zu wissen, aber sie weiß nichts über mich. Für sie bin ich eine Fremde. Nur eine Person hinter einer Maske. »Ich meine nur …«

Sie wedelt mit der Hand. »Tut mir leid.« Welch eine Ironie, hier zu stehen und sich die Entschuldigungen von Kats Mutter anzuhören, wo doch eigentlich ich diejenige sein müsste, die sich entschuldigt. »Das war gemein von mir. Ich hatte kein Recht, so was zu dir zu sagen.«

»Schon in Ordnung.«

»Nein, ist es nicht.«

Aber das ist es. Sie hat jedes Recht, auf mich loszugehen. Wenn sie wüsste, wer ich bin, hätte sie wohl eine ganze Menge mehr zu sagen. Ich mustere sie. Ihre dunklen Augenringe. Das Leuchten ist aus ihrem Gesicht gewichen. Sie ist völlig am Ende.

Ich muss hier weg. Ich schiebe Sequoia vor mir her. Schnappe den Lolli aus seiner Hand, stecke ihn mir in die Tasche und zerre ihn hinter mir her zurück zum Gehweg.

»Warum so eilig?«, fragt Nico.

»Das war die Mutter von Katherine St. Pierre«, erkläre ich ihm und gehe mit langen Schritten weiter zum nächsten Haus, um so schnell wie möglich wegzukommen.

»Oh Mann.« Er läuft schneller, um mit mir Schritt zu halten. »Bist du okay?«

»Nicht wirklich.« Sequoia läuft weiter zum nächsten Haus. Im Moment ist es mir egal, wo er hingeht, schlimmer kann es ja ohnehin nicht mehr werden.

Nico fasst mich am Arm, doch ich schüttele ihn ab. »Juniper.«

Ich halte ihn mit der Hand fern. »Nicht.«

Nico sieht mich mit traurig glänzenden Augen an. »Ich würde gern das Richtige sagen, aber ich weiß nicht, was das ist.«

»Es gibt nichts zu sagen. Damit muss ich einfach leben. Aber diese Eltern müssen mit was viel Schlimmerem leben und das hat meine Familie ihnen angetan.«

»Willst du nach Hause?«

»Nein. Ich will, dass Sequoia seinen Spaß hat.«

Und dafür sorge ich. Wild entschlossen. Obwohl jeder Schritt mir unendlich schwerfällt, stapfen wir zum nächsten Haus. Ich will meinem Bruder zu etwas verhelfen, was ich selbst nicht habe. Zu einem schönen Abend. Sorglos. Denn selbst mit meiner Maske kann ich mich nicht unsichtbar machen. Nicht einmal vor mir selbst.

Ich weiß genau, wer ich bin und was ich getan habe.

Eine Stunde lang laufen wir von Haus zu Haus. Sequoias Beutel wird schwerer und schwerer, sodass er sich bald unter ihrem Gewicht gefährlich zu einer Seite neigt. Wahrscheinlich wird seine Beute die gesamte Spendenbox bei der Feuerwehr füllen. Als die Tasche schließlich so schwer wird, dass er sie mir zum Tragen übergibt, entscheide ich: »Ich glaube, das reicht.« Dann sage ich an Nico gewandt: »Ich würde jetzt gern nach Hause gehen.«

Wir bringen die paar Blocks bis zu meinem Haus hinter uns, wo Sequoia hineinrennt, um seine Beute nach den wenigen nicht zuckerhaltigen Geschenken zu durchwühlen, die er behalten darf.

»Danke, dass du mitgekommen bist«, sage ich zu Nico.

»Mir hat es trotzdem Spaß gemacht«, erwidert er. Wir sind auf dem Gehweg vor unserem Haus stehen geblieben, um uns zu verabschieden. »Ich hoffe, dir auch ein bisschen.«

»Es war schön, bis …«

»Ja.« Er stößt die Fußspitze in ein Grasbüschel. »Willst du es morgen Abend noch mal versuchen? Da wollte ich zum Footballspiel. Playa ist in den Play-offs.«

»Wirklich?« Ich würde schrecklich gern hingehen. Mehr

Zeit mit Nico verbringen. Aber ich habe auch Angst davor, mich in der Öffentlichkeit zu zeigen. Davor, dass mich jemand erkennt.

»Ich habe nach der Schule eine Lerngruppe. Um fünf ist Anpfiff, aber ich könnte dich hier ein bisschen eher einsammeln. Deal?«

Ich nicke. »Deal.« Nico ist mir das Risiko wert.

Aber jetzt will ich mich erst mal ordentlich ausweinen. Die Tränen laufen schon, bevor ich die Tür zu meinem Zimmer zugemacht habe. Ich schmeiße mich auf mein Bett, sodass die Milky-Way-Riegel, die ich aus Sequoias Beutel gemopst habe, aus meinem Pulli quer über die Patchworkdecke fliegen. Zusammen mit dem orangen Lolli von Kats Mutter.

Ein Schluchzer schüttelt mich und zerreißt mir fast die Brust.

Weil ich nicht will, dass meine Eltern mich hören und in mein Zimmer kommen, stopfe ich mir die Faust in den Mund und versuche, meine Schluchzer zu dämpfen. Ich ziehe meine Bettdecke über den Kopf und rolle mich darunter zu einem kleinen Ball zusammen. Die Süßigkeiten werden irgendwo unter meinen Laken begraben.

Von unten dringen die Laute meines Vaters hinauf, der ein Ungeheuer nachahmt. Poppy und Sequoia kreischen und kichern, doch ich muss nur umso heftiger weinen.

Scheinbar nicht leise genug, denn einen Moment später klopft meine Mutter an meine Tür.

»Juniper, darf ich reinkommen?«, fragt sie.

»Wie du willst.«

Sie macht die Tür auf. »Das interpretier ich mal als ›Ja‹.« Sie kommt an mein Bett und ich ziehe die Decke zur Seite, um ihr Platz zu machen.

»Was ist los?«

»Alles.«

»War was mit Nico?«

»Nein. Ihm geht's gut.«

Sie verlagert ihr Gewicht und ein Milky Way raschelt. Sie gräbt ihn aus und hält ihn mit hochgezogenen Augenbrauen hoch. Doch dann legt sie ihn wortlos auf meinen Nachttisch. »Er scheint ein netter Junge zu sein.«

»Ist er auch.« Ich ziehe die Nase hoch und wische mir mit einer Ecke meiner Patchworkdecke die Tränen aus den Augenwinkeln.

»Was hat dich dann so aufgewühlt?«

»Sequoia hat heute bei den St. Pierres geklingelt.«

Meine Mutter erstarrt zu Eis. »Oh nein.«

Ich knautsche meine Patchworkdecke in der Faust.

»Du und Dad, ihr beide sagt andauernd, keiner kann was dafür, aber ich glaube, das stimmt nicht. Unsere Familie ist überhaupt nicht unschuldig«, stottere ich. »Die St. Pierres haben alles verloren, und das nur, weil ich nicht geimpft bin. So wie ich das sehe, war diese Entscheidung ein schrecklicher Fehler.«

»Oh, Junebug.« Sie sieht mich entschlossen an. »Ich weiß, du denkst, du weißt alles besser, aber das tust du nicht. Deinem Vater und mir ist das nicht leichtgefallen. Wir haben viel recherchiert und Artikel gewälzt. Und dann waren da natürlich noch echte Erfahrungen, die wir mit eigenen Augen gesehen haben. Zum Beispiel der kleine Junge, der bei uns die Straße runter wohnte, als ich mit dir schwanger war. Direkt nach seiner MMR-Impfung hat er erste Anzeichen von Autismus gezeigt.«

»Mom, diese angebliche Verbindung zwischen der MMR-Impfung und Autismus ist längst widerlegt.«

»Trotzdem …«

»Nein. Da gibt es kein Trotzdem. Es ist einfach nicht wahr. Da gibt es keinen Zusammenhang. Abgesehen davon, merkst du eigentlich gar nicht, wie heftig dein Argument ist? Bei dir hört es sich an, als wäre ein autistisches Kind schlimmer als ein totes Kind. Das ist so was von daneben.«

»Alle Entscheidungen, die ich treffe, sind nur zu deinem Besten«, murmelt sie.

Ich würde gern in aller Ruhe mit ihr reden. Vernünftig argumentieren. Aber ich kann einfach nicht anders, ich schluchze unkontrolliert in meine Decke. »Ich verstehe einfach nicht, wie du mitansehen kannst, wie mich das fertigmacht, und mir trotzdem ins Gesicht sagst, ich darf mich nicht impfen lassen.« Sie greift nach meiner Hand, doch ich ziehe sie weg. »Du und Dad, ihr habt uns doch immer so viel erzählt und beigebracht, wo es darum geht, die Welt besser zu machen, und zwar für *alle*. Impfungen tun das.« Ich sehe ihr direkt in die Augen. »Ich will nicht, dass so was noch mal passiert, Mom. Nicht mir und auch nicht irgendjemand anderem.«

Sie hebt den Blick zur Decke und schließt die Augen. Als wäre es zu schmerzhaft, sie offen zu halten.

Als wäre es zu schmerzhaft, der Wahrheit ins Auge zu sehen.

FÜNFUNDZWANZIG

Im Footballstadion riecht es nach feuchtem Rasen und Popcorn. Während wir uns auf der Suche nach einem Sitzplatz durch die aufgeregte Menge schieben, umklammere ich Nicos Hand. Über uns summen die gleißend hellen Neonröhren des Flutlichts und meine Trommelfelle vibrieren von dem Nachhall der Jubelrufe und dem Geplapper der Schüler auf der Tribüne um uns herum. Es ist so brechend voll, dass ein Teil von mir gern den Kopf einziehen und fliehen würde. Aber Nicos Hand liegt warm und weich in meiner und zieht mich mit sich.

»Meine Freunde und ich sitzen normalerweise irgendwo hier«, verkündet er und zeigt auf zwei leere Sitze am Ende einer Zementbank mitten im Schülerbereich.

Ich hatte gehofft, dass wir irgendwo abseits sitzen würden. Weit weg und unbemerkt von allen Leuten, die womöglich in einer Endlosschleife Videos vom örtlichen Kürbisfeld gesehen haben. Weil sie mich immer noch verfolgen. Die höhnischen Rufe, die Spucke und die Drohungen.

Mörder.

»Was, wenn mich jemand erkennt?«, frage ich.

»Nee. Die meisten von meinen Leuten sehen sich so einen Kram eh nicht an.«

Er klingt so selbstsicher und zuversichtlich, dass ich ihm einfach glauben muss. Entschlossen straffe ich die Schultern und lasse mich auf das Abenteuer ein. »Geh du vor.«

Wir steigen die abwechselnd rot und gelb angemalten Stufen zu unseren Sitzen hoch. Auf dem Weg wird Nico von zahlreichen Leuten begrüßt. Auch wenn die vielen Hallos mir das Gefühl geben, von allen Seiten beobachtet zu werden, stelle ich bei genauerem Hinsehen fest, dass alle den Blick sofort wieder auf die Musikkapelle unten auf dem Spielfeld richten, die gerade trommelschlagend und trompetend in die Mitte des Feldes marschiert. Mädchen in rot-gelben Oberteilen und silbern reflektierenden Röcken wirbeln Fahnen und Stäbe. Ich lasse mich auf den Sitz fallen, ziehe mir die rote Wollmütze, die Poppy mir letztes Weihnachten gestrickt hat, tiefer über die Ohren und stopfe meine Haare unter den Pulli.

In der Reihe vor uns dreht sich ein Junge um und sagt an Nico gewandt: »Was geht?«

Nico grüßt ihn, indem er das Kinn hebt. »Hey.«

Ein paar Reihen hinter uns ruft ein Mädchen Nicos Namen. Er dreht sich um und winkt ihr zu.

»Setzt euch hierher«, ruft sie ihm zu.

»Wir bleiben hier unten«, ruft er zurück. Dann dreht er sich zu mir um und reibt voller Vorfreude die Hände aneinander.

»Bist du der Bürgermeister oder so was? Du kennst hier ja jeden.«

»Nee, Quatsch. So ist das, wenn man seit dem Kindergarten in einer kleinen Stadt aufwächst. Man kennt sich eben.«

Spielerisch stößt er mich mit der Schulter an und legt mir eine Hand aufs Knie. Als seine Fingerspitzen die nackte Haut unter meiner zerrissenen Jeans berühren, beginnt mein Herz zu flattern. »Alles in Ordnung?«, fragt er.

Ich nicke stumm und richte den Blick aufs Spielfeld. Wenn ich ihm jetzt in die Augen sehe, würde er darin alles sehen. Zum Beispiel, wie sehr ich ihn mag.

Stattdessen konzentriere ich mich auf die Geräusche und

all die ungewohnten Dinge um mich herum. Beim Anblick des Spektakels auf dem Feld breitet sich ein Lächeln auf meinem Gesicht aus und meine Wangen werden trotz der kalten Luft warm.

Ich kann es kaum glauben, dass ich wirklich hier bin.

Endlich.

In der Theorie weiß ich einiges über Football, alles, was Bumpa mir vor dem Fernseher beigebracht hat, aber ich war noch nie bei einem echten Spiel, bei dem ich spüre, wie der Boden unter meinen Füßen vibriert. Wo ich höre, wie die metallenen Pompomfäden der Cheerleader durch die Luft sausen, und das saftige Grün des Rasens vor Augen habe.

Der rauchige Geruch von verbranntem Hickory-Holz aus einem Schornstein wabert durch das Stadion und ich frage mich, ob er wohl von meinem Haus herüberzieht, wo die bisherigen Footballspiele der Herbstsaison bloß als schwaches Echo zu uns in die Küche gedrungen sind, während wir beim Abendessen zusammensaßen.

Verzerrt, weit entfernt und ohne Bedeutung in meinem Leben.

Aus den Lautsprechern ertönt ein schrilles Piepen und die Zuschauer halten sich schützend die Ohren zu. Eine donnernde Stimme kündigt die Mannschaft an. »Und nun ist es mir eine Freude, euch die Playa Bonita Condors zu präsentieren, in ihrem ersten Spiel in den Play-offs seit 2016!«

Zur Antwort krächzt die Menge lauthals und ich muss lachen.

»Kaum zu glauben, dass euer Maskottchen ein praktisch ausgestorbener kalifornischer Geier ist.«

Nico lacht. »Irgendjemand muss ja schließlich für ihn eintreten.«

Eine Kanone wird abgefeuert und ich fahre zusammen, als die Mannschaft durch ein handbemaltes Banner springt, das von den Cheerleadern hochgehalten wird. Das Papier reißt. Singend und klatschend springen die Fans auf. Auch Nico ist aufgesprungen und stößt die Faust in die Luft. Ich sehe ihn von der Seite an, unsicher, ob ich einsteigen soll oder nicht.

»Wir müssen unser Team anfeuern!«, drängt er mich. »Komm schon! Du wolltest doch ein Spiel erleben. Dann musst du auch mitmachen!«

Zugegeben, als ich ebenfalls aufstehe und mit ihm jubele, kann ich den Adrenalinkick nicht leugnen.

Das erste Viertel des Spiels vergeht wie im Rausch. First Down. Third Down. Ein Fieldgoal. Touchdown. Und dazwischen die Cheerleader, die durch die Luft springen, und die Musikkapelle, die »Seven Nation Army« von den White Stripes spielt. Ihre Trommeln bilden einen gleichförmigen Rhythmus, der mich fast in Trance versetzt und in meinem Bauch und meinen Fingerspitzen vibriert. Die Schüler der Fankurve legen einander die Arme um die Schultern und wiegen sich in einer geschlossenen Einheit hin und her. Während eine Reihe nach rechts schwenkt, schwenkt die andere nach links. Unwillkürlich frage ich mich, wie wir wohl auf die Fans der gegnerischen Mannschaft wirken, die auf der anderen Seite auf ihren schäbigen Holztribünen sitzen. Einschüchternd? Wohl kaum.

Nico packt meine Schulter und zieht mich zu sich ran, sodass auch ich im Takt der Musik mit unserer Reihe hin und her schwinge.

Die Trommeln übernehmen wieder, und als die Menge im Chor mitsingt, bekomme ich eine Gänsehaut. »Oh, who, oh, oh, oh, oh.«

Ich fahre mir mit meiner freien Hand über das Gesicht und könnte schwören, dass ich Tränen spüre. Vor Glück. Wie sehr ich mir das immer gewünscht habe. Einmal Teil von etwas zu sein. Endlich mal dazuzugehören.

Zur Halbzeit führt Playa mit einem Touchdown und die Mannschaft verlässt das Feld verschwitzt und schlammbespritzt in Richtung Umkleide. Unterdessen erheben sich unter allgemeinem Scharren und Lärmen fast alle Besucher von der Tribüne.

»Willst du eine Cola oder so?«, fragt Nico und späht zu dem Imbissstand ein Stück weiter entfernt.

Ich klopfe mir die Jeans ab. »Klar.«

Softdrinks. Noch so eine Sache, die nicht klargeht, wenn man in der Jade-Mannschaft spielt, aber ich komme trotzdem mit. Dass mein Vater sie abfällig »Zuckerwasser« nennt, erzähle ich lieber nicht.

Während wir uns durch die Menge drängen, hält Nico meine Hand. Körper stoßen und rempeln sich gegenseitig an, während sich alle gleichzeitig zum Essen schieben. Alle fünf Sekunden wird Nico von irgendjemandem angehalten und begrüßt. Als er sich umdreht, um mit einem Typen mit Dreadlocks zu reden, streift ein hochgewachsenes Mädchen in Minirock meine Schulter.

»Ups«, sage ich. Sehr geistreich.

»Versuch's doch mal mit ›Sorry‹«, zischt sie mir zu.

»Sorry.«

Sie lacht. »Ich zieh dich nur auf.« Ihr Blick fällt auf meine Hand, die immer noch mit Nicos verknäuelt ist. »Ach, du bist mit dem da«, stellt sie fest. »So bescheuert kannst du dann ja nicht sein.«

»Oh.«

»Viel Spaß.« Und weg ist sie.

»Wer ist das?«, frage ich Nico, bevor sie vollends außer Sicht ist.

»Wer ist wer?« Er sieht sich um.

»Kennst du das Mädchen?«

»Hier sind jede Menge Mädchen. Du musst schon ein bisschen genauer werden.«

»Die Große mit dem karierten Rock, die gerade mit mir geredet hat.«

Er zuckt die Achseln. »Habe ich nicht gesehen. Aber wahrscheinlich haben wir mal abgehangen.«

»Ist ›Abhängen‹ ein Codewort für irgendwas anderes?« Am liebsten hätte ich mir die Worte zurück in den Mund gestopft. »Ach, vergiss es.« Ich befreie meine Hand. »Keine Ahnung, was das sollte.«

Nico mustert mich stirnrunzelnd, so als suche er jeden Zentimeter meines Gesichts nach Informationen ab, um mich besser zu verstehen. Dann lächelt er und beugt sich vor, sodass unsere Köpfe sich beinahe berühren. »Du weißt schon, dass ich mit dir hier bin, oder?«

»Ja, weiß ich.«

»Gut.« Er drückt seine Stirn gegen meine. »Ich hoffe nämlich, das ist nicht nur so eine einmalige Sache. Und hoffentlich auch mehr als einfach nur ›Abhängen‹.«

Alle Nerven meines Körpers surren. »Ja. Geht mir genauso.«

»Cool. Los, lass uns was zu essen holen.«

Langsam arbeiten wir uns im Zickzack zum Imbissstand vor. Als wir Schulter an Schulter in der Schlange stehen, rempelt mich erneut jemand an. Ich fahre zusammen. Es ist Jared aus der Film-AG.

»Juniper! Du hier!«, sagt er, ganz offensichtlich hocherfreut, mich zu sehen. »Hat Nico dir schon von unserem nächsten Treffen erzählt? Wir haben dich bei meinem Sci-Fi-Film-Doppel vermisst.«

Nico vergräbt sein Gesicht in meinen Haaren, als würde er mir ein Geheimnis erzählen. »Der längste Abend meines Lebens.« Ich spüre sein Lächeln an meinem Ohr. Seine Lippen.

Seinen Atem. Innerlich fange ich wieder an zu brodeln. Er ist so nah, doch ich will ihn noch näher haben.

»Schade, dass ich es verpasst habe«, sage ich.

»Zum nächsten Treffen musst du wieder kommen«, sagt Jared und verdreht den Oberkörper, um einen vorbeilaufenden Typen mit AirPods in den Ohren per Faustschlag zu grüßen. »Da zeigen wir ein paar Klassiker aus den Achtzigern.«

»Du wirst begeistert sein«, mischt Nico sich ein und löst sein Gesicht aus meinen Haaren. Ich greife nach seiner Hand, um ihn in meiner Nähe zu halten. »Wir gucken Highschool-Filme.« Spielerisch versetzt er mir einen Stoß mit dem Ellbogen. »Jede Menge Cafeterien. Dein Lieblingsort.«

Ich stoße zurück. »Machst du dich etwa über mich lustig?«

Nico grinst. »Das würde ich niemals wagen. Komm schon. Ich hätte dich gern dabei.«

»Okay, ich frag meine Eltern.«

»Cool«, sagt Jared.

Zentimeter für Zentimeter arbeiten wir uns voran. Als wir schließlich ganz vorne stehen, bringe ich es nicht über mich, tatsächlich eine Cola zu bestellen. Zu deutlich sehe ich noch die Pizza vor mir und was sie nachts mit meinem Magen angerichtet hat. Vielleicht sind ein paar von den Regeln meiner Eltern gar nicht so verkehrt. Also bestelle ich stattdessen einen Apfelcider und ziehe eine Dollarnote aus der hinteren Tasche meiner Jeans. Aber Nico schiebt meine Hand weg.

»Lass mal. Ich mach das schon.«

»Oh.« Ich stopfe mein Geld zurück in die Tasche. »Danke.«

Wir schieben uns zurück zu unseren Plätzen und lassen uns wieder auf der Tribüne nieder, als die Kapelle mit ihrem Halbzeitauftritt fertig ist. Ich nippe an meinem Cider und beobachte, wie die Musiker sich auf den für sie reservierten Plätzen niederlassen. Die Mannschaft kommt zurück aufs Spielfeld gelaufen, und bevor ich michs versehe, ist das Spiel wieder in vollem Gange. Auch die aufgeheizte Stimmung kehrt zurück und mit ihr die Jubelrufe, das Schwingen der Bankreihen, die Pompons und die knackenden Kommentare über die Lautsprecher.

Zwei Minuten vor Ende des vierten Viertels steht es unentschieden. Playa hat den Ball und die gesamte Tribüne ist auf den Beinen. Angestrengt versuche ich, nicht auf meinen Nägeln zu kauen, aber ich weiß einfach nicht, wohin mit meiner Aufregung. Mein Magen ist ganz flau. Wie kann mir der Ausgang des Spiels in so kurzer Zeit so wichtig sein? Aber ich wünsche mir, dass Playa gewinnt. Vielleicht liegt es an dem Zauber, den ich gerade erst entdeckt habe und noch nicht wieder hinter mir lassen will. Wenn sie heute Abend verlieren, sind sie aus den Play-offs ausgeschieden und die Saison ist für sie gelaufen. Ich will noch ein Spiel. Noch so einen Abend.

Mit Nico.

Mit allen.

Als Playa sich in der letzten Minute vor dem Schlusspfiff entscheidet, die Chance für einen Fourth Down zu nutzen, schreit das gesamte Stadion auf. Aufgeregt grabe ich die Fingernägel in meine Handfläche. *Hoffentlich schaffen sie's, hoffentlich schaffen sie's,* beschwöre ich in Gedanken. Ohne nachzudenken, greife ich nach Nicos Hand und vergrabe mein Gesicht an seiner Schulter.

»Ich kann nicht hinsehen.«

»Wir müssen hinsehen.« Er stupst meine Wange mit der Schulter an, sodass mir keine Wahl bleibt. »Unsere Mannschaft braucht uns. Wir haben es hier mit einem klassischen Filmmoment zu tun. Den kannst du unmöglich verpassen.«

Ich mache die Augen wieder auf und sehe, wie die Spieler von Playa sich nach vorn kämpfen und die nötigen Zentimeter für einen First Down erarbeiten. Das Stadion jubelt.

Doch im nächsten Spielzug verliert Playa um ein Haar den Ball. Die Menge stöhnt auf und schließlich, vier Sekunden vor dem Schlusspfiff, befindet sich die Mannschaft im Field-Goal-Bereich. Unter Schreien und schüttelnden Pompons rennt der Kicker auf das Tor zu.

Zitternd vor Aufregung beobachten wir, wie der Center den Ball an den Quarterback übergibt.

Sein Schuss ist gut.

Playa gewinnt.

Jubelnd springe ich auf und ab. Alle Schüler heulen einen gemeinsamen Siegesschrei. Nico umarmt mich und ich lehne mich an ihn und möchte für immer dort bleiben. Und dann, im allgemeinen Freudentaumel, passiert es. Er küsst mich. Seine Lippen streifen ganz kurz meine. In mir flattern tausend Schmetterlinge. Ich lächle, während er mich küsst.

Als er seine Lippen wieder löst, sehe ich zu ihm auf. Er starrt zurück. Seine großen braunen Augen funkeln mich glücklich an. Ich weiß, dass meine es auch tun. Weil das ganz bestimmt der schönste Abend meines Lebens ist.

SECHSUNDZWANZIG

Als wir nach dem Spiel vor einem Craftsman Bungalow ein paar Straßen von der Schule entfernt zum Halt kommen, sind meine Wangen eiskalt vom Wind. Ich weiß nur, dass solche Häuser Craftsman Bungalows genannt werden, weil es das gleiche Haus wie das meiner Eltern ist. Die sind in Playa Bonita ziemlich beliebt. Nico ist mit dem Fahrrad gekommen, ich auf meinem Skateboard. Diesmal beide mit Helm. Mit einem Klick öffnen wir gleichzeitig den Verschluss.

»Zwei Trottel auf einmal«, stelle ich fest.

Er wickelt sein Schloss vom Rad, fädelt es durch das Hinterrad und schließt es an einen dünnen Baumstamm. »Wenn *Trottel* ein Geräusch wäre, dann wär es das Klicken von einem Schloss um ein Zehn-Gänge-Rad und einen Baum vor einer Highschool-Hausparty.«

»Na ja, du willst ja schließlich nicht, dass es geklaut wird.«

»Jep. Immer schön auf Nummer sicher gehen«, kommentiert er und tätschelt seinen Fahrradsattel.

Ich muss lachen.

Die Party ist wesentlich größer, als ich gedacht hatte, und voller Leute, die den Fernsehshows entsprungen sein könnten, die ich mir den Sommer über bei Mimi und Bumpa zu Hause reingezogen habe. Schon als ich durch die große Glasfront die vielen aneinandergedrängten Körper sehe, überkommt mich ein klaustrophobisches Gefühl. Und dann ist da noch das vielstimmige Gelächter. Kreischen. Und der schwere, wummernde Bass, der bis auf die Straße dringt.

Ich trage mein Skateboard wie einen Schild vor mir her.

Doch Nico löst es aus meinen Fingern und schiebt es unter die geflochtenen Stahlseile seines Fahrradschlosses. Auch wenn das mein Board wohl kaum vor Diebstahl schützen kann, sieht es irgendwie sicherer aus. »Die Party wird nett. Ich bin ja bei dir. Letztlich ist es nichts anderes als das Footballspiel mit Bier und Musik.«

»Und eine Menge Betrunkene, die ich nicht kenne.«

»Das Gute an Betrunkenen ist eben genau, dass sie betrunken sind. Die checken überhaupt nicht mehr, was um sie herum passiert.«

Ich nicke und versuche, Zuversicht auszustrahlen. »Na gut. Auf geht's.«

Die Haustür ist offen und Nico geht so selbstverständlich hinein, als wäre er hier zu Hause. Sofort werden wir von einer viel zu süßen Vape-Wolke mit Erdbeerduft umfangen. Ich muss husten. Der Typ, der sie ausgestoßen hat, nickt mir zu und inhaliert aufs Neue. Diesmal bläst er die Wolke zum Glück über die Schulter irgendjemand anderem ins Gesicht. Wir landen im Wohnzimmer, wo der Couchtisch über und über mit leeren roten Plastikbechern bedeckt ist. Daneben steht eine halb volle Flasche mit einer klaren Flüssigkeit. Ganz sicher kein Wasser. Auf dem Sofa haben sich zwei Paare ineinander verknäuelt. Zwei Typen an einem Ende und ein Mädchen und ein Junge am anderen. Ihre vielen Hände wandern an Orte, bei denen ich mir bloß beim Zugucken schon vorkomme wie eine Perverse.

Ich drehe mich weg und nehme stattdessen das Videospiel auf dem Fernseher ins Visier. Es handelt sich um eines dieser Ego-Shooter-Spiele, wo man nur den Rücken von jemandem sieht, der mit gezückter Knarre durch ein leeres Warenhaus läuft. Die Art von Spiel, die Sequoia wahrscheinlich eines Tages spielen will und bei dem meine Mutter sich in Embryonalstellung in einer Ecke ihres Schlafzimmers zusammenrollen und weinend fragen wird, was sie bei dem Jungen nur falsch gemacht hat. Bei den ganzen Leuten, die hier durcheinander sitzen und stehen, und dem voll besetzten Sofa kann ich noch nicht einmal sagen, wer überhaupt gerade spielt.

»Woanders hin?«, fragt Nico.

»Gute Idee.«

Wir kämpfen uns durch die Menge. Ein betrunkener Typ gerät aus dem Gleichgewicht und stößt mich fast um. Blitzschnell fasse ich nach Nicos Hand und unsere Finger verschränken sich. Er drückt meine Hand und ich befinde mich plötzlich wieder in dem Klassenzimmer, der Film läuft, die Pizza duftet und Nico teilt seine Begeisterung über Stephen King mit mir. Damals wie heute dreht er sich um und lächelt mir zu. Ich lächle zurück.

In der Küche staut sich eine lange Schlange vor dem Bierfass, mit einer Menge Leute, die offensichtlich schon mehr als genug intus haben. Aber wer bin ich, um das zu sagen?

Wir lehnen uns gegen die schwarzbraune Theke aus Granit, auf der sich leere Chipstüten häufen. Ich kann mir nur vage vorstellen, wie angeekelt mein Vater bei dem Anblick wäre. »Herzinfarkttüten« nennt er sie.

Ich muss zugeben, dass ein Teil von mir das Chaos gern beseitigen würde. Es in unterschiedliche Mülleimer für Recycling und Bioabfälle sortieren möchte. Um mich davon abzuhalten, umklammere ich Nicos Hand fester.

Neben uns kippt ein Mädchen eine Tüte Erdnuss-M&Ms in eine leere Schale. Nico weicht zurück. *Erdnüsse.* Sie geht weg.

»Trinkst du?«, fragt er.

Ich zucke die Achseln. »Hab ich noch nie. Aber ich kann's ja mal probieren?«

»Musst du nicht. Das weißt du, oder?«

Ich nicke. »Weiß ich.«

Wir reihen uns hinten in die Bierschlange ein. Alle schieben nach vorn, bis meine Knie mit einem *Klong* gegen das Bierfass schlagen. Schnell finde ich das Gleichgewicht wieder. Nico lässt meine Hand los, um uns zwei Becher zu besorgen. Ich habe keine Ahnung, wie man diesen Zapfhahn betätigt, aber bei ihm sieht es aus, als hätte er es schon tausend Mal gemacht. Aber im Gegensatz zu mir, ist es ja auch nicht seine erste Party.

»Vielleicht erst mal halb voll?«, schlägt er vor und ich nicke.

Er füllt meinen Becher zuerst, drückt ihn mir in die Hand und stößt dann seinen vollen dagegen. Ein paar Spritzer Bier landen auf meinem Daumen.

»Prost«, sagt er.

»Prost.«

Er trinkt.

Auch ich nehme einen Schluck.

Das Bier ist bitter, sprudelnd und schaumig. Genauso eklig wie der schwarze Kaffee neulich, nur auf eine andere Art. Am liebsten hätte ich es wieder ausgespuckt, aber stattdessen schlucke ich es runter. Ich bin mir ziemlich sicher, dass ich angeekelt geschaudert habe, denn Nico legt den Kopf zur Seite und mustert mich.

»Alles cool?«, fragt er.

»Wenn du meinst, ob ich cool mit dem Bier bin, ja. Wenn du wissen willst, ob ich im Allgemeinen cool bin, nicht mal ansatzweise.«

Er lächelt und zeigt mit dem Daumen auf sich. »Ich bin der Trottel mit dem Fahrrad, schon vergessen?«

»Wie könnte ich?« Ich stoße ihn mit dem Ellbogen an. »Dafür schwärme ich für dein Wahnsinnsfilmwissen, also …«

»Tust du das, ja?« Er lehnt sich gegen die Theke und hält

mit dem Blick seiner braunen Augen meinen fest. »Wofür schwärmst du noch?«

»Weiß nicht.« Für alles. »Du?«

Er grinst. »Oh, Juniper, wo soll ich bloß anfangen?«

»Wo du willst.«

»Tja …« Er beugt sich vor, doch in dem Moment werde ich von einem Typen geschubst und fliege zur Seite, sodass er freie Bahn zum Bierfass hat. Meine Hüftknochen treffen unsanft auf die Kante der Theke. »Alter«, sagt Nico, während er meinen Ellbogen packt, um mich zu halten.

»Mein Fehler«, sagt der Typ und stolpert davon, wobei er alle anderen schubst, die ihm in die Quere kommen. Wie eine Bowlingkugel, die die Kegel aus dem Weg räumt.

Nico drückt seine Finger auf die Stelle, wo meine Hüfte gegen die Theke gekracht ist. »Alles in Ordnung?«, fragt er.

Seine Finger streifen den Raum zwischen dem oberen Ende meiner Jeans und dem unteren Teil meines Sweatshirts.

Durch die Baumwolle spüre ich ihre Wärme. Ich wünschte, ich könnte seine Finger auf der Haut spüren.

»Alles in Ordnung.«

»Ja?«

»Ich meine, wäre schon ein großes Glück, wenn ich hier ohne blaue Flecken rauskomme.« Ich blinzele gegen die Menschenmenge. »Hier sind mehr Leute als beim Footballspiel. Kennst du die alle?«

Er sieht sich um. »So ziemlich, ja. Hab wahrscheinlich mit jedem hier schon mal abgehangen.«

»Wer wohnt hier überhaupt?«

»Mason und Mercy Miller.«

»Das sind ne Menge M.«

Er trinkt einen großen Schluck Bier. »Hmhm.«

»Dann sind sie also verheiratet?«

»Fast.« Er prostet wieder gegen meinen Becher. »Sie sind Zwillinge.«

»Und kennst du sie gut oder nur so vom Sehen?«

»Mason und ich waren in der ersten Klasse in derselben Völkerballmannschaft und Mercy und ich sind in der sechsten zusammen zum Debütantenball gegangen.«

»Also schon eine Weile her.«

»Könnte man so sagen, ja.« Er trinkt noch einen Schluck. »Aber diese Stadt ist so klein, dass sich trotzdem alle irgendwie untereinander kennen, verstehst du?«

»Ich nicht. Bisher kenne ich nur dich. Und vielleicht noch Jared.«

»Tja, besser wird's eh nicht mehr, also …«

Hinter Nicos Schulter erhebt sich Gejohle, als ein Pingpongball in einem Bierbecher landet. Alle, die um die Tischtennisplatte herumstehen, fangen an zu grölen: »Trink! Trink!« Der Junge leert den Becher, ohne abzusetzen.

Einer der Umstehenden hält Nico den Ball unter die Nase. »Noble! Bist du dabei?«

Nico schüttelt den Kopf.

Ich drehe mich wieder zu ihm um. »Ich mag deinen Nachnamen. Noble. Wie eine Edeltanne zu Weihnachten. Du bist richtig festlich. Ich müsste dir nur noch Lametta umhängen.«

»Willst du? Jetzt?«

Mein Gesicht wird flammend rot. Oh Gott. Was rede ich nur? »Ich meinte nur …«

Er lächelt. »Vergiss es. Bei meinem Namen geht es darum, groß und stark zu sein und all so 'n Scheiß.« Er klopft sich auf die Brust.

Kritisch mustere ich ihn von unten bis oben. »Sonderlich groß bist du aber nicht.«

»Aber ich bin stark.« Er hebt die Augenbrauen.

»Wow.«

»Genau das wollte ich bei dir bewirken.«

»Ganz im Ernst? Dann bist du ziemlich gut darin.«

»Ja?« Er trinkt noch einen Schluck Bier und lächelt mir über den Becherrand zu.

Ich trinke auch einen Schluck und erwidere sein Lächeln. »Ja.«

»Gut zu wissen.«

Ein Mädchen kommt schwankend herbeigetorkelt und lehnt sich neben uns an die Theke. Sie zeigt auf mich und lässt dabei rund zwanzig dünne Armreifen vom Handgelenk bis hinunter zum Ellbogen rasseln.

»Dich kenn ich«, lallt sie. »Meine Mom hat mir ein Foto von dir gezeigt. Du bist die auf dem Video vom Kürbisfeld.«

Halb, um den Kopf klarzukriegen, halb, um ein *Nein, ich bin es nicht* vorzutäuschen, schüttele ich den Kopf.

»Bist du wohl. Oh Gott. Deine Familie ist echt abartig böse.«

Sie zieht einem riesigen Typen hinter sich am Kragen, der nur aus Muskelmasse zu bestehen scheint und ganz klar ein Footballspieler ist. »Teddy, das ist sie! Das Mädchen aus dieser Masern-Familie.«

»Wow«, sagt Teddy. »Hattest du sie auch?«

Das Mädchen schlägt ihm auf die Schulter. »Alter, Teddy. Das habe ich doch grade gesagt.«

»Eigentlich nicht«, murmelt Nico.

»Sorry.« Teddy hält dem Mädchen seinen Becher entgegen. »Ich bin ein bisschen …« Er macht ein Gesicht, das wohl ausdrücken soll, dass er ziemlich neben der Spur ist.

»Manchmal bist du echt ein Idiot«, sagt sie.

Sie stolpern ineinander und lachen dreckig.

Nico schiebt seinen Körper zur Seite, sodass er wie ein Schutzschild zwischen uns steht.

»Trotzdem, mal im Ernst jetzt.« Das Mädchen sieht mich an und erschaudert. »Bist du noch ansteckend?«

»Alter, dann wär sie doch nicht hier«, sagt Teddy. »Außer, sie will uns alle umbringen.«

»Uns nicht. Wir sind doch alle geimpft. Sie hat's nur auf Babys abgesehen.«

Mit einem dumpfen Knall landet mein Becher auf der Theke. Ich weiche einen Schritt zurück.

»Das reicht«, sagt Nico. »Lass sie in Ruhe, Avery.«

Ich weiß, ich sollte was sagen. Ich will irgendwas sagen. Das Richtige. Genau wie Nico an Halloween. Aber dummerweise habe ich keine Ahnung, was das Richtige ist.

»Geh nach Hause«, sagt Teddy zu mir. »Ist besser so, glaub's mir.«

Avery lässt den Kopf nach hinten fallen und lacht schallend. »Du kannst so gemein sein, Teddy.«

Teddy schnaubt auf eine widerliche Art und boxt mit den Fäusten in die Luft. »Geh nach Hause! Geh nach Hause!«, grölt er in demselben Sprechgesang, wie die Gruppe an der Tischtennisplatte hinter uns zuvor »Trink! Trink!«, gerufen hat.

Ich handele, ohne nachzudenken. Blitzartig stoße ich meine Hände gegen seine Brust. In einem Durcheinander aus Gliedmaßen und Muskeln taumelt Teddy zu Boden. Um ihn herum erhebt sich Gelächter. Er richtet sich auf die Ellbogen auf und sieht mich wütend an.

»Was ist dein verdammtes Problem?«, faucht er.

»Du hast es verdient«, mischt Nico sich ein.

»Du kleiner …« Stolpernd kommt er wieder auf die Füße und stürzt sich auf Nico. »Du bist tot, Alter.«

Instinktiv ducken wir uns beide und Teddy fliegt geradewegs in die Essecke, wobei er mit dem Kopf gegen die Hängelampe über dem Tisch stößt und beinahe elegant auf einer der

Eckbänke landet. Als würde er schwungvoll Platz nehmen, um sich über eine Portion Rührei herzumachen. Aber das tut er keineswegs. Der Treffer am Kopf hat ihn wohl auf einen Schlag nüchtern gemacht. Grunzend steht er auf und baut sich vor uns auf.

»Teddy«, sagt Nico und hebt beide Hände. »Lass uns das jetzt nicht machen.«

Teddys Nasenflügel beben gefährlich. »Oh doch, wir tun es.« Er ballt die Hände zu Fäusten, löst sie und ballt sie wieder.

Ein paar Mädchen kreischen auf und erregen damit die Aufmerksamkeit von fünf riesigen, bedrohlichen Kerlen im Nebenzimmer. *Na bravo. Die gesamte Footballmannschaft.* Offensichtlich auf der Suche nach einem furchteinflößenderen Gegner als Nico aus der Film-AG, kommen sie herein und sehen sich zu allen Seiten um.

»Halt«, sage ich und stelle mich vor Nico.

Schnaufend und mit zusammengebissenen Zähnen steht Teddy vor uns.

»Hör mal, wer auch immer du bist«, sagt einer der Footballspieler zu mir. »Aber an deiner Stelle würde ich lieber aus dem Weg gehen, während die zwei das klären.«

Wie ein wütender Stier in der Arena wankt Teddy grunzend von einem Bein aufs andere.

In der Küche herrscht ein einziges Chaos. Vollgestopft mit aufgeschreckten Jugendlichen, sind hier und da Schreie zu hören. Leere Becher fliegen durch die Luft. Und warum ist die Musik eigentlich so ohrenbetäubend laut? Aus dem Fernseher ertönen immer noch die Schüsse des Videospiels. Der Lärm macht mir Kopfschmerzen. Ich presse mir die Hände auf die Ohren.

»Stopp!«, rufe ich. Ein heller, lang gezogener Aufschrei. »Wir gehen.«

Ich packe Nico am Ellbogen und ziehe ihn durch die Schiebetür hinaus in den Garten.

Teddy drängelt hinterher, aber ein paar der breitschultrigen Typen halten ihn auf.

»Lass ihn doch abhauen«, sagt einer von ihnen. »Der ist es nicht wert. Wir sind hier, um die Play-offs zu feiern, Teddybär. Schon vergessen?«

Hinter uns bricht schallendes Gelächter aus.

»Wie geht es denn hier raus, verdammt?«, sage ich und fummle hektisch am Riegel von dem Gartentor, durch das man in den Vorgarten gelangt. Meine Hände zittern so sehr, dass ich ihn nicht zu fassen kriege. Hastig werfe ich einen Blick über die Schulter, um zu sehen, ob uns jemand folgt. Nico steht nur stumm da.

Endlich gelingt es mir, den Riegel aufzumachen, und ich schiebe Nico in den Vorgarten. Hinter uns fällt das Gartentor wieder zu. Mit hastigen Schritten gehe ich zu seinem Fahrrad, befreie mein Skateboard von seinem Fahrradschloss und stülpe mir meinen Helm über.

»Das hätte ich besser regeln können«, bricht Nico endlich das Schweigen.

»Nein. Ich brauche keinen Retter. Ich will nicht, dass du jedes Mal wie irgendein Superheld herbeigestürzt kommst, wenn ich in Schwierigkeiten stecke. Ich kann sehr gut auf mich allein aufpassen und für mich selbst sprechen.«

»Das meine ich nicht.«

Ich drehe mich zu ihm um. »Du hättest das nicht regeln können, selbst wenn du es gewollt hättest, Nico. Das waren sechs gegen einen. Hast du dir die Typen mal angeschaut? Die waren besoffen und hatten sich überhaupt nicht mehr unter Kontrolle. Die hätten dich umgebracht.«

»Du hättest es mich wenigstens versuchen lassen können.«

Ich drehe so heftig mein Gesicht zu ihm, das mein Helm ins Rutschen gerät. »Versuchen? Machst du Witze?«

Er zuckt die Achseln.

»Hör mal, ich will mit diesem ganzen Schlägerkram nichts zu tun haben. Wenn das dein Ding ist, wenn du einer von diesen Typen bist, der nur auf Partys geht, um anderen eine reinzuhauen, dann war es das mit uns. Meine Eltern nerven mich zwar manchmal, aber immerhin haben sie mich zur Pazifistin erzogen. Was ich da drin gemacht habe, war scheiße. Ich hab es eher mit Love und Peace.«

Vehement schüttelt er den Kopf. »So ein Typ bin ich nicht. Ich habe noch nie eine Schlägerei angezettelt. Aber ich hätte vielleicht mit ihnen reden können, verstehst du?«

»Ach ja? Und was, meinst du, wäre passiert, wenn sie dir nicht hätten zuhören wollen?«

»Wahrscheinlich hätten sie mir so richtig in den Arsch getreten.«

»Ganz genau.«

Wütend wickelt er sein Fahrradschloss um den Lenker, setzt sich den Helm auf und klippt ihn zu. Dann dreht er sich wieder zu mir um, seine Augen blitzen vor Zorn.

Ich kann nicht anders, ich muss schallend lachen.

»Was?«, faucht er.

»Wenn du dich jetzt sehen könntest, wüsstest du, warum ich dich da rausgeholt hab. Du siehst nicht aus wie jemand, der es mit sechs Footballspielern aufnehmen kann.«

Lässig lehnt er sich gegen sein Fahrrad. Es schwankt unter seinem Gewicht. »Willst du damit etwa sagen, ich wäre nicht mit denen fertiggeworden?« Demonstrativ spannt er den Bizeps an.

»Nicht mal ansatzweise.« Ich lehne mich an ihn, sodass mein Mund seinen fast berührt. »Aber genau das mag ich an dir.«

»Ja?«

Ich nicke. »Jep.«

Er legt seine Arme um meine Taille und seine Finger drücken wieder warm zwischen meinen Pulli und den Bund meiner Jeans. Er schiebt mein Sweatshirt ein Stück hoch und lässt die Fingerspitzen über meine nackte Haut gleiten. »Du magst mich also.«

»Ja. Wenn du so bist wie du.«

»Gut. Ich mag dich nämlich auch.«

Er kommt näher.

Noch näher.

Mit flatternden Lidern schließe ich die Augen.

Denn ich bin mir ziemlich sicher, dass Nico mich gleich wieder küssen wird. Doch jetzt, wo ich Zeit dafür habe, schwirren mir eine Million Gedanken durch den Kopf. Muss ich den Kopf nach hinten neigen? Den Atem anhalten? Wie fange ich an? Und wie höre ich auf?

Er drückt seinen Körper gegen meinen.

Ich seufze glücklich.

Und dann, kurz bevor es passiert, knallen unsere Helme aufeinander und hindern unsere Lippen daran, sich zu berühren.

Erschrocken fahren wir auseinander.

»Oh, komm schon«, sagt Nico, reißt sich ungeduldig den Helm vom Kopf und wirft ihn zu Boden.

Er knickt mit den Knien ein, sodass er seinen Kopf unter meinen Helm schieben kann, und presst seine Lippen auf meine. Süß und warm, genau wie der Nico, den ich kenne. Nicht wie der Nico, der sich noch vor fünf Minuten mit Teddy in der Küche prügeln wollte. Und obwohl ich bis heute Abend noch nie jemanden so richtig geküsst habe, scheint mein Mund zu wissen, was zu tun ist. Vielleicht, weil Nico es mir sanft zeigt. Ein kleiner Stups mit der Zungenspitze. Sie streicht über meine

Lippen. Augenblicklich verstummen meine Gedanken und ich gebe mich ganz dem Kuss hin. Unsere Hüftknochen pressen gegeneinander und seine Hände liegen noch immer auf meinem Rücken und ziehen mich an ihn heran.

SIEBENUNDZWANZIG

Plötzlich kommen mir wieder Teddy und die restliche Footballmannschaft in den Sinn und ich löse mich von Nico. Ich habe ihnen gesagt, dass wir gehen.

»Wir sollten lieber abhauen, bevor jemand sieht, dass wir immer noch hier rumstehen«, sage ich.

Nico streift meine Lippen mit einem letzten flüchtigen Kuss und steigt auf sein Fahrrad.

»Ja. Bloß weg hier«, sagt er.

Zugegeben, noch nie ist mir etwas schwerer gefallen, als in diesem Moment auf mein Skateboard zu steigen, statt weiter mit Nico dort im Vorgarten zu knutschen. Ich seufze resigniert.

»Wir könnten zu mir gehen«, schlägt Nico vor.

Mein Lächeln ist so breit, dass mein Gesicht zu zerreißen droht. »Okay. Ich muss nur meinen Eltern Bescheid sagen.«

»Klar, kein Problem.«

Wir halten bei mir zu Hause, um zu fragen, ob ich noch für ein paar Stunden mit zu Nico darf. Da wir erst neun Uhr haben, hoffe ich, dass meine Eltern mich noch zwei Stunden zu ihm gehen lassen. Bevor wir hierhergezogen sind, musste ich schließlich auch immer erst um elf Uhr zu Hause sein. Es kostet ein bisschen Überzeugungsarbeit und Nico muss versprechen, dass er mich nach Hause fährt. Aber schließlich sagen sie Ja.

Nicos Haus liegt am Ende einer Sackgasse. Es ist ein zweigeschossiges Haus mit einem sehr gepflegten Vorgarten und einem Basketballkorb über dem Garagentor am Ende einer langen Auffahrt.

»Von meinem Bruder.« Er ruckt den Kopf in Richtung Basketballkorb. »Hängt da ziemlich einsam und verloren, seit er am College ist.«

»Traurige Sache.«

»Ja.« Er deutet zur Seite. »Hier lang.« Wir gehen durch das Gartentor und Nico lehnt sein Fahrrad nachlässig gegen die Hauswand, ohne sich die Mühe zu machen, das Tor hinter uns zu schließen.

Ich lehne mein Board daneben. »Wohlbehalten und sicher.«

»Warte, ich muss mir noch kurz meinen Lebensunterhalt verdienen.« Er eilt durch das Tor zurück auf den Gehweg und rollt die Restmülltonne rein. Dasselbe macht er mit der blauen Recyclingtonne. »Okay. Jetzt können wir rein.«

Ein paar Meter neben Nicos Fahrrad führt eine Tür direkt in die Küche. Ich folge Nico nach drinnen und er geht schnurstracks zu dem Waschbecken im Farmhausstil, um sich die Hände zu waschen.

»Nico, Schatz, bist du das?«, ruft eine weibliche Stimme von nebenan.

»Meine Mom«, wispert er.

»Habe ich mir fast gedacht.«

»Ja«, ruft er zurück. Dann gießt er sich ein Glas Leitungswasser ein und leert es in einem Zug.

Seine Mutter kommt um die Ecke in die Küche. »Oh, gut. Bin ich froh, dass du wieder da bist. Ich habe die ganze Zeit Sirenen gehört und mache mir immer Sorgen, wenn du da draußen mit dem Rad unterwegs bist.«

Er klopft sich von oben bis unten ab. »Da bin ich wieder. Heil und unversehrt. Alles paletti.«

Mrs Noble streckt die Hand aus und streicht ihm die wilden

Locken aus der Stirn. »Ist was passiert? Du siehst so zerzaust aus.« Sie zupft an seinem Pulli. »Und deine Tasche ist eingerissen.«

»Kleiner Fahrradunfall. Aber mir geht es gut, nichts passiert.« Er macht eine Handbewegung in meine Richtung. »Mom, das ist Juniper.«

Als sie sich zu mir umdreht, fällt mir sofort die Ähnlichkeit mit ihrem Sohn ins Auge. Die gleichen dunklen Augen und Haare. Ihres fällt in sanften Wellen über die Schultern. »Schön, dich kennenzulernen, Juniper.«

»Sie auch.«

Nicos Mutter wendet sich wieder an ihn. »Und, wer hat das Spiel gewonnen?«

»Wir.«

»Hurra! Los, Condors!« Sie wedelt ein paar unsichtbare Pompons in der Luft.

Sichtlich beschämt zuckt Nico zusammen. »Mom, du vergraulst mir noch Juniper.«

»Ich war Cheerleaderin«, flüstert sie mir verschwörerisch zu und schüttelt weiterhin ihre unsichtbaren Pompons. Dann wendet sie sich an Nico. »Sei froh, dass ich keinen Spagat mache oder Purzelbäume schlage.«

Ich muss lächeln. Wahrscheinlich würde meine Mutter mir eine Geschichte über irgendeine fiese Cheerleader-Clique erzählen, die sie in der Schule gemobbt hat, aber Nicos Mutter scheint nett zu sein. Und aufrichtig.

Nico füllt sein Wasserglas erneut. Dann fragt er mit einem Hochziehen seiner Augenbrauen und einem Kopfrucken zwischen mir und dem Wasserhahn, ob ich auch möchte. Ich nicke.

»Also, wir hängen ein bisschen hier ab und gucken einen Film oder so«, sagt Nico zu seiner Mutter. In seiner Stimme schwingt unterschwellig die Frage mit, ob sie uns bitte allein lassen kann.

»Oh. Natürlich. Ich muss eh noch ein paar Dinge für die Arbeit durchsehen.«

»Hat mich gefreut«, sage ich und nehme auf einem der hohen Stühle an der Kücheninsel Platz.

»Ganz meinerseits.«

»Sirenen«, sagt Nico kopfschüttelnd, als seine Mutter gegangen ist. »Sie ist so ein Angsthase.« Er zieht seinen Pulli aus und nimmt dabei sein halbes T-Shirt mit. Ich sitze da und versuche, eine Erklärung dafür zu finden, wie jemand, der von sich behauptet, er sei eine Niete in Sport, ohne T-Shirt so gut aussehen kann. Dann fällt der Stoff zurück über seinen Bauch und er leert den Inhalt seiner Jeanstaschen auf die Küchentheke. Seinen Schülerausweis, ein paar zusammengeknüllte Dollarnoten, einen EpiPen und sein Smartphone. Dann wendet er sich dem Kühlschrank zu. »Willst du was essen? Wir haben noch einen Rest Lasagne.«

»Nee, danke. Ich habe früh zu Abend gegessen. Vor dem Spiel.«

»Sicher? Du verpasst was. Meine Mutter macht die beste Lasagne weit und breit«, neckt er mich, kommt mit einer Auflaufform zurück und nimmt die Alufolie ab. Dann stellt er die halb leere Form zwischen uns, zieht eine Schublade auf, holt zwei Gabeln raus und drückt mir eine in die Hand. »Für den Fall, dass du deine Meinung änderst.«

»Musstest du den schon mal benutzen?«, frage ich und zeige mit der Gabel auf den EpiPen.

»Nope. Und das bleibt hoffentlich auch so.« Er schiebt sich eine Gabel Lasagne in den Mund und kaut genüsslich.

»Weißt du, wie man das Ding benutzt?«

Er nimmt den EpiPen und hält ihn mit der Kappe nach unten ein paar Zentimeter über seinen Oberschenkel. »Kappe ab und reinrammen.« Mit einer schnellen Bewegung schwingt er seine Hand in Richtung Oberschenkel, so als würde er einen Ball werfen. »Ohne zu zögern.«

»Ganz schön gruselig.«

Er antwortet zwischen zwei Bissen Lasagne. »Nicht so gruselig, wie es sein muss, langsam zu ersticken, weil deine Kehle zuschwillt.«

»Auch wieder wahr.«

Ich versenke meine Gabel in der Lasagne und probiere auch einen Bissen. »Oh, wow.«

»Gut, oder?« Er schiebt sich noch eine Gabel in den Mund und ich tue es ihm nach.

Mein Blick wandert über die metallisch funkelnden Haushaltsgeräte und die glänzende Arbeitsplatte aus Speckstein. Wie sehr Nicos Küche sich doch von unserer unterscheidet, wo immer noch Grandmas avocadogrüner Kühlschrank steht und sich herrlich mit dem Linoleumboden beißt. In Nicos Haus ist alles neu und modern, während man sich in unserem vorkommt wie auf einer Zeitreise.

»Willst du noch mehr?« Nico zeigt auf die Lasagne. Als ich den Kopf schüttele, drückt er die Alufolie wieder fest und stellt die Auflaufform zurück in den Kühlschrank. »Film?«

»Auf jeden Fall.«

Ich folge ihm in einen Raum, in dem ein riesiger Flatscreen praktisch die komplette Wand einnimmt. In den Ecken unter der Decke hängen Lautsprecher und mitten im Raum steht ein großes, bequemes Ledersofa mit Getränkehaltern und verstellbarer Lehne.

»Das ist ja wie ein eigenes Privatkino.«

»Das war die Absicht.«

»Glückspilz.«

»Wir können was streamen oder du kannst dir einen Film aus der oldschool Sammlung da drüben aussuchen. Aber ich habe dich hiermit gewarnt, eine Menge davon sind von meiner Mutter.« Er klappt einen großen Schrank auf, in dem sich unzählige DVDs und Videokassetten aneinanderreihen. »Such dir was aus.«

Neugierig gehe ich zu dem Schrank hinüber und streiche fasziniert mit dem Finger über die vielen DVD-Rücken. »Das ist ja fast besser als die Regale in der Bücherei.« Ich werfe ihm über die Schulter einen Blick zu. »Aber nur fast.«

»Ich komm damit klar, wenn du Bücher lieber magst als Filme.«

Versunken ziehe ich ein paar Hüllen heraus und lese die Beschreibungen hintendrauf, genau wie ich es in der Bücherei mit Büchern tue. Am Ende halte ich einen Film hoch, dessen Titel lautet: 10 *Dinge, die ich an dir hasse.* »Der hier?«

»Überrascht mich nicht, dass du den rausgesucht hast. Das ist eine moderne Version von Shakespeares *Der widerspenstigen Zähmung*. Und ein Klassiker unter den Teenie-Filmen.«

»Ernsthaft? Ich bin so was von dabei.«

Während er den Film einlegt, mache ich es mir auf dem Sofa bequem. Und als der Vorspann beginnt, sitzt er neben mir, meine Hand in seiner, und das ist genau das, worauf ich schon warte, seit wir draußen vor der Party unsere Helme aufgesetzt haben. Ich sauge jede Einzelheit des Vorspanns auf, vor allem, als ein Junge mit dem Neuen an der Schule über den Campus läuft und all die verschiedenen Cliquen aufzählt.

»Geht es bei euch in der Cafeteria auch so zu?«, frage ich.

»Deine Faszination für Cafeterien ist echt süß.«

Einen Moment später lacht Nico über einen Witz, den ich nicht verstehe, doch es ist mir egal, weil mein Herz bei seinem Lachen einen kleinen Sprung macht.

Ich bin ehrlich bemüht, mich auf den Film zu konzentrieren, doch schon bald wandert mein Blick zu Nico. Zum Schwung seiner Locken und seiner Wimpern. Zu den blassen Sommersprossen auf seiner Nase. Und zu seinen Kiefermuskeln, die immer ganz kurz zucken, wenn er auf dem Bildschirm etwas lustig findet.

Er sieht mich an und lächelt. »Hi.«

»Hi.«

Er beugt sich zu mir rüber. Und dann gibt es keinen Film mehr.

Dann gibt es nur noch uns.

ACHTUNDZWANZIG

Es wird elf Uhr, noch bevor der Film vorbei ist. Ich muss nach Hause und Nicos Mutter ist einverstanden, dass er mich fährt. Meine Brust ist ein bisschen eng vor Wehmut, weil der Abend fast schon vorbei ist. Ich bin traurig, dass ich schon gehen muss. Aber gleichzeitig freue ich mich auf das nächste Treffen mit Nico.

Er schließt das Auto auf und wir steigen ein. Ich klemme mir mein Skateboard zwischen die Beine.

»Sitzheizung?«, fragt er, den Finger über einer Schaltfläche auf dem Armaturenbrett.

»Dein Ernst jetzt? Sitzheizung. Sonnendach.« Ich lasse den Finger über dem Armaturenbrett kreisen. »Dieses fancy digitale Armaturenbrett mit Navigation und allen Radiosendern. Euer Auto ist das komplette Gegenteil von Bessie.«

»Bessie?«

»Unsere alte Schrottkarre. Eine Familienkutsche. Und ja, mein Vater hat ihr wirklich einen Namen gegeben.«

»Na ja, das Auto von meiner Mutter ist ein bisschen *zu* fancy. Warum, glaubst du wohl, soll ich lieber das Fahrrad nehmen? Ich darf ihr Auto nur zu besonderen Gelegenheiten fahren. Wie heute Abend. Ansonsten steht es in unserer Garage rum oder vorm Gericht.«

»Vorm Gericht?« Deutlich blitzt die Erinnerung an meinen sinnlosen Ausflug auf, als jeder Anwalt, den ich um Hilfe gebeten habe, mich bloß mitleidig angesehen hat. »Als was arbeitet deine Mom denn?«

»Anwältin.«

»Wirklich?« Ich horche auf. »Was für eine Anwältin?«

»Für so langweiliges Immobilienzeug.«

»Oh.«

Meine Enttäuschung war wohl deutlich herauszuhören, denn er sieht mich überrascht an. »Warum?«

»Ich brauche einen Anwalt.«

Nico lacht. »Du? Wofür das denn? Hast du heimlich einen Schnapsladen ausgeräumt und mir nichts davon erzählt?« Er setzt rückwärts die Auffahrt hinunter und tippt auf eine Anzeige neben der Sonnenblende. Das Garagentor gleitet zu. Ich beobachte es fasziniert.

»Ich habe versucht, einen Anwalt zu finden, der mir helfen kann, geimpft zu werden. Obwohl ich minderjährig bin.«

»Ah, verstehe. Klar, dafür brauchst du einen Anwalt.«

Ich zucke die Achseln. »Ja, na ja, wäre super, wenn ich jemanden finden würde, der bereit ist, mir zu helfen. Bisher sieht es schlecht aus.«

»Vielleicht kennt meine Mom ja jemanden. Ich frag sie.«

»Danke.« Ich bin nicht sonderlich optimistisch, aber einen Versuch ist es wert. »Ich habe nur leider kein Geld. Jedenfalls nicht viel. Ein bisschen Erspartes von meinem Geburtstag, aber das wollte ich eigentlich aufheben, um die Impfungen zu bezahlen.«

Er winkt ab. »Wir finden schon eine Lösung.«

Lächelnd sieht er mich an.

Mein Bauch macht einen Salto. Meine Nerven spielen verrückt. Und ich lächle zurück.

»Okay, cool.« Ich mache die Sitzheizung an, um mich ein bisschen zu verwöhnen. »Das ist ziemlich cool.«

»Ist es.« Er blinkt, schaut über die Schulter und wechselt die Spur.

Ich vergrabe mich tiefer im Sitz. Von unten strömt mir Wärme entgegen, was in der ersten Novembernacht keineswegs unangenehm ist. Überhaupt war an diesem Abend nichts unangenehm, bis auf die Auseinandersetzung mit Teddy und Avery auf der Party.

Wir biegen in meine stille Straße ein und Nico parkt vor unserem Haus. Jetzt würde niemand mehr denken, dass noch vor wenigen Stunden auf der anderen Straßenseite ein wichtiges Footballspiel stattgefunden hat. Die Schule ist vollkommen dunkel und fürs Wochenende verriegelt.

»Sehen wir uns bald wieder?«, fragt er.

»Ja.«

»Cool.«

»Können wir dann wieder das Auto von deiner Mutter nehmen? Ich glaube, das war die angenehmste Fahrt, die ich je hatte. Viel besser als mit dem Skateboard.«

»Ich frag sie.«

»Sie sagt bestimmt Ja.«

Nico lehnt sich über die Mittelkonsole. »Können wir jetzt bitte aufhören, über meine Mutter zu reden?«

»Ach, möchtest du lieber über deinen Vater reden?«

»Sehr witzig.« Er pikst mir seinen Finger zwischen die Rippen. »Aber zu deiner Info, meine Eltern sind geschieden und mein Vater lebt in Washington. Im Bundesstaat, nicht in D.C. Ich besuche ihn nur im Sommer.«

»Ah. Okay.« Ich tue so, als würde ich mir in einem Heft Notizen machen, genau wie Officer Cooper in unserem Wohnzimmer an dem Abend, als unser Haus beschmiert wurde.

Nico schiebt mein unsichtbares Notizbuch beiseite. »Darf ich dich jetzt zum Abschied küssen?«

Ich lasse mich mit einer Hand auf der Stirn theatralisch in den Sitz sinken. »Tu, was du tun musst.«

Und das macht er.

Und ich stelle fest, dass Nicos Küsse einfach nur besser und besser werden.

NEUNUNDZWANZIG

Montagmorgen. Küchenschule. Vor uns liegt eine Weltkarte ausgebreitet auf dem Tisch. Mein Vater hat seinen langweiligen schwarzen Kaffee, Poppy ihre Buntstifte, Sequoia seine Mandelmilch. Und ich habe meine Träume. Es war ein schönes Wochenende, mit dem Footballspiel, dem Siegesrausch und Nico. Aber nun ist Nico wieder in der Schule auf der anderen Straßenseite und ich sitze hier bei meiner Familie fest und rede über Geografie und Orte auf der ganzen Welt.

»Wenn ihr in dieser Sekunde nach draußen und überall hingehen könntet, wo ihr möchtet, wo wäre das?«, fragt Poppy, während ihr lila Buntstift über der Weltkarte schwebt.

Während Sequoia angestrengt nachdenkt, kommt meine Mutter aus dem Garten rein und stellt ihren Kräuterkarton auf die Küchentheke.

»Na, ganz sicher nicht der Wochenmarkt«, brumme ich.

»Oh! Oh! Ich weiß was! Das Mittelalter!«, ruft Sequoia.

»Dummerchen. Ich meine richtige Orte, zu denen wir jetzt auch reisen können«, sagt Poppy.

»Ich finde, das Mittelalter klingt ziemlich spannend«, wendet meine Mutter ein, während sie ihre Kräuterbündel sortiert.

»Seht ihr, genau das ist das Problem an der Küchenschule«, stelle ich fest. »Ich sollte ernsthaft darüber reden, was in Singapur oder so abgeht, und stattdessen sitze ich hier neben einem Zweitklässler, der auf eine märchenhafte Zeitreise gehen will.«

»June«, mahnt mein Vater. »Tonfall.«

»Na gut. Schön.« Wie eine ernsthafte Schülerin falte ich meine Hände über dem Tisch und sehe meinen kleinen Bruder an. »Warum willst du ins Mittelalter reisen?«

»Drachen.« Voller Stolz verschränkt er die Arme vor der Brust.

Genervt knallt Poppy ihren lila Bleistift auf den Tisch. »Es gab im Mittelalter keine echten Drachen.«

»Woher willst du das denn wissen? Du warst doch gar nicht da!«, protestiert Sequoia lautstark.

Poppy hebt ihren Stift wieder auf und zielt damit auf seine Brust. »Ich weiß das, weil ich in dieser Welt lebe. Und ich pass auf, wenn Dad uns Geschichtssachen erzählt. Drachen haben die Menschen bloß erfunden, um sich gegenseitig Angst einzujagen, damit sie nicht aufmucken.«

»Und natürlich, um so halbstarken Schlägertypen eine Entschuldigung zu liefern, damit sie auf große Abenteuer losziehen und alles abschlachten können«, füge ich hinzu. Ich wette, Teddy und seine Freunde auf der Party hätten sich darum geprügelt, loszuziehen und Drachen abzuschlachten.

»Du lügst«, protestiert Sequoia.

Poppy wirft ihm einen entnervten Blick zu. »In Wahrheit sind zu der Zeit plötzlich überall Dinosaurierknochen aufgetaucht und keiner wusste, was das für Wesen waren. Zack! Da haben sie die Drachen erfunden.«

Mein Vater lächelt triumphierend. »Das ist eine Theorie«, stimmt er zu. »Erinnert sich jemand noch an die andere?«

»Irgendwas mit der Bibel«, murmele ich. »Die Drachen waren eine Gestalt des Teufels.«

»Goldrichtig«, sagt mein Vater.

Ich lasse meinen Zeigefinger neben meiner Schläfe kreisen. »Völlig plemplem.«

»Oh, June.« Meine Mutter schüttelt vorsichtig ein paar Kräuterbündel aus. »Sei nicht so ein Teenager.«

»Hey, Blitzmerker, ich *bin* ein Teenager! Ich bin sechzehn, wie soll ich mich da benehmen, als wäre ich nicht sechzehn? Ich kann ja nicht aufhören, ein Teenager zu sein.«

Meine Familie fängt an zu lachen.

»Was?«, frage ich.

»Du bist einfach wortwörtlich«, sagt Poppy.

»Wortwörtlich«, sagt mein Vater und alle brechen wieder in Gelächter aus.

Ich schiebe meinen Stuhl zurück. »Gut. Ich geh dann mal in die Pause.«

Sequoia verdreht die Augen und kräht: »Wir haben keine Pause.«

»Kein Witz«, sagt Poppy und blickt von der Weltkarte auf, um zu beobachten, wie ich mich wieder hinsetze. »Jetzt ist sie das genaue Gegenteil von wortwörtlich. Ironisch. Oder sarkastisch? Was ist richtig, Mom?«

Meine Mutter mustert mich. »Sie ist einfach Juniper. Und genauso verhält sie sich auch. Als wäre sie ein eingesperrter Vogel mit gestutzten Flügeln.«

»Wenn wir im Mittelalter leben würden, könntest du losziehen und Drachen jagen«, versichert Sequoia mir. »Du würdest Abenteuer erleben und könntest eine Heldin werden. Das wäre so cool.«

»Wusstest du, dass wir auf Grandmas Seite Wikinger als Vorfahren haben?«, sagt meine Mutter zu ihm. »Meinst du, sie waren Drachenjäger?«

Vor Begeisterung reibt Sequoia die Hände aneinander. »Ooh.« Sein Blick wandert verträumt zur Decke, so als würde er sich all das lebhaft vorstellen.

»Ich glaube, es liegt uns im Blut«, fährt meine Mutter fort.

»Dass wir losziehen und die Welt erobern.« Sie sieht mich an. »Ich verstehe dich besser, als du glaubst, Juniper Jade.«

»Das tun wir beide, Junebug«, fällt mein Vater ein und zwinkert mir zu. Unbehaglich rutsche ich in meinem Stuhl hin und her. »Schließlich haben deine Mutter und ich damals unseren alten Toyota vollgepackt und sind zum Woodstock gefahren, jeder mit nur zwanzig Dollar in der Tasche. Aber mit ein bisschen Erfindungsreichtum und Ausdauer haben wir es geschafft.«

»Oh, bitte nicht. Nicht die Woodstock-Geschichten«, stöhnt Poppy.

»Möchtegern-Woodstock«, verbessere ich.

»An jenem Tag war der Regen gar ungeheuer«, zitiert Poppy in dramatischem Ton, als würde sie ein Versepos vortragen.

»Und die Schlammlawinen noch ungeheuerlicher«, ergänze ich.

»Oh, ihr beiden«, sagt meine Mutter. »Ihr wünscht euch doch nur, ihr wärt dabei gewesen.«

»Ähm, nein«, entgegne ich.

»Ach, komm schon«, sagt mein Vater. »Das ist doch fast das Gleiche wie dieses Coachella, wo du unbedingt hinwillst.«

Meine Mutter unterbricht ihre Arbeit mit den Kräutern und schiebt sich zu meinem Vater hinüber, der immer noch in seinem Lehrerstuhl sitzt. Er legt einen Arm um ihre Taille und zieht sie zu sich heran. Ohne nachzudenken, er macht es ganz automatisch. Weil sie sich ohne Worte verstehen. Wahrscheinlich liegt es an ihrer gemeinsamen Geschichte. All die gemeinsamen Jahre. Die Möchtegern-Woodstock-Geschichten, ihr unkonventionelles Leben und die Fahrten mit ihrem alten, ausgebeulten Toyota in den Sonnenuntergang. Die Heirat, ihre Kinder und wie sie ihnen in der Küchenschule Dinge über Drachen beibringen.

Ich spüre, wie sich Tränen in meinen Augenwinkeln sammeln.

Ich weiß, dass ich mich ziemlich viel über mein Leben beschwere, aber im Kern gibt es das. Das hier. Meine Familie, alle beisammen. Lachend in der Küche.

Trotz all ihrer schrulligen Eigenarten liebe ich sie.

Aber was passiert mit dieser schönen Ruhe, wenn ich wirklich einen Anwalt finde? Ziehen wir dann vor Gericht? Könnten meine Eltern Ärger wegen Vernachlässigung ihrer Aufsichtspflicht bekommen? Wird man Poppy, Sequoia und mich von hier wegnehmen, von allem, was wir kennen?

Von meiner Mutter mit ihrem Kräuterkarton bis zu meinem Vater, der eine letzte Notiz zu seiner Geografiestunde an die Tafel schreibt. Über meine Schwester, die alle Teile der Erde auf der Weltkarte bunt anmalt, bis hin zu meinem Bruder, der von Drachen träumt.

Kann ich es wirklich riskieren, das zu verlieren?

Kann ich es wirklich riskieren, *sie* zu verlieren?

DREIẞIG

Später auf dem Wochenmarkt entladen meine Mutter und ich Bessie, stellen unsere Kräuterkartons ab und klappen unseren Tisch an seinem üblichen Platz aus. Während wir die ätherischen Öle arrangieren, kommt eine Frau mit Bob und einem Klemmbrett zu unserem Stand marschiert.

»Einen Moment«, sagt sie zu meiner Mutter. »Ich muss mit Ihnen reden.«

»Verzeihung, kennen wir uns?«, fragt meine Mutter.

»Mein Name ist Kayla Kaye und ich komme von der Stadtverwaltung.« Sie redet so schnell, dass es wie ein Wort klingt. Kaylakaye.

Meine Mutter wischt sich die Hände an der Schürze ab. »Wie kann ich Ihnen helfen?«

»Wir haben eine Petition erhalten.« Kaylakaye hält ihr Klemmbrett in die Höhe. »Sie wurde von der Bürgerinitiative der Besorgten Bürger von Playa Bonita ins Leben gerufen.«

Oh nein. »Genau wie die Facebook-Seite«, sage ich leise.

Kaylakaye fährt fort: »Die Petition wurde von fünfhundert Menschen unterzeichnet und hat damit die nötige Anzahl erreicht, um ihren Stand auf dem Wochenmarkt zu verbieten.«

»Das kann doch nicht Ihr Ernst sein«, protestiert meine Mutter lachend. »Lassen Sie mich das sehen.« Sie streckt ihre Hand aus. »Sie müssen uns doch mit jemandem verwechseln.«

Kaylakaye dreht sich etwas zur Seite und hält das Klemmbrett außer Reichweite. »Sie sind doch Mrs Melinda Jade, oder nicht?«

Meine Mutter nickt.

»Die Gemeinde von Playa Bonita hegt bezüglich Ihrer Produkte ernsthafte Bedenken, Mrs Jade. Sie sind in Sorge, dass sie kontaminiert sein könnten.«

Meine Mutter sieht sie mit großen Augen an. »Womit?«

»Nun, wenn wir das richtig verstanden haben, gab es in Ihrer Familie kürzlich mehrere Fälle von Masern.«

»Woher wissen Sie das?«, fragt meine Mutter.

»Es stimmt also?«, fragt Kaylakaye zurück.

Ich sehe sie böse an. »Ich nehme an, Sie haben uns auf Facebook gesehen?«

Sie verdreht die Augen. »*Alle* haben Sie auf Facebook gesehen.«

»Tja, wir sind aber nicht mehr ansteckend.«

Sie umfasst ihr Klemmbrett fester und räuspert sich. »Nun, es gibt aber noch weitere Bedenken.«

»Zum Beispiel?«, fragt meine Mutter.

Ich spüre die Blicke der Leute und da geht mir auf, dass sich um uns herum eine Menge gebildet hat. Genau wie damals auf dem Kürbisfeld. Sie haben nur darauf gewartet. Sie wussten Bescheid. Sie alle haben die Petition unterschrieben. Und ganz sicher hat jemand von ihnen die ganze Sache losgetreten. Aber wer?

Kaylakaye antwortet: »Andere Formen von Verunreinigungen. Andere …« Sie räuspert sich. »Möglicherweise noch andere Viren. Wenn wir das richtig verstanden haben, ist Ihre Familie gegen Impfungen.«

Nur zu gern würde ich rufen: *Ich nicht!* Ich bin hin- und hergerissen. Insgeheim muss ich Kaylakaye und all den Leuten, die die Petition unterschrieben haben, recht geben. Aber ich will auch meiner Mutter beistehen. »Jeder hier könnte ein Virus mit sich herumtragen. Auch Sie. Vielleicht setzen Sie uns in diesem Moment alle einer Erkältung aus.«

Sie stammelt: »Ja, nun, das stimmt. Aber hier geht es nicht um Erkältungen. Hier geht es um lebensgefährliche Viren. Viren, von denen man angenommen hat, dass sie in den USA bereits ausgerottet sind.«

Meine Mutter sieht Kaylakaye bittend an. »Sicherlich können Sie vernünftiger sein.«

»Es ist unser gutes Recht, hier zu sein«, sage ich.

»Ich verstehe Sie ja. Wirklich«, sagt Kaylakaye. »Aber die Bürger von Playa Bonita haben gesprochen und als ihre Abgesandte muss ich Ihnen leider sagen, dass Sie gehen müssen.«

»Gleich heute?«, fragt meine Mutter.

»Jetzt sofort.«

»Wir dürfen nicht einmal mehr heute Nachmittag verkaufen?«, frage ich ungläubig.

»Ich fürchte, nein.«

»Na schön.« Meine Mutter sieht mich an. »June, wir packen ein.«

Ich balle die Hände zu Fäusten. Ich ärgere mich für meine Mom, aber noch mehr ärgere ich mich für mich selbst. Kaylakaye hat nichts gesagt, was ich nicht auch schon angesprochen habe. Wie viele Leute müssen uns noch öffentlich ausgrenzen, bis meine Eltern es endlich kapieren?

»Du bist davon hoffentlich nicht überrascht«, sage ich zu meiner Mutter, aber sie antwortet nicht, sondern packt wahllos Dinge in ihre Kartons.

Kaylakaye versucht, die Menge um uns herum zum Gehen zu bewegen, aber die Menschen rühren sich nicht vom Fleck.

Sie sehen zu, wie wir unsere Sachen einpacken, und machen dabei noch mehr Fotos, mit denen sie uns verurteilen können.

Ich starre jeden Einzelnen von ihnen böse an. Wenn sie auch nur einen Schritt näher kommen, fange ich an zu schreien, das schwöre ich. Das wird ein herrliches Schauspiel für ganz Playa Bonita. Sollen sie den Mist doch hochladen. Ist mir egal.

Während wir die Kartons einladen, hält meine Mutter ihren Blick gesenkt. Endlich klettern wir in Bessie und fahren vom Parkplatz. Ich atme erleichtert auf.

»Hier in der Gegend gibt es Dutzende andere Wochenmärkte, zu denen wir fahren können«, zetert meine Mutter, als hätte sie nur darauf gewartet, dass wir außer Hörweite sind. »Da haben bestimmt noch welche freie Standplätze. Selbst wenn wir ein bisschen weiter fahren müssen, das macht nichts.«

Ich sehe schon lebhaft vor mir, wie wir ohne Klimaanlage schwitzend in Bessie sitzen und eine Stunde lang zu irgendwelchen Wochenmärkten fahren, bloß weil uns dort keiner kennt.

»Vielleicht sollten wir einfach eine Pause einlegen«, sage ich.

»Niemals«, sagt meine Mutter.

EINUNDDREIßIG

Nachdem am Dienstag eine Woche darauf in der Schule gegenüber die Glocke zum Schulschluss läutet, klopft Nico an unsere Haustür und fragt, ob ich später zu ihm zum Abendessen komme.

»Meine Mutter hat eine Freundin eingeladen, von der sie denkt, dass sie dir helfen könnte«, sagt er mit gesenkter Stimme, sodass nur ich ihn hören kann. »Sie ist echt cool. Anwältin und Marathonläuferin.«

»Beides gleichzeitig?«

Er lacht. »Wahrscheinlich. So wie ich sie kenne.«

Es gefällt mir, dass die Frau, die vielleicht meine Anwältin wird, Marathon läuft. Das bedeutet, sie hat Ausdauer. Das heißt, sie weiß, wie man dranbleibt.

Es kostet uns ein bisschen Überredungskunst, bis wir meine Eltern so weit haben, dass sie mich gehen lassen. Schließlich ist morgen Schule. Aber als ich ihnen erkläre, dass ich meinen Aufsatz für morgen schon geschrieben habe und meine restlichen Hausaufgaben zu Ende machen kann, bevor Nico mich um sechs abholt, sind sie einverstanden.

Als Nico und ich ein paar Stunden später bei ihm zu Hause durch die Haustür gehen, empfängt uns ein köstlicher Duft nach Basilikum und Knoblauch. In eine angeregte Unterhaltung vertieft, stehen Mrs Noble und ihre Freundin bei der Kücheninsel vor zwei Weingläsern und einer großen Schüssel Salat. Hinter ihnen köchelt das Abendessen in großen Töpfen auf dem Herd vor sich hin. Als die Freundin sich zu mir umdreht, erkenne ich sie sofort.

Es ist die Frau vom Wochenmarkt. Die in Anzug und Flip-Flops. Auch wenn sie heute barfuß in der Küche herumläuft. Wahrscheinlich stehen ihre Flip-Flops neben der Haustür.

»Ah, da seid ihr ja!«, begrüßt Mrs Noble uns überschwänglich. »Juniper, ich würde dir gern meine Freundin Laurel Ward vorstellen. Sie ist intelligent und fabelhaft, und Nico und ich haben ihr alles über dich erzählt.«

Während Mrs Noble zum Herd hinübergeht, um die Nudeln abzugießen, streckt Ms Ward mir ihre Hand entgegen. »Wie schön, dich kennenzulernen, Juniper. Bleiben wir beim Du. Nenn mich doch bitte Laurel.«

Ich schüttele ihre Hand. »Ich habe dich schon mal gesehen. Ich verkaufe Kräuter auf dem Wochenmarkt ... zumindest bis vor Kurzem.« Kaylakaye und ihr Klemmbrett schieben sich vor mein inneres Auge. »Du hast Minze bei mir gekauft. Für deinen Tee.«

»Oh, tatsächlich! Du kannst dich aber gut an Gesichter erinnern. Erstaunlich.« Dass ich mich bloß an ihren Anzug und die Flip-Flops und nicht an ihr Gesicht erinnere, erzähle ich ihr lieber nicht.

»Ich habe gehört, du läufst Marathon.«

»Wenn meine Zehen nicht gerade gebrochen sind, ja.«

Ich werfe einen Blick auf ihre Füße und erkenne aus der Nähe schließlich, dass ihre drei mittleren Zehen an ihrem rechten Fuß mit einem durchsichtigen medizinischen Tape zusammengebunden sind. »Deshalb also die Flip-Flops.«

Sie lacht. »Das ist dir also aufgefallen, was? Ich versuche, sie mit Stil zu tragen, in der Hoffnung, dass es den Leuten dann nicht so sehr auffällt. Ich habe so getan, als wäre ich total okay damit.«

»Ist mir aufgefallen. Aber nur, weil ich es ziemlich cool fand.«

»Ich bin froh, dass du es so siehst, aber keine Sorge. Ich bin fast durch damit. Mein Arzt hat gesagt, ich kann zur Arbeit wieder normale Schuhe tragen.« Sie wackelt mit den Zehen. »Aber heute Abend dürfen sie an die frische Luft.«

»Laurel sieht im Nu wieder superprofessionell aus«, versichert Nico, während er sich ein Karottenscheibchen aus dem Salat angelt und in den Mund schiebt. Tadelnd schlägt Mrs Noble seine Hand weg und wendet sich dann wieder den Nudeln zu, um sie mit der Soße zu garnieren, die noch auf dem Herd vor sich hin köchelt.

»Ah, puh. Ich dachte schon. Du weißt ja, wie wichtig es mir ist, super professionell auszusehen. Ich meine, sieh mich an.« In meinen zerrissenen Jeans und dem verblichenen Kapuzenpulli imitiere ich ein Laufstegmodel.

Laurel lächelt. »Wir werden uns prima verstehen.«

»Sollen wir essen?«, fragt Mrs Noble und wir folgen ihr ins Esszimmer.

Nicos Mutter trägt die Nudeln hinüber, ich nehme das Knoblauchbrot und Nico bildet mit Salat und Nudelzange das Schlusslicht.

Beim Essen unterhalten wir uns über die Film-AG und das Halbfinalspiel des Footballteams am kommenden Wochenende. Es ist ein Auswärtsspiel. Wahrscheinlich besser so, denn ich bin nicht wild darauf, Teddy und Avery wieder über den Weg zu laufen.

Erst als der Tisch abgeräumt ist und Nico und seine Mutter die Küche aufräumen und das Geschirr abspülen, bevor es in die Geschirrspülmaschine kommt, bittet Laurel mich, ihr zu erzählen, wozu ich einen Anwalt brauche. Ich bin mir gar nicht sicher, wo genau ich anfangen soll, aber schließlich lege ich einfach los.

»Ich war bei einem Arzt, der mir gesagt hat, wenn ich meine Impfungen will, soll ich mir einen guten Anwalt holen. Aber er hat es nicht wirklich ernst gemeint«, erkläre ich.

»Darüber macht man keine Witze.« Sie stützt sich auf die Ellbogen und lehnt sich vor. »Wir sollten noch einmal gemeinsam zu diesem Arzt gehen.«

»Meinst du, wenn du dabei bist, können wir ihn überreden, mich zu impfen?«

»Zumindest ist es einen Versuch wert. Aber wahrscheinlicher ist, dass ich von ihm die nötigen Informationen bekomme, um in deinem Namen einen Antrag einzureichen.«

»Einen Antrag?« Ich muss an Kaylakayes Petition auf dem Wochenmarkt denken und verknote die Finger ineinander. »Ist das so was wie eine Petition? Brauchen wir dafür auch fünfhundert Unterschriften?«

Sie wedelt mit der Hand. »Nein. Das ist eine Sache allein zwischen dir und deinen Eltern. Wir werden bei Gericht ein Gesuch einreichen, das dir erlaubt, in Bezug auf deine Gesundheit deine eigenen Entscheidungen zu treffen.«

»Klingt gut.«

»Wie wär es, wenn du mir erst mal erzählst, was seit deiner Maserninfektion alles passiert ist.«

Ich nicke, lehne mich im Stuhl zurück und erzähle ihr die ganze Geschichte. Währenddessen klirrt Nico hinter mir in der Küche herum.

Laurel hört sich aufmerksam alles an, was ich zu sagen habe.

»Es muss schlimm sein, für die Entscheidungen seiner Eltern verurteilt zu werden. Für Entscheidungen, auf die du keinen Einfluss hast. Vor allem, wenn sie Auswirkungen auf unschuldige Menschen wie das Baby haben.«

»Ich will nicht mehr, dass es über meinen Kopf hinweg geschieht.« Unwillkürlich klammere ich mich an die Ecken des

Tisches. »Ich sollte selbst entscheiden dürfen, was mit meinem Körper passiert. Schließlich ist es meiner.«

»Ganz genau. Das ist unser Argument. Das Selbstbestimmungsrecht über den eigenen Körper.«

»Ja.« Als ich merke, dass Laurel mich tatsächlich versteht, lässt der Druck auf meiner Brust ein bisschen nach.

»Das wird eine große Veränderung, Juniper.«

»Ich war neulich bei einem Anwalt im Zentrum. Er hat mir gesagt, dass das, was ich vorhabe, unmöglich ist. Er hat mir rechtliche Emanzipation vorgeschlagen, aber dafür habe ich nicht genug Geld. Ich habe keinen Job, um mir eine eigene Wohnung zu leisten. Außerdem will ich gar nicht von zu Hause ausziehen.«

Sie schnaubt und ich meine, ein gemurmeltes »Trottel« zu hören. Laut sagt sie: »Klingt, als hätte er nicht sonderlich viel Vertrauen in seine Fähigkeiten als Anwalt. Ich hingegen schon.«

»So wie er es dargestellt hat, habe ich keine Chance.«

Sie schlägt mit beiden Händen auf den Tisch. »Na, dann werden wir beide ihn mal eines Besseren belehren. Einverstanden?«

»Die halbe Stadt hat eine Petition unterschrieben, um uns vom Wochenmarkt zu schmeißen. Wenn sie hören, dass ich mich auch noch gegen sie stelle, bricht das meinen Eltern das Herz.«

»Fangen wir erst mal bei deinem Arzt an. Vielleicht müssen wir ja gar nicht so weit gehen. Ich versuche, die ganze Sache möglichst kurz und schmerzlos über die Bühne zu bringen.«

»Eigentlich habe ich nicht wirklich einen Arzt. Ich war nur ein Mal bei Dr. Villapando in der Notfallambulanz. Wir sind erst im Mai hergezogen und Mom hat noch niemanden gefunden, der uns behandelt, weil wir nicht geimpft sind.« Verärgert kratze ich mich am Kopf.

»Hättest du morgen Zeit, mich zu Dr. Villapando zu begleiten?«

»Klar. Je eher, desto besser.« Doch dann fällt mir ein Haken ein. »Wie viel wird die ganze Sache denn kosten? Ich glaube, ich kann mir eine Anwältin wie dich gar nicht leisten.«

»Ah, hat Nico dir das gar nicht gesagt? Ich mache das ohne Honorar. Der Fall ist wichtig, ich würde ihn gern übernehmen. Also, was sagst du? Morgen um drei vor der Ambulanz?«

»Ich werde da sein.«

Nico taucht im Türrahmen auf und trocknet sich die Hände mit einem Geschirrtuch ab. »Klingt, als hättet ihr einen Plan.«

»Es ist zumindest ein Anfang.«

»Eins nach dem anderen«, mahnt Laurel.

»Cool«, sagt Nico.

Hinter ihm taucht seine Mutter mit dem Wein auf, den sie und Laurel beim Kochen getrunken haben. Laurel hält ihr eins der Gläser zum Nachschenken hin.

»Nun, ihr zwei wollt doch bestimmt einen Film sehen oder so was«, stellt Mrs Nobel fest.

Laurel wendet sich noch einmal an mich. »War mir eine Ehre, dass du dich an mich gewandt hast, Juniper.«

»Und mir war es eine Ehre, dass du mir zugehört hast.«

Am liebsten wäre ich ihr um den Hals gefallen. Sie ist der erste Mensch, der mir zutraut, dass ich in diesem Kampf eine Chance habe. Durch sie habe ich wieder Vertrauen gefasst, dass es da draußen vielleicht doch Menschen gibt, die der Meinung sind, dass ein sechzehnjähriges Mädchen selbst über seinen Körper bestimmen darf.

ZWEIUNDDREIẞIG

»Komm mit in den Garten«, sagt Nico. »Ich will dir was zeigen.«

»Elegant.«

Er stößt mich mit der Schulter an. »Nicht wahr?«

Er schiebt die Tür zum Garten auf und wir treten auf eine geflieste Terrasse. Sie ist ziemlich kahl. Keine Blumen, kein Grünzeug. Und trotzdem schön. In einer Ecke steht ein riesiger Grill, in der Mitte eine Feuerschale und eine Lichterkette funkelt rund um die Holzverstrebungen einer Überdachung. Als mein Blick auf die Wand über dem Picknicktisch fällt, schnappe ich nach Luft.

»Ihr habt einen Flatscreen auf der Terrasse? Willst du mich verarschen?«

»Ach, du bist einfach zu leicht zu beeindrucken. Vergiss den. Ich will dir da drüben was zeigen.«

Mein Blick folgt seinem Finger über die Terrasse hinweg in den hinteren Teil des Gartens, wo eine große Eiche steht. Hoch oben zwischen ihren dicken Ästen thront ein windschiefes kleines Baumhaus, zu dem eine Strickleiter führt. Nico klettert die Sprossen hoch zu dem kleinen Eingang, eine Öffnung nicht viel größer als die Tür einer Hundehütte. Einer nach dem anderen winden wir uns hindurch und ich lande mit einem ungeschickten Plumps wie ein Neugeborenes auf dem Holzboden.

»Elegant«, kommentiert Nico, während er sich aufrappelt und mir auf die Füße hilft.

Ich klopfe mir den Staub von Knien und Ellbogen. »Ich hab es echt drauf, wenn es darum geht, einen guten Auftritt hinzulegen.« Dann schnuppere ich. »Riecht nach Junge hier drin.«

»Hm, ja, das stimmt wohl.«

Blinzelnd versuche ich, mich im Dämmerlicht zu orientieren, und entdecke hinter Nico ein kleines Fenster. Auf dem Fußboden verstreut liegen eine Lupe, eine leere Schachtel Pop-Tarts, ein Sitzsack und eine Taschenlampe. Außerdem ein Backgammon-Spiel, ein Schachbrett und ein Kartenspiel. In einer Ecke verstauben kaputte Kopfhörer. Es gibt einen Stapel Pokémonkarten, ein Paar Walkie-Talkies und ein Fernglas.

»Hier oben sieht es ja aus wie bei Encyclopedia Brown. Löst du auch Kriminalfälle?« Ich widerstehe der Versuchung, ein *Dö dö döönnn* hinzuzufügen. »Oder bist du einfach nur so ein gestörter Stalker, der seine Nachbarn ausspioniert?« Ich deute auf das kleine Fenster, aus dem man ungehindert ins Nachbarhaus blickt.

»Jup, völlig gestört.« Nico knipst die Taschenlampe an und stellt sie wie eine Laterne aufrecht hin, sodass das Baumhaus in weiches Licht getaucht wird.

»Schön.«

Er lässt sich in den Sitzsack sinken und wird sofort von seinem Innenleben eingeschlossen.

»Setz dich zu mir. Hier passen wir beide rein.« Er rutscht ein bisschen zur Seite, aber sonderlich viel Platz bleibt trotzdem nicht für mich.

»Bist du dir da sicher?«

Er grinst. »Wir kriegen das schon hin.«

Ich versuche, mich neben ihn zu quetschen. Es funktioniert nur, wenn ich mich mit dem Rücken gegen die Bretter des Baumhauses lehne und ein Bein über seins lege. Er massiert meine Wade und lässt die Fingerspitzen dann hoch zu den Löchern meiner Jeans gleiten, durch die mein Knie rausguckt.

»Also«, sage ich.

»Also«, wiederholt er lächelnd.

»Bringst du alle Mädchen hierher?«

»Klar. Gibt schließlich nichts Heißeres als einen Typen mit Baumhaus.«

»Auf keinen Fall.«

»Juniper.« Er sieht mich ernst an. »Du bist die Erste, die ich mit hier hochnehme. Wirklich.«

Ich muss lächeln. »Ich fühle mich geehrt. Wirklich.«

»Ich meine, sieh dich doch mal um. Ich offenbare dir hier meine dunkelsten Geheimnisse.« Er schnippt die obersten Pokémonkarten vom Stapel. »Aber vor dir ist mir nichts peinlich. Ich habe das Gefühl, bei dir kann ich einfach nur ich selbst sein.«

»Wieso, dein Baumhaus ist doch cool. Ich werde mich auch für eins in unserem Garten einsetzen, dann kann ich mich den ganzen Tag vor meiner Familie verstecken.«

»Ich komme nur abends her.«

»Wegen der Bienen?«

»Ja.« Er fingert wieder an den Fransen meiner Jeanslöcher herum. »Tagsüber ist es zu riskant.«

»Du lebst wie ein Vampir.« Ich beäuge die Brettspiele. »Also kommst du abends her und spielst hier oben Schach gegen dich selbst?«

»Nee, die sind noch aus der Zeit, als Matteo und ich uns hier gebattelt haben.«

»Dein Bruder?«

»Ja.« Fragend hebt er die Augenbrauen. »Spielst du Schach?«

»Hallo, ist mein Vater mein Vater? Klar spiel ich Schach.«

»Wollen wir spielen?«

Ich lächle mein breitestes Lächeln. Wie Nico. »Nichts lieber als das.«

Er beugt sich über mich, gibt mir einen flüchtigen Kuss auf die Wange und steht auf. Dabei gerät der Sitzsack außer Form und ich muss meine Gliedmaßen neu sortieren, um ebenfalls auf die Beine zu kommen. Nico holt aus einer Ecke eine Decke, schüttelt sie aus und breitet sie auf dem Boden aus. Ich setze mich mit gekreuzten Beinen wie ein Brezel hin und baue mit ihm das Schachspiel auf.

»Letzte Figur.« Nico hält seine Dame hoch und küsst ihren Kopf. »Auf in den Kampf.«

Ich sehe ihn kopfschüttelnd an. »Wow.«

»Hey, das ist mein Baumhaus. Ich kann hier so viel den Trottel spielen, wie ich will.«

»Ist dir prima gelungen.«

Er reibt seine Hände aneinander. »Mach dich auf was gefasst, Juniper Jade.«

»Davon träumst du nachts.«

Nico eröffnet das Spiel mit dem Bauer vor seiner Dame.

»Mein Vater hat eine Schachuhr.« Ich imitiere Nicos ersten Zug mit meinem Bauern. »Jeder hat dreißig Sekunden pro Zug.«

»Du spielst in ernster Bobby-Fischer-Manier.«

»Ja, nicht wahr?«

Nico macht den nächsten Zug mit einem seiner Bauern. »Ist er sehr anstrengend? Dein Dad?«

»Manchmal. Aber nicht immer.«

Nico nickt. »Ja. Ich verstehe, was du meinst.«

»Deiner?« Ich mache einen Zug.

»Weiß nicht. Ich sehe ihn so selten, dass ich ihn gar nicht wirklich kenne.« Er hebt den Blick vom Schachbrett und sieht mich an. »Als meine Eltern sich getrennt haben, war ich erst drei, und mein Vater ist gleich darauf weggezogen. Ich habe das Gefühl, ich muss ihn jeden Sommer aufs Neue kennenlernen.«

»Das muss echt schräg sein.«

»Ideal ist es nicht.« Er zuckt die Achseln. »Warum ist dein Vater anstrengend?«

»Er sieht einfach nicht, wie privilegiert er ist.« Ich seufze. »Und dabei geht es mir nicht nur um die Impfungen, sondern um alles. Auch so kleine Dinge.«

Nico beugt sich über das Schachbrett. »Zum Beispiel?«

Ich überlege eine Minute. »Bio-Lebensmittel zum Beispiel.«

»Ist doch eine gute Sache.«

»Klar. Aber mein Vater ist sich einfach nicht bewusst, dass es echt teuer ist, sich bio zu ernähren und zu leben. Bestimmt gibt es einen Haufen Leute, die das liebend gern tun würden, es sich aber einfach nicht leisten können. Mein Vater behauptet immer steif und fest, dass jeder kleine Dinge tun kann, aber es ist nun mal teurer, das ökologische Shampoo, Make-up, die Matratze und Bio-Lebensmittel zu kaufen. Wenn man für die ganze Familie ein Hühnchen kauft, kostet das in Bio-Qualität doppelt so viel. Das läppert sich.«

»Du hast dich echt viel damit beschäftigt.«

»Habe ich. Und das habe ich ihm auch gesagt, aber …«

»Verstehe.«

»Ja.«

Nico bewegt einen weiteren Bauern. »Also Bio-Hühnchen und Schach. Bei euch zu Hause geht ja echt die Post ab.«

»Aber hallo. Meine Eltern wissen, wie es läuft. Hast du die Halloween-Zahnbürsten vergessen?«

»Wie könnte ich die je vergessen?«

»Und dann gibt es da natürlich noch die Sommerkonzerte im Park.«

»Der Park ist doch ganz cool.« Er stützt sich auf seine Hände. »Ich wollte schon immer einer von diesen alten Männern sein, die dort den ganzen Tag an den Tischen Domino spielen, lachen und mit ihren Rentnerfreunden abhängen. Wie geil ist das denn bitte?«

»Ein Traum wird wahr.«

»Du kennst das. Ich, mein EpiPen und meine Schachtel Dominos. Und ein bester Kumpel, der schon am Tisch auf mich wartet.« Er lacht. »So ein Typ mit Pork-Pie-Hut, der auf Fellini-Filme steht.«

»Vielleicht bist du im falschen Jahrzehnt geboren.«

»Kann sein.«

Mein Blick wandert über Nicos Gesicht, von dem leichten Lächeln auf seinen Lippen zu den wilden Locken, die ihm über die Augen fallen. »Ich bin froh, dass du nicht in einem anderen Jahrzehnt geboren bist.« Ich würde gern seine Locken zurückstreichen. Ich will ihn anfassen. »Dass du genau jetzt sechzehn bist.« Und hinreißend. Ich kann einfach nicht aufhören, ihn anzusehen. Ich kann nicht aufhören, an ihn zu denken. Selbst wenn er direkt vor mir sitzt.

»Da bin ich auch froh drüber.«

»Hast du genug vom Schachspielen?«, frage ich.

Er sieht mich an und lächelt. »Vielleicht. Warum? Hattest du was anderes im Sinn?«

»Ja.«

»Was denn? Willst du dir mein Fernglas ausborgen und meine Nachbarn ausspionieren?«

»Kommt drauf an. Willst du lieber deine Nachbarn ausspionieren oder mich küssen?«

»Klarer Fall.« Nico stößt sich mit den Händen ab und lehnt sich über das Schachbrett. Dort verharrt er und wartet. Ich komme ihm auf halbem Wege entgegen. Dabei stoße ich mit dem Knie gegen das Schachbrett und ein paar Figuren rollen davon.

»Ich finde meine Türme wahrscheinlich nie wieder«, sagt er, den Mund nur Zentimeter von meinem entfernt.

»Ich helfe dir, sie wiederzufinden. Deine Läufer auch.«

»Ist auch völlig egal. Du bist eh weit und breit das Beste in meinem Baumhaus.«

»Bitte küss mich.«

Und da tut er es endlich. Ich seufze glücklich und spüre, wie seine Lippen sich zu einem Lächeln verziehen.

DREIUNDDREIßIG

Meinen Eltern habe ich erzählt, dass ich am Strand skaten gehen will, doch in Wahrheit treffe ich Laurel vor der Notfallambulanz, um mit Dr. Villapando zu reden. Nachdem ich aufgerufen und wie üblich im Flur mein Puls gemessen wurde, warte ich in einem der mir inzwischen vertrauten Behandlungsräume. Die Papierabdeckung der Behandlungsliege knistert unter meiner Jeans und unter meinem Pferdeschwanz sammelt sich Schweiß. Nervös trommle ich mit den Fingern auf meinen Knien herum und versuche, mich mit einem Poster an der Wand gegenüber abzulenken: **Ist es eine Erkältung oder die Grippe?** Vor ein paar Jahren hatte ich mal Influenza, da ging es mir echt dreckig. Ich beschließe, die Grippeimpfung auch auf meine Liste zu setzen. Das scheint mir nicht übertrieben, schließlich habe ich gesehen, wie sie die an einigen Orten sogar gratis verteilen. In Geschäften, Schulen und Apotheken.

Im Gegensatz zu mir ist meine Anwältin ein Bild der Ruhe. Übrigens auch im Gegensatz zu meiner Mom, die nervös am Riemen ihrer Handtasche herumgefingert hat, als wir hier waren. Ich beschließe, mich von Laurels Gelassenheit anstecken zu lassen. Zu hoffen, dass wir es wirklich schaffen können.

Schließlich kommt Dr. Villapando schwungvoll zur Tür herein. Als er mich sieht, verzieht er mürrisch das Gesicht, hat sich jedoch schnell wieder gefasst.

»Hallo, Juniper«, sagt er.

Ich winke mit der Hand neben meiner Hüfte. »Hallo, Dr. Villapando.«

Er mustert mich, offensichtlich auf der Suche nach Ausschlägen und anderen Anzeichen einer unkontrollierbar ansteckenden Krankheit, die es nötig machen könnten, das Gesundheitsamt zu alarmieren. »Was führt dich heute zu mir?«

»Sie haben gesagt, ich soll mir einen Anwalt besorgen, und da bin ich.« Ich deute auf Laurel. »Das ist meine Anwältin. Wir sind gekommen, um mich impfen zu lassen.«

Lächelnd schüttelt er den Kopf. »Du bist ja wild entschlossen.«

»Ja, bin ich.«

Laurel streckt Dr. Villapando die Hand entgegen. »Mein Name ist Laurel Warp.« Bewundernd stelle ich fest, dass man sie sofort ernst nimmt. Wahrscheinlich hilft es, dass sie heute keine Flip-Flops mehr zum Anzug trägt. Ob ihr Fuß wohl gerade wehtut? Ich bin stattdessen in meinen ganz gewöhnlichen Jeans auf dem Skateboard hergefahren.

Dr. Villapando sieht mich an. »Ist Laurel dein rechtlicher Vormund?«

»Nein.«

»Ich kann dich nur in Anwesenheit deines rechtlichen Vormundes impfen. Wenn deine Eltern nicht dabei sind und ihr Einverständnis geben, riskiere ich eine Klage wegen Körperverletzung. Ich kann die Praxis oder meinen Beruf nicht aufs Spiel setzen.«

»Ich werde nicht aufgeben.«

Er setzt sich auf seinen Stuhl und rollt näher zu mir heran. »Ich bin zweifellos ein Befürworter von Impfungen, das habe ich dir ja schon gesagt. Und ich bewundere dein Engagement in dieser Sache.« Er sieht kurz Laurel und dann wieder mich an. »Es gibt ein paar Impfungen wie zum Beispiel HPV, die ich dir geben könnte, aber, um ehrlich zu sein, selbst das täte ich ungern ohne die Zustimmung deiner Eltern. Es widerstrebt mir zwar, ihren Ängsten nachzugeben, aber du bist nun mal eine Patientin, die noch nie geimpft wurde. Und wenn du irgendeine Impfreaktion entwickelst, selbst eine völlig harmlose und verbreitete wie eine Schwellung rund um den Einstich, können deine Eltern mich wegen Körperverletzung vor Gericht bringen. Das kann ich nicht riskieren.«

»Kennen Sie jemanden, der es tun würde?«, frage ich.

»Du kannst natürlich alle Praxen der Stadt abklappern und deinen Fall vorbringen. Vielleicht findest du jemanden. Aber er würde ganz sicher seinen Anwalt dabeihaben wollen.« Er denkt einen Moment nach. »Eins kann ich dir sagen: Wenn du mit einer rechtlichen Genehmigung zu mir kommst, würde ich es mir überlegen.«

Ich sehe zu Laurel hinüber. »So was wie der Antrag?« Sie nickt. Ich wende mich wieder an Dr. Villapando und erkläre: »Das krieg ich hin.«

»Komm wieder, wenn du die Genehmigung hast.«

»Wir arbeiten daran«, erklärt Laurel ihm. »Vielen Dank für die hilfreichen Informationen.«

Dr. Villapando steht auf und schüttelt erst meine Hand und dann Laurels. »Schönen Tag.«

Sobald er zur Tür hinaus ist, lehne ich mich zurück und lasse enttäuscht den Kopf gegen die Wand fallen. »Wieder ein Tag ohne Impfungen.«

Laurel schüttelt den Kopf. »Lass dich nicht entmutigen. Wir sind auf dem richtigen Weg. Mit dem Antrag schaffen wir es.«

»Das heißt, meine Eltern werden auf jeden Fall davon erfahren.«

»Ich sehe keine andere Möglichkeit. Wir werden keinen Arzt finden, der bereit ist, dich ohne ihr Einverständnis zu impfen, selbst wenn einige Impfungen bereits mit deiner Einwilligung legal sind. Ich kann das verstehen. Also nehmen wir den offiziellen Weg. Einen rechtlich abgesicherten. Wenn wir mit deiner geistigen Reife argumentieren, bekommst du mit der teilweisen Emanzipation in medizinischer Hinsicht die volle Entscheidungsfähigkeit zugesprochen, kannst aber trotzdem weiter bei deinen Eltern leben.« Ihr Blick wandert durch das Behandlungszimmer, über die Schränke, Poster und Gläser voller Wattepads, und landet dann wieder auf mir. »Wir kriegen das hin, Juniper. Da bin ich sicher.«

»Klingt, als käme da eine Menge Arbeit auf uns zu.«

»Genau die Art von Arbeit, die mir Spaß macht.«

VIERUNDDREIẞIG

Ich knie nieder, um meinen kleinen Handspaten neben einem Schatten spendenden Baum in die weiche Erde zu graben und einen weiteren Pilz zu sammeln. Morgen ist Thanksgiving und wahrscheinlich bräuchte Mom meine Hilfe bei den Vorbereitungen, aber ich musste einfach raus. Zu Hause bei meiner Familie werde ich ständig von Schuldgefühlen geplagt. In den letzten zwei Wochen hat Laurel daran gearbeitet, meinen Fall zusammenzustellen. Ich will nicht, dass meine Eltern irgendwas von dem Antrag mitbekommen, bevor es nötig ist. Also habe ich mir mein wärmstes Flanellhemd übergeworfen, meinen Naturführer eingesteckt und bin losgezogen, um für das Essen morgen Pilze zu sammeln. Einer unserer Kunden auf dem Wochenmarkt hat mal erwähnt, dass diese Stelle hoch oben auf den Klippen mit Blick aufs Meer im November ein Geheimtipp für Pfifferlinge ist – und die gehören zu meinen absoluten Lieblingspilzen. Ihr pfeffriger Geschmack wird unserer Thanksgiving-Füllung die entscheidende Note geben.

Plötzlich tippt mir jemand auf die Schulter. Ich fahre zusammen, lasse vor Schreck die Schaufel fallen und stürze zu Boden. Neben mir steht Nico und lässt den Rucksack von der Schulter gleiten.

Mit erhobenen Händen taumelt er zurück. »Oh Mann, tut mir leid. Das hätte ich nicht tun dürfen, wo du so im Einklang mit der Natur warst«, sagt er entschuldigend.

»Oder auch sonst nie.« Ich stehe auf und richte den Spaten auf ihn. »Faustregel Nummer eins: Man schleicht sich nicht einfach so an Leute heran.«

»Du hast recht. Ich habe nicht nachgedacht.« Er fährt sich mit der Hand durchs Haar, sodass die Locken auf die andere Seite fallen. »Ich wollte dich überraschen. Deine Mutter hat mir gesagt, wo ich dich finde.«

»Ich freu mich, dass du da bist.« Obwohl ich Nico seit unserem ersten Abendessen mit Laurel beinahe jeden Tag gesehen habe, beschleicht mich nach einem Tag der Trennung immer das Gefühl, wir hätten uns wochenlang nicht zu Gesicht bekommen. Und gestern haben wir uns nicht gesehen.

Er sieht hinunter in meinen Eimer. »Wie viele Pilze kann eine einzige Familie denn bitte essen?«

»Du würdest staunen.«

Ich knie mich wieder in die Erde und Nico hockt sich neben mich und sieht meine Beute durch.

»Woher weißt du überhaupt, wie das geht?«, fragt er. »Sind nicht voll viele Pilze giftig? Woher weißt du, welche die essbaren sind?«

»Das habe ich auf einer Pilzwanderung gelernt.« Vorsichtig hebe ich den letzten Pfifferling von der Schaufel und lege ihn in den Eimer. »Nur zwanzig Prozent aller Pilze sind wirklich giftig.« Ich tippe mit meiner Schaufel gegen den Rand des Eimers. »Das sind echte Pfifferlinge, aber hier wachsen auch falsche. Du siehst den Unterschied an der Farbe und den Lamellen.«

»Was passiert, wenn ich einen falschen esse? Sterbe ich dann?«

»Die falschen sind nicht wirklich giftig. Sie schmecken nur nicht gut und du kriegst Bauchschmerzen.«

Er schüttelt sich. »Nein, danke.« Er nimmt einen Pilz, studiert ihn eingehend und lässt ihn wieder in den Eimer fallen.

»Ich glaube, mir wäre das Risiko zu hoch. Da vertrau ich lieber der Gemüseabteilung im Supermarkt.«

Ich funkele ihn an. »Du kannst auch mir vertrauen. Ich weiß, was ich tue. Immerhin bin ich ein vollwertiges Mitglied der Mykologengesellschaft.«

Nico zwinkert mir zu und lächelt. »Keine Ahnung, was das für ein Geheimbund ist, aber dein Selbstvertrauen ist ganz schön sexy.«

Aus seinem Mund klingt es, als würde er sich über mich lustig machen. Ärgerlich runzle ich die Stirn. »Ich mein es todernst. Ich kenne den Unterschied.«

Beschwichtigend hebt er die Hände. »Okay, okay, ich glaube dir ja.«

»Dann iss einen.«

»Was?«

»Wenn du mir glaubst, iss einen.«

»Jetzt sofort?«

»Ja.«

Zögerlich beugt er sich vor und späht in den Eimer. »Die sind schmutzig.« Er hält mir einen Pilz unter die Nase und dreht ihn im Kreis. »Da klebt überall Dreck. Siehst du?«

Ich zucke die Achseln. »Wisch ihn einfach an deinem Pulli ab. Oder wir können runtergehen und ihn im Meer waschen.«

»Du meinst das echt ernst.«

»Du nicht?«

»Na gut.« Er dreht den Pilz zwischen seinen Fingern und beäugt ihn kritisch. Schnuppert daran. Dann reibt er den Dreck vorsichtig am Saum seines Pullis ab und sieht mich an.

Als er den Mund öffnet, ziehe ich seine Hand zurück. »Stopp.«

»Was?« Erschrocken lässt er den Pilz fallen. »Warum?«

»Du wirst davon nicht krank, aber ungekocht schmecken sie echt eklig. Ich wollte nur sehen, ob du es wirklich machst.«

»Das war ziemlich gemein.«

»Ich weiß. Sorry.« Prüfend sehe ich den Eimer durch. »Hat mich nur geärgert, dass du mir nicht vertraust.« Wir stehen auf und klopfen uns die Erde von der Jeans. Ich hebe den Eimer auf und schiebe meinen Handspaten in die hintere Hosentasche. »Fertig?«

»Jep.« Nico nimmt mir den Eimer ab und sieht noch einmal hinein. »Beeindruckende Ausbeute übrigens. Was machst du mit denen?«

»Füllung.«

»Das klingt schon nicht mehr so beeindruckend.«

Wir gehen den schmalen Pfad zurück zum Parkplatz. Er ist zu beiden Seiten von Dornenbüschen und schattigen Bäumen gesäumt. Zu unserer Rechten funkeln die Wellen und unter uns steht der hellblaue Turm der Rettungsschwimmer. Weit draußen entdecke ich ein kleines Boot.

»Wie du siehst, gibt es bei meiner Familie also Pilze an Thanksgiving. Was habt ihr geplant?«

»Wir sind bei meiner Tante eingeladen. Wie immer. Sie hat vier Kinder, alle jünger als ich. Also spiele ich den Babysitter und sorge für Ordnung am Kindertisch, mit einem Taschentuch im Hemd wie ein Lätzchen.«

»Klingt nach einer Menge Arbeit.«

»Nee, das geht schon. Irgendjemand in dieser Familie muss ihnen ja die besten Videospiele und Filme zeigen. Dieses Jahr denke ich an *Ein Ticket für Zwei*. Ein Thanksgiving-Klassiker. Noch besser wäre natürlich *Der Eissturm*. Aber für den sind meine Cousins noch zu klein.«

Nicos Handy pingt. Er zieht es aus der Tasche, liest die Nachricht und stöhnt. »Oh Gott, lasst mich bloß in Ruhe damit«, sagt er zu seinem Handy und schüttelt es.

»Wer war das?«

»Ach, nur so ein Gruppenchat. Meine Freunde versuchen, mich zu überreden, zum Winterball zu gehen.«

»Oh.« Ich verspüre einen Stich in der Brust. »Mit wem?«

»Na, mit dir natürlich.« Er sieht mich aufrichtig an. »Aber ich mag keine Bälle. Außerdem haben sie den dieses Jahr ausgerechnet auf das Wochenende vor den Winterferien gelegt, was bedeutet, dass wir die Woche drauf Prüfungen haben. Völlig bescheuert.« Er tippt mit seiner freien Hand eine Antwort und schiebt das Handy zurück in die Tasche. »Kannst du dir vorstellen, dass sie ihn allen Ernstes ›Schneeball‹ genannt haben? Wie kommt man denn auf so einen dämlichen Namen?«

»Ach komm, der ist doch ganz niedlich.«

Er verzieht schmerzhaft das Gesicht. »Hier schneit es ja noch nicht mal. Das ist einfach nur dumm. Bälle sind dumm.«

»Keine Ahnung. Ich war noch nie auf einem.« Ich würde furchtbar gern hingehen, aber ich will nicht verzweifelt klingen.

»Glaub mir, du verpasst nichts.«

»Das heißt, du würdest auch nicht hingehen, wenn ich wollen würde?«

»Nicht mal dann.« Ich versuche, nicht allzu enttäuscht auszusehen, spüre aber, wie meine Mundwinkel nach unten sinken. Nico sieht mich an. »Was? Irgendwo muss ich ja eine Grenze ziehen.«

»Eine Grenze? Du tust ja so, als würde ich dich ständig zu irgendwas zwingen.«

»So meine ich das nicht. Für mich sind Schulbälle das einzige No-Go. Ich hasse es, mich aufbrezeln zu müssen. Aber solange ich keinen Anzug tragen muss, bin ich cool damit, alle möglichen Dinge zu unternehmen, die du noch nicht gemacht hast.«

»Cool damit sein und etwas gerne machen ist nicht das Gleiche.«

Er dreht sich zu mir um und seine Finger suchen meine Hand. »Ich finde es schön, dir neue Dinge zu zeigen.«

Ich schiebe seine Hand weg. »Jetzt klingst du wie mein Babysitter oder Lehrer oder so. Tut mir leid für dich, dass du all diese dämlichen Sachen mit mir machen musst.«

»So meinte ich das nicht.« Er fährt sich durch die Haare und kickt mit dem Fuß einen Lehmklumpen zur Seite. »Das sollte nicht so rüberkommen.«

»Ist es aber.« Ich verschränke die Arme. »So, wie du es sagst, klinge ich echt jämmerlich. Lass uns einfach gehen.«

Ich greife nach dem Eimer.

Da schwingt Nico ihn urplötzlich durch die Luft. Wahrscheinlich erlaubt er sich einen Scherz. Versucht, einen auf süß zu machen und mich aufzumuntern, indem wir ein bisschen ringen. Aber mir ist nicht nach Rumalbern.

Er schwenkt den Eimer erneut und duckt sich.

Ich tauche unter seinem Arm durch und entreiße ihm den Eimer, bevor er alle Pilze auf dem Boden verteilt.

Nico starrt mich aus großen Augen an.

»Was?«, frage ich und halte den Eimer wie eine Trophäe in die Höhe. »Bist du sauer, weil ich gewonnen habe?«

Er wedelt mit der Hand, in der er bis vor Kurzem den Eimer gehalten hat. »Ich glaube, ich wurde gestochen.«

Erschrocken lasse ich den Eimer fallen. »Von einer Biene?«

»Ja. Oh, Scheiße.« Er klingt fast ungläubig. »Ich hätte nicht herkommen dürfen.«

»Verarschst du mich?«

Er schnappt nach Luft. Hustet. Ich greife nach seiner Hand, um den Stich zu suchen. Seine Finger schwellen bereits an. Er hustet wieder. Das ist kein Scherz.

Ich schüttele seine Hand und schreie ihn an: »Wo ist dein EpiPen?«

Mühsam schiebt er seine geschwollene Hand in die Tasche, fischt den EpiPen heraus und fällt auf die Knie. Hustet erneut. Inzwischen ist seine Hand schon zu stark angeschwollen, um die Kappe vom EpiPen abzuziehen. Ich knie neben ihm nieder und entreiße ihm den Stift. Dann zerre ich die Kappe panisch mit den Zähnen ab und spucke sie in den Sand.

»Was muss ich tun?« Meine Stimme klingt seltsam fremd. Ein hohes Kreischen, zitternd und verzweifelt. »Nico! Hilf mir!« Ich schüttele ihn. »Was muss ich tun?«

Sein Mund schwillt an. Seine Lippen. Seine Augen. Er kann kaum noch sprechen. Ich ringe mit dem EpiPen und versuche verzweifelt, mich daran zu erinnern, was er mir an jenem Abend in der Küche gezeigt hat. Wie er seine Hand auf seinen Oberschenkel geschwungen hat, als würde er einen Wurf beim Softball machen. Ich hebe den Arm, bereit zu schwingen. In Gedanken höre ich Nicos Stimme. *Ohne zu zögern,* hat er gesagt. Mit angehaltenem Atem ramme ich den EpiPen durch die Jeans in seinen Oberschenkel. Ein Klicken ertönt. Ich wage nicht, mich zu rühren, und lasse die Nadel noch für mindestens zehn Sekunden in seinem Bein, bevor ich den Pen herausziehe und auf den Boden fallen lasse.

Dann beuge ich mich über ihn und nehme sein Gesicht in beide Hände. »Alles okay?«

»Ruf einen Krankenwagen«, keucht er.

Zittrig suche ich nach seinem Handy und wähle den Notruf.

»Hier Rettungsdienst, Leitstelle. Wie kann ich Ihnen helfen?«, fragt eine weibliche Stimme in der Notrufzentrale. Sie klingt viel zu ruhig.

»Mein Freund wurde von einer Biene gestochen«, sage ich atemlos. »Er ist allergisch.«

Nico sieht mich aus panisch geweiteten Augen an. Obwohl ich weiß, dass mir die Tränen kommen, sehe ich nicht weg, sondern begegne seinem Blick. »Alles wird gut«, sage ich zu ihm, weiß aber nicht, wen von uns beiden ich damit zu überzeugen versuche.

»Hat er einen anaphylaktischen Schock erlitten?«

»Ja. Ja.« Ich ziehe Nico zu mir rüber und er bettet seinen Kopf wie ein Baby in meinen Schoß. Ich würde ihm so gern helfen, aber ich weiß nicht, wie. Und da er Atemnot hat, will ich ihn nicht zu sehr festhalten. In der Hoffnung, dass es ein bisschen hilft, ziehe ich den Reißverschluss seines Pullis auf. »Er braucht Hilfe. Er hat einen EpiPen.«

»Und hat er ihn benutzt?«

»Ja.«

»Wie lange ist das her?«

»Das war, kurz bevor ich Sie angerufen habe.« Nico hustet wieder und mein Herz donnert in meiner Brust. Ich zittere unkontrolliert. »Wir sind auf einem Wanderweg.« Mein Blick huscht hin und her. »Vielleicht gibt es hier noch mehr Bienen. Bitte schicken Sie uns jemanden.« Ich erkläre ihr genau, wo wir sind, und halte über die Schulter Ausschau nach dem Krankenwagen. Nach irgendwas. Oder irgendjemandem.

»Der Krankenwagen ist schon auf dem Weg. Soll ich bei dir in der Leitung bleiben, bis sie da sind?«

»Ja, bitte.« Meine Hände zittern so sehr, dass ich das Handy fallen lasse. Hastig taste ich wieder danach. »Sind Sie noch da? Ich weiß nicht, was ich tun soll. Soll ich versuchen, ihn zum Parkplatz zu bringen?«

»Du machst das toll«, sagt die Frau am anderen Ende der Leitung. Ihre Stimme ist warm wie eine weiche Decke. Ruhig. »Ich helfe dir dabei, deinem Freund zu helfen, okay?«

»Okay.«

Sie stellt mir Fragen über Nicos Gesundheitszustand und wie alt er ist. Nach einer gefühlten Ewigkeit höre ich endlich Sirenengeheul, das immer lauter wird. Als die Sanitäter mit ihrer Ausrüstung auf uns zu rennen, lege ich auf. Ich soll beiseitetreten, damit sie Nicos Puls fühlen und ihm Fragen stellen können. Obwohl das Atmen ihm schon leichter zu fallen scheint, ziehen sie ihm eine Sauerstoffmaske über Mund und Nase. Schwer zu sagen, ob er mehr oder weniger angeschwollen aussieht. Weniger, finde ich. Vielleicht will ich das aber auch nur glauben.

Mehr Leute treffen ein. Polizisten. Feuerwehrmänner.

Es ist alles ziemlich überwältigend.

»Wird er wieder gesund?« Meine Stimme klingt immer noch panisch. Ich habe Rotz und Wasser geheult und wische mir beides mit dem Ärmel aus dem Gesicht.

»Du hast alles richtig gemacht«, sagt ein Feuerwehrmann freundlich zu mir. »Aber wir müssen deinen Freund jetzt ins Krankenhaus bringen, um ihn zu untersuchen, verstehst du?«

»Ja, okay.«

»Ruf meine Mutter an«, sagt Nico zu mir, während sie ihn auf die Krankentrage heben. »Aber sag ihr bloß, dass es mir gut geht. Sonst dreht sie durch vor Sorge.«

Während ich auf dem Pfad hinter ihnen hertrabe, versuche ich, auf Nicos Handy die Nummer seiner Mutter zu finden. Ich bin technisch so unbewandert, dass ich einen Polizisten um Hilfe bitten muss, der etwas abseits vom Krankenwagen steht. Nico kann ich ja gerade schlecht fragen. Der Polizist scrollt durch die Kontakte, bis er bei Mrs Noble angelangt ist, und ich gehe zum Telefonieren ein Stück in Richtung Klippen. Als sie abhebt, gebe ich mein Bestes, so ruhig zu klingen wie die Frau von der Leitstelle, als ich den Notruf abgegeben habe. Aber ich bin ganz und gar nicht ruhig. Meine Stimme zittert und mir schlägt das Herz bis zum Hals. Ich mache mit ihr aus, dass wir uns am Krankenhaus treffen. Doch bevor ich zurück zum Krankenwagen rennen kann, verlässt er auch schon mit heulender Sirene den Parkplatz.

Ein Polizist fragt mich, ob ich allein nach Hause komme. Ich nicke.

Und dann bleibe ich allein mitten auf dem Parkplatz zurück, mit Nicos Handy, meinem Skateboard und einem Eimer voller Pilze, die mir inzwischen völlig egal sind. Nico ist weg und wir haben uns gestritten, bevor er gestochen wurde. Wen interessiert es, ob wir zu diesem Ball gehen? Hauptsache, er kommt wieder in Ordnung. Das muss er einfach. Wegen mir, seiner Mom und seinen Cousins am Kindertisch. Am liebsten wäre ich schnurstracks ins Krankenhaus gefahren, aber ich muss zuerst nach Hause, damit mich jemand fährt. Mit dem Skateboard ist es viel zu weit. Nicos Fahrrad muss ich wohl hier stehen lassen, denn ich weiß die Nummer von seinem Schloss nicht.

Ich skate nach Hause, als wäre der Teufel hinter mir her. Dort angekommen, stürze ich schweißüberströmt und völlig außer Atem durch die Haustür und rase in die Küche, wo meine Mutter gerade Karotten und Sellerie schnippelt.

»Du musst mich ins Krankenhaus fahren!«, rufe ich.

Erschrocken lässt sie das Messer klirrend in die Spüle fallen, hastet zu mir und nimmt mein Gesicht zwischen beide Hände, genau wie ich es bei Nico getan habe.

»Warum? Was ist los? Was ist mit dir?«

»Nicht wegen mir. Wegen Nico. Er wurde von einer Biene gestochen und ist allergisch. Er wurde vom Krankenwagen abgeholt.« Meine Stimme zittert und Tränen brennen mir in den Augen. »Bitte, kannst du mich fahren? Jetzt sofort?«

»Ja, natürlich.«

Sie ruft meinem Dad zu, wo wir hinfahren, und schnappt sich Bessies Schlüssel vom Flurtisch.

Mein Vater kommt so hastig die Treppe hinuntergestürzt, dass seine Haare sich aus dem Zopfgummi lösen. »Warte kurz, Junebug.« Er zieht mich in seine Arme und gibt mir einen Kuss auf den Kopf. Dann sagt er zu meiner Mutter: »Ich kümmere mich hier um alles.«

Wir kraxeln in Bessie, und während meine Mutter bereits rückwärts die Auffahrt hinuntersetzt, kämpfe ich auf dem Beifahrersitz mit dem verdrehten Anschnallgurt. Auf der Schnellstraße hätte ich am liebsten laut geschrien vor Ungeduld. Es sind einfach zu viele Autos unterwegs. Zu viele Leute, die an Thanksgiving die Stadt verlassen und den Verkehr in eine langsame, zähe Masse verwandeln.

Die quälenden Minuten bis zur Ausfahrt ringe ich verzweifelt die Hände. Als sie endlich in Sicht ist, könnte ich schwören, dass wir jede rote Ampel auf dem Weg mitgenommen haben.

Unterdessen fragt meine Mutter mich aus, was passiert ist. Sie kann einfach nicht glauben, dass nur ich dort war und Nico die Injektion geben musste.

»Sie hat ihm das Leben gerettet.«

»Er hat wirklich Glück gehabt«, sagt sie.

»Ja, er hatte unglaublich Glück, dass es so eine lebensrettende Spritze überhaupt gibt. Wer hätte das gedacht?«

Sie nickt.

Ich kann einfach nicht glauben, dass sie immer noch nicht die Ironie an der Sache erkennen will. Dass sie einfach nicht hören will, was ich sage. Es gibt eine Menge Dinge auf der Welt, die dazu da sind, Menschen das Leben zu retten. Antibiotika und Defibrillatoren. Sauerstoffflaschen und Chemotherapie. Mammografien und Blutuntersuchungen.

EpiPens und Impfungen.

Wie kann man das nicht sehen? Wie kann man das nicht kapieren?

»Mom, eine Spritze hat Nico das Leben gerettet.« Ich will, dass sie mich ansieht. Mir wirklich in die Augen sieht. Aber ihr Blick ist auf die Straße gerichtet. »Eine Spritze hat ihm das

Leben gerettet, genau wie MMR-Impfungen, Tetanus- und Meningitis-Impfungen jeden Tag Menschenleben retten.«

»Das ist nicht das Gleiche, Juniper.«

»Doch, es ist haargenau das Gleiche.« Ich schlage die Faust auf mein Knie. »Wie kannst du dafür nur so blind sein?«

»Jetzt vergleichst du Äpfel mit Birnen.«

»Gut. Schön. Was würdest du tun, wenn ich allergisch gegen Bienenstiche wäre? Würdest du mir einen EpiPen besorgen?«

Sie biegt auf den Parkplatz vor dem Krankenhaus ein. »Darüber reden wir später. Erst mal parke ich und du gehst zu Nico.«

Noch bevor wir zum Stehen gekommen sind, springe ich schon aus dem Auto.

FÜNFUNDDREISSIG

Bei meinem letzten Krankenhausbesuch war ich selbst krank. Damals ging es mir zu schlecht, um die kargen weißen Wände und den Geruch nach Desinfektionsmitteln wahrzunehmen. Jetzt wird mir übel von dem Geruch und meine Fingerspitzen prickeln. Auf dem Flur holt meine Mutter mich ein.

Hier werden Menschen geboren und sterben.

Eines Tages wurde hier die kleine Kat geboren und ein paar Wochen später brachten ihre Eltern sie mit den Masern wieder her und konnten sie nie wieder mit nach Hause nehmen.

Bitte, lass Nico wieder nach Hause gehen.

Wir hasten zur Anmeldung am Eingang, wo ein Mann mit einem schneeweißen Haarschopf und einer Brille mit kleinen, runden Gläsern uns mitteilt, dass Nico im dritten Stock liegt. Er händigt uns blassgelbe Besucheraufkleber aus und erklärt uns, wo die Fahrstühle sind.

Als die Türen zu Nicos Stockwerk aufgleiten, entdecke ich Mrs Noble im Flur, wo sie gerade an der Tür zum Schwesternzimmer mit jemandem spricht. Ich laufe zu ihr.

»Wie geht es ihm?«, stoße ich atemlos hervor.

»Es geht ihm gut. Er wird bald wieder vollständig gesund sein. Und das hat er allein dir zu verdanken.«

»Welch ein Glück«, sagt meine Mutter und atmet hörbar auf. »Ich bin Junipers Mutter Melinda«, sagt sie dann und schüttelt Mrs Nobles Hand.

»Schön, Sie kennenzulernen, Melinda. Ich bin Adriana.«

Eine Welle der Erleichterung überkommt mich. »Ich habe mir solche Sorgen gemacht.«

»Du armes Ding.« Nicos Mutter umarmt mich so fest, als suche sie selbst Halt. »Ich bin unendlich froh, dass du da warst«, murmelt sie in mein Ohr. »Abgesehen von dem, was passiert ist, war meine schlimmste Vorstellung immer, dass er dabei ganz allein ist.« Sie löst sich aus der Umarmung und sieht mir in die Augen. »Danke.«

»Es war so unheimlich«, platze ich heraus. Warum sollte ich nicht ehrlich sein? »Aber ich bin auch froh, dass ich da war.«

Nicos Mutter wendet sich an Mom. »Sie haben wirklich eine tolle Tochter.«

Meine Mutter lächelt. »Ich weiß. Aber ich freue mich natürlich, das von jemand anderem zu hören.«

»Ich bin wirklich beeindruckt von ihr. Wenn sie etwas will, dann zieht sie es auch durch.«

Mein Rücken versteift sich. Hätte ich gerade einen Schluck Wasser getrunken, dann hätte ich ihn in diesem Moment bestimmt hustend wieder ausgespuckt. Hat Mrs Noble zu viel verraten? Hat sie gerade eine zu offensichtliche Anspielung gemacht? In meinen Ohren hätte sie meiner Mutter genauso gut sagen können, dass sie jeden Tag mit einem Brief rechnen kann. Aber wahrscheinlich hat es sich nur für mich so angehört. Meine Mutter hingegen fasst es einfach als Kompliment auf, bedankt sich und redet weiter.

»Darf ich zu Nico?«, frage ich, während ich die Rückseite von dem Sticker löse und ihn auf die Brusttasche meines Flanellhemdes klebe. Ich hätte mich wohl besser zu Hause umziehen sollen, aber in der Eile habe ich nicht daran gedacht, mein vor Schmutz starrendes Hemd in den Wäschekorb zu schmeißen.

»Ja. Und ich weiß zufällig, dass er dich gern sehen will«, sagt

Mrs Noble und lehnt sich vertraulich zu mir hinüber. »Unter uns gesagt, ich glaube, er hat Angst, dass dich der Schreck verjagt hat.«

»Nie im Leben.«

»Gut.« Sie hakt sich bei mir unter und tätschelt meine Hand. »Wie wäre es, wenn ich dir sein Zimmer zeige, und dann trinken wir beide unten einen Tee, Melinda?« Das Letztere sagt sie an meine Mutter gewandt.

»Gern.«

»Wunderbar.«

Wunderbar? Worüber wollen die beiden reden?

Während meine Mutter am Fahrstuhl wartet, führt Mrs Noble mich den Flur hinunter zu Nicos Zimmer.

»Bitte, erzähl ihr nichts von Laurel«, sage ich. »Das wäre mir heute zu viel.«

»Das würde ich niemals tun. Versprochen.«

»Okay. Ich vertraue dir.«

Sie klopft und öffnet dann Nicos Zimmertür. Sofort stürze ich an seine Seite. Die Schwellung ist zurückgegangen und er scheint auch ohne Sauerstoffmaske wieder normal atmen zu können. Trotzdem sieht er aus, als wäre er durch die Hölle gegangen. Sein Gesicht ist blass, fast grau, und seine Augen glänzen nicht so hell und lebhaft, wie ich es gewohnt bin. Aus ihnen spricht etwas anderes. Eine Mischung aus Furcht und Erleichterung.

»Ich lasse euch mal allein«, sagt Mrs Noble. »Bei dir alles in Ordnung, Schätzchen?«

Nico hebt müde den Daumen. »Mir geht es blendend.«

»Hab dich lieb.« Sie wirft ihm einen Luftkuss zu und dann klickt die Tür hinter ihr ins Schloss.

Ich lege Nicos Handy auf den Nachttisch und nehme seine Hand. »Du siehst schon viel besser aus.«

»Klar tue ich das. Bis auf das Krankenbett und das Kranke-Leute-Hemd.«

»Aach. Kotzgrün steht dir super.«

»Danke.«

Ich sehe mich um. »Wie lange musst du hierbleiben?«

»Sie wollen mich über Nacht dabehalten. Zur Beobachtung. Mit den ganzen Monitoren. Die machen echt ein Riesending daraus.«

»Eine Nacht überstehst du schon.«

Er zieht mich zu sich und ich setze mich neben ihn aufs Bett.

»Drehst du durch?«, fragt er mit besorgter Stimme und ich sehe die Verunsicherung in seinem Blick.

»Quatsch.«

»Du bist oben an den Klippen ziemlich durchgedreht. Als es passiert ist.«

»Ja, da. Wer wäre das nicht? Ich hatte Schiss, dass du …« Ich bringe den Satz nicht zu Ende.

»Stirbst.«

»Nico, ich habe mir Sorgen gemacht. Ich habe schon Katherine St. Pierre auf dem Gewissen. Ich konnte nicht zulassen, dass dir auch noch was passiert.« Ich streiche ihm das Haar aus der Stirn und die Wärme seiner Haut strömt in meine Fingerspitzen. »Aber dir geht es wieder gut. Sieh dich doch an.« Mir fällt auf, dass ich mich anhöre wie meine Mutter, als es mir nach den Masern wieder besser ging. Ausweichend. Mir ging es überhaupt nicht gut und Nico auch nicht. So etwas kann einen für immer verändern. »Ich meine, du bist fast wieder fit. Und es wird hoffentlich nie wieder passieren.«

»Das weiß man nie. Es sei denn, ich laufe von nun an in so einem Ganzkörper-Schutzanzug herum.«

»Das könnte ziemlich heiß aussehen. Wie ein Mann in Uniform.« Ich stoße ihm sacht den Ellbogen in die Seite. »Wahrscheinlich könnte ich die Hände nicht von dir lassen.«

»Deine Hände würden gar nicht zu mir durchkommen.«

»Ach, das würde ich schon hinkriegen.« Ich beuge mich über ihn und meine Haare fallen wie ein Vorhang um uns herum. Ich drücke meine Stirn gegen seine. »Du bist mir so wichtig.« Ich küsse ihn auf den Mund. »Bitte, trag einen Ganzkörperanzug.«

»Wie wäre es, wenn ich einen zum Schneeball trage?«

Stirnrunzelnd richte ich mich wieder auf. »Ich dachte, Bälle sind ein No-Go.«

»Ich habe meine Meinung geändert. Ich finde, ich sollte hingehen. Ich will hingehen. Mit dir.«

»Bist du sicher? Du müsstest dich aufbrezeln. Einen Anzug tragen.«

»Klar. Einen Abend kann ich ja wohl mal eine Krawatte tragen. Das halt ich schon aus.«

»Ich kann es kaum erwarten, dich mit einer Krawatte zu sehen.«

Ich lege mich neben ihn und küsse ihn wieder. Auf den Mund. Die Wangen. Die Stirn. Ich führe seine Hand an meine Lippen und küsse ihn auf die Stelle, wo die Biene ihn gestochen hat.

»Du bist echt gut darin, die Dinge erträglicher zu machen«, stellt er fest.

»Ich versuche es.« Ich lege meinen Kopf auf seine Brust und sehe mich im Zimmer um. »Wo ist denn eigentlich die Fernbedienung? Wir müssen den ganzen Tag lang fernsehen.«

»Aha. Jetzt ist es also raus. Du benutzt mich bloß, um an meinen kleinen Krankenhausfernseher ranzukommen.« Er lacht und ich liebe es, wie seine Brust dabei unter meinem Ohr grummelt.

»Das würde ich nie tun.«

Er küsst mich auf den Hinterkopf. »Ist schon okay. Das macht mir nichts aus.«

»Okay, ja. Ein kleines bisschen vielleicht.« Als er mir die Fernbedienung gibt, strample ich aufgeregt mit den Füßen. »Oh, vielleicht können wir den Eisfilm gucken, von dem du erzählt hast.«

»Den Eisfilm? Sag seinen Namen, bitte. Du weißt doch, was für hohe Ansprüche ich habe.« Er lacht wieder in meine Haare. »Sag es mir nach: *Der Eissturm*.«

Ich pikse ihm den Finger in den Bauch. »Du bist mein Lieblings-Filmsnob.«

Sechsunddreißig

Mimi und Bumpa sind gestern Abend angereist, da war ich noch bei Nico im Krankenhaus. Als Mrs Noble mich zu Hause abgesetzt hat, hatten sie sich schon schlafen gelegt, so erschöpft waren sie von der langen Fahrt aus Sacramento.

Ich bin froh, dass sie da sind und ihre gute Laune mitgebracht haben.

Am Morgen von Thanksgiving quetschen wir uns normalerweise immer alle ins Auto, um bei der örtlichen Suppenküche Essen zu verteilen, doch heute zögert meine Mutter. Sie hat Angst, dass niemand Essen von uns annehmen würde. Ich habe keine Einwände. Aber mein Vater besteht darauf. »Ich habe es neulich schon gesagt und ich sage es auch gern noch mal«, presst er durch zusammengebissene Zähne hervor. »Ich mache mich nicht zum Gefangenen in der eigenen Stadt.«

Seine Überzeugungen tragen nicht gerade dazu bei, dass ich ein besseres Gefühl bei der Sache habe.

»Aber es ist Thanksgiving«, wendet meine Mutter ein. »Wir wollen doch heute kein Theater haben.«

Mein Vater ist nicht davon abzubringen. »Das ist das Problem der anderen, nicht meins.«

»Was geht hier vor sich?« Mimi ist gerade dabei, ihre Armbanduhr zuzumachen. »Warum macht ihr da so eine große Sache draus? Das machen wir doch jedes Jahr, egal, wo wir sind.«

»Nicht der Rede wert, Mom«, sagt mein Vater.

»Ich habe das Recht zu erfahren, warum, wenn du mich schon den Wölfen zum Fraß vorwirfst«, sagt sie und legt ihre Ohrringe an.

»Es gibt hier keine Wölfe«, widerspricht mein Vater. »Nur jede Menge Idioten, die ihre Nase nicht aus den Angelegenheiten anderer Leute halten können.«

Bumpa lacht. »Klingt ganz nach deinen Freundinnen«, sagt er zu Mimi.

Sie gibt ihm einen spielerischen Klaps. »Ach, du.«

Mimi und Bumpa kennen noch nicht die ganze Geschichte. Sie haben Dad in seinen Ansichten und seinem Lebensweg nur halbherzig unterstützt. Daher wissen sie nur, dass meine Schwester, mein Bruder und ich vor ein paar Monaten an Masern erkrankt sind und dass wir uns wieder vollständig erholt haben. Von dem scharlachroten *I* auf unserer Haustür, dem wütenden Mob und den Videos im Internet haben sie keine Ahnung.

Ich frage mich, was sie wohl dazu sagen würden. Vielleicht sollte ich Mimi die ganze Geschichte erzählen, aber Thanksgiving ist vielleicht nicht der beste Tag dafür.

Am Ende wird entschieden, dass Mom mit Poppy und Sequoia zu Hause bleibt und ich mit Dad, Mimi und Bumpa ins Gemeindezentrum fahre.

Als wir dort ankommen, herrscht schon reges Treiben. Es sind Kochstationen aufgebaut, Tische gedeckt und Listen bereitgelegt. Kaum habe ich mir Latexhandschuhe übergezogen, schickt mich schon eine der Frauen, die die Essensvorbereitung beaufsichtigen, nach hinten, um eine neue Lieferung Lebensmittel hereinzutragen. Als ich aus dem Hintereingang des Gemeindezentrums trete, entdecke ich Mary unter den Fahrern. Sie spendet Gemüse von ihrem Hof. Mein Magen zieht sich vor Schreck zusammen. Ob wohl noch mehr Leute vom Markt kommen? Und wenn ja, ist es ihnen recht, dass wir unter den Helfern sind?

»Juniper!« Mary weicht vorsichtshalber einen Schritt vor mir zurück. »Hallo.«

»Ich bin hier, um dir beim Ausladen zu helfen.« Ich bleibe sachlich. Keine Nettigkeiten. Die will Mary eh nicht hören und ich will sie nicht sagen.

»Nicht nötig«, sagt sie. »Ich mach das schon.«

»Das ist eine ganze Menge zu schleppen und die Zeit ist knapp. Lass mich einfach helfen.«

Ihr Blick streift meine Latexhandschuhe. »Du bist nicht mit irgendwas ansteckend?«

»Mir geht es gut.«

»Das dachtest du auch, bevor du gemerkt hast, dass du die Masern hast. Woher soll ich wissen, dass du heute nicht wieder irgendeine Krankheit verbreitest? Dich Essen ausgeben zu lassen, ist keine gute Idee. Wir sagen wohl besser jemandem Bescheid.« Hilfe suchend blickt sie Richtung Küche. »Bestimmt können wir dich irgendwo unterbringen, wo du nicht mit Lebensmitteln zu tun hast.«

»Nein«, sage ich fest. »Mir geht es gut. Das ist eine wichtige Veranstaltung und ich möchte helfen.«

»Nun ja, beim Kistenreintragen kannst du wohl nicht viel Schaden anrichten.« Sie ringt mit dem Türgriff und wirft mir über die Schulter einen Blick zu. »Störrische alte Rostlaube.«

Endlich geht die Tür mit einem Quietschen auf.

Außer den beiden vorn hat Marys alter Bus keine Sitze. Stattdessen stapeln sich darin bis zum Dach Kisten voller Kartoffeln, Süßkartoffeln, Römersalat und Tomaten. Wirklich eine großzügige Spende, und das sage ich ihr auch.

»Soll ich einfach irgendwas nehmen?«, frage ich und sie nickt zerstreut.

Wir bringen eine Kiste nach der anderen in die Küche, wo Mimi bereits mit den anderen wartet, um das Gemüse zu schälen und zu schnippeln. Da wir nur zu zweit sind, laufen wir den Weg ziemlich oft. Als ich versuche, die letzte Kiste herauszuhieven, steckt sie fest. Ich rüttele und versuche, sie herauszuziehen. Schließlich hänge ich mich mit meinem gesamten Gewicht rein. Was auch immer da hinten geklemmt hat, fliegt mir entgegen und landet zu meinen Füßen. Ich bücke mich und hebe es auf. Drehe es in der Hand. Eine rote Spraydose. Scharlachrot. Genau wie das *I* auf unserer Tür.

Ich würde gern glauben, dass Mary die Dose für irgendwas anderes genommen hat. Für irgendein Heimprojekt oder das selbst gemachte Banner über ihrem Stand auf dem Wochenmarkt. Aber dann wäre ich ziemlich blöd.

Und ich bin schließlich nicht blöd.

Mary reißt mir die Dose aus der Hand und pfeffert sie hinten in den Lieferwagen, wo sie laut auf dem Metallboden aufschlägt. »Hier ist einfach zu viel Zeug drin.« Nervös klopft sie die Hände an ihrer Schürze ab.

»Du warst das«, sage ich.

Sie sieht zu Boden und ein paar graue Haarsträhnen lösen sich aus ihrem Zopf. »Was war ich?«

»Das weißt du ganz genau.« Ich kann das niemals meiner Mutter erzählen. Sie hat angenommen, Mary wäre ihre Freundin. Wenn sie wüsste, dass ausgerechnet Mary unser Haus vollgesprayt hat, würde es ihr das Herz brechen. Sie würde sich wieder fühlen wie in der Schule, als sie von ihren Mitschülern gemobbt wurde.

»Warum?«

Mary verlagert ihr Gewicht von einem Bein aufs andere und sieht Hilfe suchend zu den anderen Leuten hinüber, die gerade am Gemeindezentrum eintreffen. Noch mehr Autos, die Lebensmittel liefern. Nonnen, die Berge von Kuchen tragen, und eine Familie, die Wasserflaschen auslädt.

»Du hast das Baby an meinem Stand getroffen.«

So langsam dämmert es mir. »Du fühlst dich verantwortlich.«

Mary nickt. »Sie hat sich unter meiner Aufsicht mit den Masern angesteckt. Ich habe ihrer Mutter gesagt, sie soll ihr unter meinem Sonnendach die Brust geben.«

»Aber du hättest nicht verhindern können, dass das Baby krank wird. Du wusstest damals genauso wenig wie ich, dass ich die Masern hatte.«

»Und damit werde ich für immer leben müssen.«

»*Du?* Was glaubst du wohl, wie ich mich fühle?«

»Hoffentlich furchtbar.« Sie verengt die Augen zu Schlitzen, bis ich das Gefühl habe, dass ihr Blick mir direkt in die Haut schneidet und eine Narbe zurücklässt. »Indem ich das auf euer Haus geschrieben habe, habe ich dieser Stadt einen großen Gefallen getan. Ich wollte allen sagen, wer ihr seid, damit ich vielleicht verhindern kann, dass jemand anderem das Gleiche zustößt wie diesem Baby.« Sie reckt herausfordernd das Kinn. »Ich habe getan, was nötig war. An eurer Tür und auf Facebook. Wage es ja nicht, das jemals zu vergessen.«

»Wie könnte ich das vergessen!« Ich sehe, dass sich einige der Umstehenden nach mir umdrehen, und senke hastig die Stimme. »Ich muss jeden Tag an Katherine St. Pierre denken. Ich bin keine Impfgegnerin wie meine Eltern.«

»Wirklich nicht?«

»Ich möchte geimpft werden, Mary.«

»Oh.«

Ich sehe sie unerbittlich an. »Aber weißt du was? Hierzulande interessiert es niemanden, was sechzehnjährige Mädchen zu sagen haben.«

Sie schüttelt den Kopf. »Juniper.« Ihre Stimme klingt weicher.

Ich hebe die Hand. »Lass es einfach.«

Sie nickt. »Verstehe.«

»Heute ist Thanksgiving.« Ich hebe die letzte Kiste hoch. »Und es sieht so aus, als wäre das hier die letzte.«

Sie schiebt die Tür hinter mir zu und schließt ab.

»Tut mir leid«, sagt sie. »Ich hoffe, du bekommst, was du möchtest.«

Ich drehe mich nicht um. Ihre Entschuldigung kann nicht wiedergutmachen, dass sie unser Haus beschmiert und meine Familie in Gefahr gebracht hat. Ich werde nie vergessen, was sie getan hat.

Und sie auch nicht.

Mit der langen Schlange von Menschen, die im Gemeindezentrum für eine warme Mahlzeit und ein Stück Kuchen anstehen, vergeht das Mittagessen wie im Flug. Mimi und ich sind für den Kartoffelstampf zuständig und häufen zwei Kellen auf jeden Teller. Mein Vater wäscht hinten Geschirr und Bumpa empfängt die Leute an der Tür, weil er so ein freundliches Gemüt hat.

Eine Menge Familien und Veteranen kommen vorbei. Außerdem alleinerziehende Mütter und Jugendliche. Ein Mädchen erinnert mich an Poppy, weil eine Schachtel Buntstifte aus ihrer Tasche ragt. Und bei einem kleinen Jungen mit Locken und langen Wimpern muss ich an meinen Bruder denken. Ich frage mich, ob er wohl auch so gern Drachen mag wie Sequoia. Als unsere Schicht bei der Essensausgabe vorüber ist, gehen meine Großeltern und ich von Tisch zu Tisch, sagen Hallo und reichen Wasserflaschen herum. Einige Leute wollen sich gern unterhalten, andere wollen lieber ihre Ruhe. Ich lausche denjenigen, die Geschichten zu erzählen haben.

Nachdem wir aufgeräumt und alles abgeschlossen haben, fahren wir für das große Thanksgiving-Essen nach Hause zu meiner Mutter, Poppy und Sequoia.

Schon an der Haustür schlägt uns der köstliche Duft von scharfem Knoblauch und beißenden Zwiebeln entgegen. Von Zimt und Muskatnuss, Butter und Sahne. In der Küche ist es angenehm warm vom Ofen und ich bin heilfroh, wieder zu Hause zu sein.

Weil ich diesen Ort habe.

Ich habe ein Zuhause.

Noch.

Wir sitzen allesamt am Tisch, reichen Geschirr herum und teilen uns gegenseitig mit, wofür wir dankbar sind.

Mein Vater ist dankbar für seine Familie.

Meine Mutter für die Liebe.

Poppy für Bücher.

Sequoia für die Natur.

Mimi ist dankbar, hier zu sein.

Bumpa ist dankbar, dass sie auf dem Weg hierher nicht so viel Verkehr hatten.

Ich bin dankbar, dass es Nico nach seinem Bienenstich wieder besser geht.

Dann erzähle ich meiner Familie, dass er mich zum Schneeball eingeladen hat. Mimi klatscht vor Aufregung in die Hände und hopst auf ihrem Stuhl auf und ab.

»Oh, bitte, darf ich mit dir ein Kleid kaufen gehen?« Sie wendet sich an meine Mutter. »Darf ich, Melinda? Es wird ein Geschenk.«

»Das ist sehr lieb und großzügig von dir, Mimi. Danke.«

»Wir gehen gleich morgen«, sagt Mimi. »Oh, wird das ein Spaß!«

SIEBENUNDDREIẞIG

Etwa zwei Wochen später bin ich am Samstag bei Sonnenuntergang bereit für den Schneeball. Meine Haare, meine Nägel, mein Schmuck und mein Make-up sind fertig. Poppy und meine Mutter sind den ganzen Nachmittag um mich herumgeschwirrt wie um die Kandidatin eines Schönheitswettbewerbs – fehlt nur noch die Schärpe. Sie wussten, wie ich aussehen wollte, und haben ganze Arbeit geleistet.

In dem Moment, als ich mit dem langen, ärmellosen Kleid aus der Garderobe getreten bin, war mir klar, dass es das richtige ist. Mimi hat ihre Hände auf die Wangen gelegt und ehrfürchtig gehaucht: »Oh mein Gott, du siehst aus wie Audrey Hepburn in *Frühstück bei Tiffany*. Klassisch und elegant.«

Obwohl ich den Film noch nie gesehen habe, wusste ich, wer Holly Golightly war und wie Audrey Hepburn sie verkörpert hat. Nico ganz sicher auch. Ihr Stil war elegant. Schick. Sie wurde über Nacht zur Ikone. Ich hätte nie zu träumen gewagt, dass ich auch nur annähernd so aussehen könnte. Doch als Mimi dort im Laden mein Haar hochdrehte und mit einer Spange aus ihrer Handtasche feststeckte und dann auch noch ihre Perlenkette abnahm und sie mir um den Hals legte, sah ich, was sie meinte. Ein Paar Handschuhe vollendeten den Look.

»Ich glaube, in dir schlummern unentdeckte Talente«, habe ich zu meiner Schwester gesagt, als sie mein Haar heute wieder genau wie Audreys hochgesteckt hat. Es gelang ihr sogar, es irgendwie an Ort und Stelle zu halten. Vielleicht hat sie Kokosöl verwendet. Ich habe nicht nachgefragt.

Als es an der Tür klingelt, stürzt meine ganze Familie ins Wohnzimmer. Sogar Sequoia. Mein Vater macht einen Schnappschuss, wie ich Mrs Noble und Nico die Tür öffne, der einen gut sitzenden kohlgrauen Anzug und eine Krawatte trägt. Ich erwarte, dass er jeden Moment an seinem Kragen herumzerrt, um mich daran zu erinnern, wie sehr er es hasst, sich herauszuputzen, aber das tut er nicht. Er steht einfach nur da, groß, schlank und gut aussehend, und hält in einer Hand eine Plastikschachtel mit einer Corsage aus weißen Rosen.

»Oh nein! Ich habe gar keine Blume für dich.«

Ich drehe mich zu meiner Mutter um. »Muss ich nicht auch so ein Ding haben, das er sich an den Anzug steckt?«

»Eine Boutonnière.« Sie lächelt. »Deine Schwester hat sich darum gekümmert.«

Sie nickt zu Poppy hinüber, die hinter ihrem Rücken eine selbst gebastelte Origami-Rose mit Sicherheitsnadel hervorzaubert.

Mein Herz quillt über.

»Du bist die Beste.« Ich schließe sie in meine Arme.

Ich sehe meine Familie an und jeder Einzelne von ihnen erwidert meinen Blick voller Stolz und Freude. Als wäre der Ball ihr Ball. Mein Leben ist ihr Leben. Ich frage mich, ob das wohl in allen Familien so ist. Glaub ich kaum.

Ich stelle Nicos Mutter meinem Vater und meinen Geschwistern vor und gemeinsam gehen wir alle in den Vorgarten, um noch schnell ein paar Fotos zu machen, bevor die Sonne untergeht.

»Ihr seht umwerfend aus, alle beide«, sagt Mrs Noble und strahlt uns an. Dann schießt sie unvermittelt ein Foto, als wir gerade den Weg zur Straße hinunterlaufen. »Man nennt das auch journalistische Fotografie«, erklärt sie. »Es geht darum, den Moment festzuhalten, statt für ein Foto zu posieren.«

Mein Vater sieht das völlig anders und postiert uns für sein Foto vor dem Baum in unserem Garten, weil »das Grün so einen schönen Hintergrund abgibt«.

Mitten in der Kameraschlacht, während wir unsicher von einer Linse zur anderen gucken, kommt der Postbote mit einem Stapel Briefe und Rechnungen. Statt wie üblich zur Haustür zu gehen und sie durch den Schlitz zu schieben, übergibt er sie direkt meiner Mutter.

Mein Vater spielt weiter den Fotografen und besteht darauf, dass auch Poppy und Sequoia mit aufs Bild kommen. Unterdessen beobachte ich aus den Augenwinkeln, wie meine Mutter stumm die Post durchsieht.

Mit einem Mal hält sie inne.

Stirnrunzelnd betrachtet sie den Absender auf dem Umschlag.

Dann öffnet sie ihn und liest.

Sieht mich an.

Sieht wieder den Brief an.

Ihr Lächeln ist verschwunden.

»Sieh her, Junebug«, sagt mein Vater, doch ich bin zu sehr von Mom abgelenkt, um in die Kamera zu gucken.

Als meine Mutter ihm den Brief in die Hand drückt und mir den Rücken zukehrt, hört er augenblicklich auf zu fotografieren.

Ihre Schultern beben.

»Mom?« Ich mache einen Schritt auf sie zu.

Sie dreht sich um und zeigt auf mich. »Wag es ja nicht.«

Nico und seine Mutter sehen sich verwirrt an.

»Juniper«, sagt mein Vater, während er den Brief überfliegt. »Wie konntest du nur?« Er klingt nicht wütend, sondern ungläubig. Als hätte ich ihm gerade erzählt, dass Leinsamen krebserregend sind.

Und da weiß ich, was er gerade liest. Laurel hat mich vorgewarnt, dass dieser Brief kommen würde. Obwohl ich schon lange versucht habe, mir die richtigen Worte zurechtzulegen, wollte ich sie noch nicht aussprechen müssen. Nicht heute Abend. Ausgerechnet heute Abend.

»Was ist los?«, fragt Sequoia.

Mein Vater räuspert sich. »Deine Schwester hat offensichtlich einen Antrag beim Gericht eingereicht, um ihre Impfungen zu bekommen. Scheinbar dürfen wir anwesend sein, wenn wir wollen. Das ist aber keine Anordnung. Nur eine Mitteilung.«

Nicos Mutter erstarrt.

»Wie großzügig«, faucht meine Mutter.

»Mr und Mrs Jade«, beginnt Nico, aber mein Vater schneidet ihm das Wort ab.

»Wie lange planst du das schon?«, fragt er mich.

»Seit ich krank geworden bin.«

»Wie konntest du überhaupt ... Wer hilft dir dabei?«

Ich blicke zu Mrs Noble. »Keiner. Das mache ich allein.«

»Das kannst du mir nicht erzählen«, entgegnet mein Vater. »Mit sechzehn kann man nicht einfach allein ins Gericht spazieren.«

»Ich habe ihr geholfen«, platzt Mrs Noble heraus. »Ich habe eine Freundin. Sie heißt Laurel Ward und ist Anwältin. Sie hat sich bereit erklärt, Juniper ohne Honorar zu vertreten.«

»*Sie* haben unserer Tochter geholfen?«, stottert meine Mutter. »Wir haben zusammengesessen und Tee getrunken, während Ihr Sohn im Krankenhaus lag.« Sie tigert im Garten auf und ab. »Dort saß ich und habe versucht, Ihnen Trost zu spenden, von Mutter zu Mutter, und währenddessen haben Sie all das gewusst?«

»Wir haben uns ja nicht gegen Sie verschworen«, wendet Mrs Noble ein. »Juniper brauchte professionelle Hilfe und ich habe sie mit jemandem in Kontakt gebracht.«

»Nun, Sie sollten sich lieber um Ihre eigenen Angelegenheiten kümmern«, sagt mein Vater. »Es ist wirklich nicht zu fassen. Können die Leute sich in dieser Stadt nicht einfach mal in Ruhe lassen?«

Meine Mutter geht einen Schritt auf Nicos Mutter zu. »Sie haben mich zum Narren gehalten. Sie haben die ganze Zeit über gewusst, was mit mir geschehen wird. Mit uns. Mit unserer Familie.«

»So war das nicht«, protestiert Nico. »*Ich* habe meine Mutter um Hilfe gebeten.«

»Das wird ja immer besser!«, ruft meine Mutter. »Was für einen netten, hilfsbereiten Freund du doch hast, Juniper.«

»Hey«, sagt Mrs Noble warnend. »Ich glaube, das reicht.«

Nico sieht auf seine Füße.

»Rede nicht so mit ihm«, sage ich zu meiner Mutter und nehme beruhigend Nicos Hand.

Poppy und Sequoia stehen steif und still wie Puppen, mit weit aufgerissenen Augen.

»Mit Leuten, die unser Haus unter Vorgabe falscher Absichten besuchen, reden wir, wie es uns verdammt noch mal passt«, faucht mein Vater mit zusammengebissenen Zähnen. Und dann sagt er zu Mrs Noble: »Ich denke, Sie sollten besser gehen.«

Er legt die Arme um meine Mutter und versucht, sie zu trösten.

Und ich? Ich stehe einfach nur da, in meinem Kleid, meinen Schuhen, meinen Haaren und dem Schmuck, und sehe hilflos zu. Von außen betrachtet mag ich so schön aussehen wie nie zuvor, doch innerlich habe ich mich nie hässlicher gefühlt.

Ich habe zwar erwartet, dass es unangenehm werden würde, wenn der Brief ankommt, aber ich hatte völlig vergessen, dass unsere Mütter sich kennengelernt haben. Dass sie gemeinsam Tee getrunken und sich unterhalten haben. Von Mutter zu Mutter. Kein Wunder, dass Mom sich betrogen fühlt.

»Ich komme mir so dumm vor.« Meine Mutter schüttelt den Kopf, vergräbt ihr Gesicht an der Brust meines Vaters und stößt einen dramatischen Schluchzer aus.

»Melinda, bitte. So müssen Sie sich nicht fühlen«, sagt Mrs Noble. »Vielleicht können wir darüber reden.«

»Nein«, fällt mein Vater ihr ins Wort. »Wir haben Ihnen nichts zu sagen.«

»So dumm«, wiederholt meine Mutter.

»Mom, das bist du nicht.« Ich lege ihr eine Hand auf den Rücken, doch sie sieht mich nicht an.

Mit hängenden Schultern steht Nico in seinem dunklen Anzug da, mit der kleinen roten Papierblume als einziger bunter Fleck weit und breit. Für ihn muss es genauso schlimm sein wie für mich. Seine Mutter wird hier unfairerweise für etwas verantwortlich gemacht, das auf meine Kappe geht. Sie hat das alles ja nur getan, weil ich Nico um Hilfe gebeten habe. Sie hat mich Laurel vorgestellt, weil ich das wollte.

»Mom«, versuche ich es wieder.

Keine Reaktion.

»Geh auf deinen Ball, Juniper«, sagt mein Vater schließlich. »Los … geh einfach.«

Achtunddreißig

Auf der Fahrt zu Nico, wo wir seine Mutter absetzen, und dann weiter zum Ball fahren, sitze ich nur stumm da. Ich weiß nicht, was ich sagen soll. Ich habe keine Ahnung, wo ich anfangen soll. Vor Scham steigt mir die Hitze ins Gesicht. Dabei sollte heute ein perfekter Abend werden. Ein Abend, wie ich ihn immer schon wollte. Und jetzt ist alles kaputt.

»Alles in Ordnung?«, fragt Nico, nachdem wir eine Weile allein in dem stillen Auto gefahren sind.

»Nein. Bei dir?« Er zuckt die Achseln. Ich winde mir meine Corsage ums Handgelenk. »Was meine Mutter zu deiner Mutter gesagt hat, tut mir leid.«

»Sie war sauer.«

»Das entschuldigt nichts.«

»Nein, das stimmt.« Er sieht mich an. »Aber ich verstehe es schon. Menschen sagen eben gemeine Dinge, wenn sie sauer sind.«

»Wahrscheinlich fühlen sie sich besser, wenn sie auch jemandem wehtun.«

»Bei deiner Mutter hat sich meine Mutter angehört wie irgend so ein Schnurrbart zwirbelnder Bösewicht aus einem Stummfilm.«

»Aus welchem Stummfilm?«

»Allen.«

»Tut mir echt leid.«

»Du musst dich nicht für deine Eltern entschuldigen.«

Wir fahren auf den Parkplatz des alten viktorianischen Resort Hotels der Stadt, wo der Ball stattfindet. Nico stellt den Motor ab und lässt die Hände auf dem Lenkrad ruhen. Ich sehe ihn an, wie er dort sitzt, so schick in seinem kohlgrauen Jackett. Seine Krawatte hat kleine Punkte, nur eine Spur dunkler als der blassgraue Untergrund.

»Ich weiß, gerade fühlt sich alles zum Kotzen an«, sagt er. »Aber ich hoffe, wir können heute Abend trotzdem ein bisschen Spaß haben.« Er lächelt, doch es ist nicht eines dieser Lächeln, die das ganze Gesicht erhellen. Wie gern wäre ich in diesem Moment so glücklich. Wie gern würde ich vergessen, was zu Hause passiert ist. »Wir müssen ja nicht direkt reingehen. Wir können ein bisschen rumlaufen und schon mal den Ort auschecken.«

»Lässig sein und ein bisschen zu spät kommen?«

»Ganz genau.« Er zeigt auf die hellroten Türmchen, die sich vor dem dunklen Abendhimmel abzeichnen. »Da oben auf dem Balkon spukt es angeblich.«

»Meinst du, wir finden den?«

»Versuchen können wir es ja mal.« Nico öffnet die Fahrertür und ich strecke die Hand nach meinem Türgriff aus. »Warte. Bleib sitzen.«

»Warum?«

»Warte einfach.« Er steigt aus, geht um das Auto herum und hält mir die Tür auf. »Ich versuche, ein Gentleman zu sein.«

Ich nehme seine Hand und lasse mir aus dem Auto helfen. »Besser?«

»Ja.« Er schlägt die Tür zu und schließt ab. Dann tritt er einen Schritt zurück und mustert mich von Kopf bis Fuß. »Ich bin vorhin nicht dazu gekommen, es zu sagen, aber du siehst wunderschön aus. Sehr audreyesque.«

»Du hast es erkannt?« Es macht mir Spaß, die Welt seiner Filme zum Leben zu erwecken.

»Wie könnte ich das nicht?«

Wir schlendern über den riesigen Hof, wo Gartenstühle und perfekt getrimmte Buchsbaumbüsche geschmückt mit Lichterketten in Reih und Glied stehen. Mit zusammengekniffenen Augen blinzeln wir zu den Türmchen hinauf. Doch ein Gespenst entdecken wir leider nicht. Nur der Mond und die Sterne sind zu sehen. Ich zittere vor Kälte. Nico zieht mich näher an sich heran und rubbelt mir die nackten Arme, um mich zu wärmen.

»Lass uns reingehen.«

Wir treten in die Lobby, wo weitere Schüler der Playa Highschool staunend um den größten Weihnachtsbaum herumlaufen, den ich je gesehen habe. Er füllt die gesamte Mitte des Raumes aus und seine Spitze ragt bis ins nächste Stockwerk.

»Der ist echt«, stelle ich fest und atme den frischen Tannenduft ein. »Ich rieche die Nadeln.«

»Laut dem Schild ist er fast acht Meter hoch.«

»Kannst du dir vorstellen, den ins Wohnzimmer zu stellen?«

»Nur, wenn ich ein Loch ins Dach säge.«

Wir blicken von unten hinauf zu dem funkelnden goldenen Stern auf der Spitze der Tanne. Ein paar Hotelgäste und weitere Playa-Schüler in Abendgarderobe haben sich am Geländer der Galerie über uns versammelt und schießen Fotos von sich vor der Baumspitze.

»Wir sollten auch ein Bild machen«, bemerke ich.

Nico zieht sein Handy aus der Tasche, doch als ich mich für ein Selfie an ihn schmiege, sagt er: »Wir brauchen ein *richtiges* Foto. Lass uns jemanden fragen.«

Sofort fällt mir die Szene auf dem Kürbisfeld wieder ein und wie keiner mit der Kamera meines Vaters ein Foto von uns machen wollte. »Nein, ist schon in Ordnung.« Ich strecke die

Hand nach Nicos Handy aus, um es für uns zu halten, doch er zieht es weg.

»Juniper, das ist doch kein großes Ding.«

Er fragt eine vorbeilaufende Frau und zu meiner Überraschung stimmt sie zu. Vielleicht ist sie eine Touristin, die mich nicht erkennt. Sie zählt bis drei und wir posieren vor dem Baum, die Arme umeinandergeschlungen wie eine Weihnachtsschleife. Dankend nehmen wir das Handy zurück und Nico scrollt durch die Fotos.

»Alter, wir sind echt ein verdammt gut aussehendes Paar«, stellt er fest und ich muss lachen. »Gehen wir weiter?«

»Gern.«

Wir laufen durch eine Tür auf der anderen Seite der Lobby, die uns zum Strandbereich des Hotels führt, und weiter durch einen Flur, in dem der köstliche Duft nach frisch gebackenen Waffeln vom Eiscafé herüberweht. Am Ende des Flurs schlängelt sich ein kleiner Pfad zum Strand hinunter, wo sich nach ein paar Schritten eine Eisbahn erstreckt.

»Wow«, sage ich.

»Abgefahren, oder? Als wir noch klein waren, ist meine Mutter mit Matteo und mir jedes Jahr am Weihnachtsmorgen hergefahren. Wir sind Schlittschuh gelaufen und haben den Weihnachtsmann getroffen. Ein Riesenspaß.«

Wir laufen an einem Wagen vorbei, der heiße Schokolade mit Zuckerrohrtopping verkauft, und bleiben am Geländer der Eisbahn stehen, um den Eiskunstläufern zuzusehen. Einige sind offensichtlich erfahrene Profis, andere klammern sich krampfhaft an das Geländer und machen vorsichtige Kinderschritte auf dem Eis.

»Ich will mit Poppy und Sequoia wiederkommen.«

»Oh, die würden ausrasten vor Freude.«

»Ja. Ist nur die Frage, ob mit *mir*.«

»Das wird nicht ewig so bleiben. Deine Eltern müssen eben erst mal über ihren Kram hinwegkommen.«

»Ich will nur nicht, dass es von nun an für immer so schrecklich zu Hause ist.«

»Wird es nicht.«

»Versprochen?«

»Wenn es wirklich so bleibt, kannst du in mein Baumhaus ziehen.«

Ich lache. »Alles klar. Abgemacht.«

Er gibt mir einen Kuss auf die Schläfe. »Und, was denkst du? Wollen wir zum Ball gehen?«

»Ja, auf geht's.«

»Na, dann los.«

Händchen haltend schlendern wir durch das Hotel zurück, vorbei an anderen Schülern, und stoßen schließlich die Flügeltür zum Ballsaal auf. Ich traue meinen Augen kaum.

Der Saal ist wunderschön geschmückt. Bis auf die verzierten Kronleuchter, die von der hohen Decke baumeln, funkelt alles in winterlichem Weiß. Gestärkte Tischtücher und hellblaue Kristallkelche, die wie Gletscher aussehen. Der lange Banketttisch in der Mitte ist mit Schneeflocken und komplizierten Eisskulpturen dekoriert und funkelnde Lichter schmücken die äußeren Säulen. Zu guter Letzt besteht die gesamte Rückwand aus riesigen Glasfronten, die auf den Strand und die Eislaufbahn hinausblicken. Ich habe das Gefühl, in einer anderen Welt gelandet zu sein.

»Das ist alles viel zu schön, um wahr zu sein«, sage ich. »Ich trau mich kaum, es anzufassen.«

»Ja, hat schon was.« In seinem Bemühen, alles zugleich aufzunehmen, dreht sich Nico einmal um die eigene Achse, fast, als würde er Einstellungen für eine Filmszene vorbereiten. »Schulbälle sind wohl doch nicht so übel, wie ich dachte.«

»Danke, dass du mich hergebracht hast.«

»Danke, dass du mitgekommen bist.«

Jemand ruft Nicos Namen. Wir drehen uns um und entdecken ein Mädchen in königsblauem Kleid und passender Haarfarbe, das uns aufgeregt zu sich an den Tisch winkt.

»Wollen wir bei den anderen am Filmclubtisch sitzen?«, fragt Nico mich.

»Klar. Fast, als würden wir in der Cafeteria zusammensitzen.«

»Stimmt.« Lachend schüttelt er den Kopf. »Aber wenn du denkst, dass die Cafeteria an das hier rankommt, dann muss ich dich leider enttäuschen.«

Am Tisch der Film-AG kenne ich nur Jared. Nico stellt mir all seine anderen Freunde mit Namen und Lieblingsfilm vor. Das Mädchen, das uns herbeigewinkt hat, heißt Tess – *Lady Bird* – Nakumara und besteht darauf, dass ich mich neben sie setze.

»Ich muss doch das Mädchen kennenlernen, das Nico das Leben gerettet hat«, erklärt sie, nachdem wir alle wieder sitzen und ihre blauen Haare ihr über die Schultern fallen.

»Ich habe nicht … so war das nicht.«

»Ein Teil von mir will all die blutigen Einzelheiten wissen, weil es sich anhört wie im Film und ich es in einem Drehbuch verarbeiten sollte. Aber ich glaube, ich würde es nicht aushalten, weil ich ihn zu gut kenne. Also sage ich stattdessen einfach Danke?«

»Ich habe nur getan, was jeder getan hätte.«

Sie stützt die Ellbogen auf den Tisch und mustert mich, das Kinn in eine Hand gebettet. »Weiß nicht. Ich wäre ganz sicher vor Angst in Ohnmacht gefallen. Wahrscheinlich hätten die Sanitäter mich für diejenige mit dem anaphylaktischen Schock gehalten.«

Ich lege meine Clutch neben mich auf den Tisch. »Wärst du nicht. Du hättest getan, was ich getan habe, weil du gar keine andere Wahl gehabt hättest. Aber ich hoffe, das wirst du nie rausfinden müssen.«

»Nicht wahr?« Sie nimmt einen Schluck aus ihrem Kristallkelch und mir fällt auf, dass sie an jedem einzelnen Finger ihrer Hand einen Ring trägt, an einigen sogar mehrere. Als sie das Glas umfasst, klirren sie leise dagegen. Sie sieht Nico an. »Wir machen es ihm zwar nicht leicht, aber tief drinnen wissen wir alle, dass es die Film-AG ohne ihn nicht gäbe.« Sie sieht mich wieder an. »Ich bin froh, dass du da warst.«

»Ich auch«, antworte ich.

»Okay. Dann weiter im Text. Haben deine Eltern dich absichtlich nach *My Little Pony* benannt? Das wäre der Hammer.«

»Ähm, nein? Was?«

»Na, dein Name. Wie eine Figur aus *My Little Pony*.«

»Wirklich?« Wie kann das an meinen Eltern vorbeigegangen sein? Und an mir? »Hilfe, ist das peinlich.«

»Ich finde es eher ziemlich cool.« Sie winkt lässig ab und ihre Ringe glitzern im Schein der Kronleuchter. »Also mach dir keinen Kopf.«

»Werde ich nicht.«

»Gut. Also, wie auch immer. Du siehst krass aus, wie Audrey, und ich finde, wir sollten auf der Stelle tanzen gehen, um mit dir anzugeben.« Sie steht auf und hält mir ihre Hand hin. »Oder etwa nicht?«

»Ähm, ja, okay.«

»Ich klaue dir mal eben deine Freundin«, sagt sie an Nico gewandt. »Du kannst ja mitkommen, wenn du willst.«

Nico steht auf. »Bin dabei.«

Tess, Nico und ich gehen zur Tanzfläche und der gesamte Filmclubtisch folgt uns. Statt in Pärchen zu tanzen, bilden wir einen großen Kreis. Ich liebe es. Ich fühle mich sicher. Geschützt. Lebendig.

Im Gegensatz zu mir kennen die anderen scheinbar alle Songs, die der DJ spielt, denn sie singen lauthals mit. Andere springen mit erhobenen Händen auf und ab und stoßen ihre Fäuste in die Luft. Ich spüre, wie der Holzboden der Tanzfläche mit den Bewegungen von zweihundert tanzenden Teenagern mitschwingt. Ich spüre, wie der Bass vom Boden in meine Füße übergeht und von da aus meinen ganzen Körper erfasst. Inmitten der Vibrationen, der Musik, der Lichter und Nico vergesse ich für einen Moment alles andere und lasse mich mitreißen.

NEUNUNDDREIßIG

Am nächsten Morgen duftet es im ganzen Haus köstlich nach Butter und Zimt. Warm und gemütlich. Zu Hause. Als ich vom Ball heimgekommen bin, haben alle schon geschlafen. Darum bin ich auf Zehenspitzen die Treppe hochgeschlichen, habe mein Kleid aufgehängt, meinen Schlafanzug angezogen und bin ins Bett gekrochen.

Auf dem Weg nach unten dringt gedämpftes Stimmengemurmel zu mir. Poppy lacht. Sequoia summt vor sich hin. Gabeln schaben leise über die Teller. Mit einem zaghaften Lächeln betrete ich die Küche.

Aber meine Eltern würdigen mich keines Blickes.

Auf dem Tisch ist kein Gedeck für mich.

Kein Saftglas, kein Besteck, keine Serviette und kein Teller sind für mich vorgesehen.

Während Poppy mit großen Schlucken ihren O-Saft trinkt, wandert ihr Blick zu mir hinüber. Sie beobachtet, wie ich einen weiteren Schritt in die Küche mache, und dreht ihren Kopf dann zu meinen Eltern.

Abwartend.

Auch ich warte. Ich warte darauf, dass sie irgendwas sagen.

Fehlanzeige.

Nicht mal ein Hallo.

Ich gehe zum Küchenschrank hinüber und nehme mir einen Teller. Doch von dem Turm Pfannkuchen, der normalerweise für uns alle reicht, sind heute lediglich Krümel und ein paar zermatschte Blaubeeren übrig. Schön. Dann mach ich mir eben einen Toast. Ich wühle durch den Brotkorb, ziehe eine Scheibe selbst gebackenes Honigbrot heraus und stecke es in den Toaster. Dann lehne ich mich abwartend gegen die Theke.

»Hi«, sage ich. Meine Stimme klingt wie ein fernes Echo.

»Hey«, sagt Sequoia, ohne von seinem Teller aufzusehen.

Niemand sonst antwortet.

»Hi«, wiederhole ich.

Mein Vater sieht meine Mutter an. »Also, wie gesagt, das ist nun mal die Deadline, deshalb muss ich heute arbeiten, obwohl Sonntag ist.«

»Ähm, hallo«, sage ich. »Ich bin da. Ich existiere. Ihr hättet mir ruhig ein paar Pfannkuchen übrig lassen können.«

»Oh«, sagt meine Mutter in gespielter Überraschung und sieht mich an, als bemerke sie mich erst jetzt. »Wir dachten, du willst sicher zu Starbucks gehen. Anscheinend möchtest du ja nicht mehr Teil der Familie sein und unsere Lebensgewohnheiten teilen. Also dachten wir, wir lassen dir einfach deinen Willen.«

Mein Vater nickt. »Jep. Starbucks. Du hast doch noch dein Geburtstagsgeld, oder nicht? Tob dich aus.«

»Ich will aber nicht zu Starbucks. Ich will mich hinsetzen und mit meiner Familie Pfannkuchen frühstücken.«

Mein Dad schnaubt. »Hinterher ist man immer schlauer.«

»Was soll das denn heißen?«

Poppy verdreht die Augen und seufzt. »Das soll heißen, du hättest vorher darüber nachdenken sollen, was du tust.«

Ich drehe mich zu ihr um. »Und was genau soll ich deiner Meinung nach getan haben?«

Sie zuckt achtlos mit den Schultern. »Unsere Familie kaputtgemacht.«

Meine Mutter zuckt zusammen. Aber ihr schmerzhafter Gesichtsausdruck hält nur für den Bruchteil einer Sekunde an, bevor sie sich wieder betont gleichgültig ihrem Saft und der Unterhaltung mit meinem Vater zuwendet. »Ja, du kannst genauso gut heute arbeiten, dann hast du es hinter dir. Noch Saft?« Sie hält ihm fragend den Krug Orangensaft hin. Er nickt und sie gießt sein Glas randvoll, bis kein Tropfen mehr für mich bleibt.

Poppy kaut auf ihren Pfannkuchen herum. Sequoia spießt Blaubeeren mit der Gabel auf. Meine Eltern sehen sich an und lächeln sich auf ihre typische, vertraute Art an.

Und ich sehe von außen zu.

Wie in einer dieser Gruselgeschichten, wo eine Figur als Geist wiederkommt und jede Menge Lärm macht, um ihren Lieben mitzuteilen, dass sie wieder da ist. Aber egal, wie laut sie schreit, niemand hört sie.

Mit einem Klicken springt mein Toast heraus. Ich klatsche ihn auf meinen Teller, nehme mir ein Glas vom Geschirrständer neben der Spüle, fülle es mit Leitungswasser und setze mich neben Poppy.

»So wird es also von nun an laufen? Alle tun so, als wäre ich nicht da?«

»Was hast du denn erwartet?«, fragt meine Mutter. »Du hast dich entschieden, all das, wofür wir stehen, mit Füßen zu treten. Alles, woran wir inständig glauben und wofür wir gekämpft haben. Was glaubst du wohl, wie wir uns fühlen?«

»Ich habe doch versucht, mit euch darüber zu reden. Ich habe alles versucht, damit es nicht so weit kommen muss. Aber ihr habt mir keine andere Wahl gelassen.«

»Keine andere Wahl?« Das Gesicht meines Vaters wird gefährlich rot. Er erinnert mich an Teddy auf der Party nach dem Footballspiel. »Du weißt schon, dass es kein Zurück mehr gibt, oder? Du zerrst uns vor Gericht, kriegst deine Impfungen und in dieser Familie wird nichts mehr so sein wie vorher. Das verspreche ich dir.«

Poppy sitzt nur da und klappt den Mund auf und zu, so als würde sie einen inneren Kampf ausfechten, ob sie sich einschalten soll oder nicht.

»Vielleicht will ich ja auch gar nicht zurück!«, rufe ich. »Vielleicht will ich ja, dass alles anders wird.«

Sequoia hält sich die Ohren zu.

»Na, in dem Fall hast du ganze Arbeit geleistet«, stellt meine Mutter trocken fest.

»Willst du nicht mehr hier wohnen?«, fragt mein Vater. »Willst du uns nicht mehr als deine Eltern haben?«

»Doch.« Meine Unterlippe bebt. Ich versuche, mit aller Macht die Tränen zurückzuhalten. »Ich will hier wohnen. Ich will bei meinen Eltern und bei meinen Geschwistern leben.«

»Nun, du kannst nicht beides haben«, entgegnet mein Vater. »Du kannst dich nicht gegen alles stellen, an das wir glauben, und gleichzeitig von uns erwarten, dass wir eine Party für dich schmeißen. Die Entscheidungen, die du getroffen hast, ändern alles. Die gesamte Dynamik in diesem Haus. Zwischen dir, deiner Mutter und mir. Poppy und Sequoia. Von nun an wird alles anders. Tut mir leid, wenn ich dir dafür nicht auf die Schulter klopfe.«

»Ich kann das nicht mehr«, bringt meine Mutter unter Tränen hervor.

»Ich habe auch genug«, sagt mein Vater und schiebt seinen Stuhl nach hinten.

Poppy räumt den Tisch ab, stellt die Teller in die Spüle und geht auch.

Bleiben nur noch Sequoia und ich. Er kaut auf seinem letzten Bissen Pfannkuchen herum. Ich sehe ihn an, bis er meinen Blick erwidert. Er grinst ein zahnloses Grinsen, weil seine oberen beiden Schneidezähne fehlen, und kippelt mit dem Stuhl so weit zurück, dass er beinahe das Gleichgewicht verliert. Schnell fängt er sich wieder und schiebt seinen Stuhl ebenfalls zurück.

Ich greife nach seiner Hand und ziehe ihn wieder zu mir.

»Was?«, fragt er und setzt sich wieder.

»Geh nicht.«

»Warum?«

»Muss ich einen Grund dafür haben?«

»Glaube nicht.« Er pickt eine verlorene Blaubeere vom Tisch und schiebt sie sich in den Mund. Dabei lässt er mich nicht aus den Augen. »Aber warum?«

»Hasst du mich jetzt?«

»Du bist meine Schwester.«

»Na und?«

»Wie soll ich dich hassen, wenn du meine Schwester bist? Schwestern muss man lieben.«

»Aber liebst du mich wirklich oder denkst du nur, du musst es?«

Er stützt die Ellbogen auf den Tisch und legt sein Kinn in die Hand, als müsse er angestrengt nachdenken. »Ich liebe dich wirklich.«

Meine Sicht wird trüb und alles verschwimmt. »Danke.«

Er runzelt die Stirn. »Warum weinst du?«

Ich wische mir über die Wangen. »Tue ich einfach.«

Er mustert mich wieder und zuckt die Achseln. »Okay.«

Den Rest des Tages fühle ich mich wie ein Gespenst im eigenen Haus. Ich geistere die Flure entlang und schleiche auf Zehenspitzen die Treppe hinunter. Schenke mir ein Glas Wasser ein, dusche und bürste mir die Haare. Lese meine Bücher.

Mein Schneeballkleid hängt an einem Bügel an der Rückseite meiner Tür. Manchmal, wenn ich vorbeilaufe, wirbele ich genug Luft auf, um es zum Flattern zu bringen. Es fühlt sich an, als wäre gestern Abend Lichtjahre her. Mein Kleid ist nur noch eine Erinnerung. Auch ein Geist.

Ich verbringe den Tag allein.

Keiner sieht nach mir.

Keiner interessiert sich für mich.

VIERZIG

Eine Woche später klettern wir am Morgen von Heiligabend allesamt in Bessie, um die Reise nach Sacramento anzutreten und ein paar Tage bei Mimi und Bumpa zu verbringen. Als wären meine Eltern nicht schon peinlich genug, bestehen sie darauf, Bessie wie ein Weihnachtsrentier zu schmücken, mit einem Geweih an den Fenstern und einer roten Nase auf der vorderen Stoßstange. Bestimmt verdrehen die anderen auf der Autobahn die Augen über uns. Deshalb bin ich auch nicht traurig, als der Regen stärker wird und Bessie in dem Wolkenbruch ein Teil des Geweihs und ihre rote Nase verliert. Der Verkehr ist grauenvoll, doch ich bin froh über die Schonfrist. Solange meine Eltern vollauf damit beschäftigt sind, sich mit Fahren abzuwechseln, streiten sie nicht mit mir. Erleichtert kuschle ich mich auf dem Rücksitz in eine Decke, klemme mein Kissen zwischen Schulter und Fenster und schlummere zum Prasseln der Regentropfen auf dem Dach ein.

Wir halten ein paar Mal an, um zur Toilette zu gehen, und machen eine Mittagspause. Wegen des heftigen Regens müssen wir das Picknick, das meine Mutter für uns vorbereitet hat, auf dem Parkplatz einer Tankstelle im Auto essen. Als wir endlich in Sacramento ankommen, werden wir mit Umarmungen überschüttet und Duke bellt und zwickt uns in die Fersen. Ich hebe ihn hoch und drücke ihn an mich.

»Oh, was hat er dich vermisst«, ruft Mimi aus. »Er war schon den ganzen Tag so aufgedreht, als wüsste er, dass du wiederkommst. Ich wette, er kann es kaum erwarten, mit dir Gassi zu gehen.«

Als ich letzten Sommer zu Besuch war, hat Duke jede Nacht in meinem Bett geschlafen. Ich kraule ihn unterm Kinn und er leckt im Gegenzug mein Handgelenk. »Ich habe ihn auch vermisst.«

»Hattet ihr viel Verkehr?« Das ist Bumpas Lieblingsthema. Er lebt für entsetzliche Reisegeschichten.

Mein Vater streckt die Brust raus, als hätte er gerade die Indy 500 überlebt. »Wir haben neun statt den üblichen sechs Stunden gebraucht.«

»Wow. An wie vielen Unfällen seid ihr vorbeigekommen?«

»An mindestens fünf«, prahlt Poppy.

»Gott sei Dank, dass ihr überhaupt heil hier angekommen seid«, sagt Mimi und krault Duke den strubbeligen Nacken. Sein Fell verheddert sich in dem riesigen Diamanten ihres Eherings und sie braucht eine Weile, um sich wieder zu befreien.

»Mimi, wo hast du uns einquartiert?«, fragt meine Mutter.

»In Russells altem Zimmer. Juniper schläft im Gästezimmer, dachte ich, und Poppy und Sequoia können das Ausziehsofa im Hobbyraum nehmen.« Sie zwinkert ihnen grinsend zu. »Da drinnen steht sogar ein zweiter Weihnachtsbaum.«

Poppy quietscht vor Freude. Ich muss mich zurückhalten, um nicht einzustimmen, denn am liebsten hätte ich auch einen Freudentanz veranstaltet. Das Gästezimmer liegt unten, weit weg von allen anderen Schlafzimmern, und es hat ein eigenes Bad und einen Fernseher. Dort habe ich auch letzten Sommer geschlafen, doch diesmal hätte ich erwartet, dass Mimi es meinen Eltern gibt, weil sie darin mehr Privatsphäre haben.

»Beide Bäume haben Lichterketten«, teilt Bumpa uns stolz mit, als hätte er eine abgefahrene neue Technologie entdeckt.

»Cool«, sage ich, um ihm eine Freude zu machen.

Mein Vater schnappt sich die Koffer, wobei er meine Reisetasche demonstrativ neben dem Klavier liegen lässt, und trägt sie nach oben. Unterdessen geht meine Mutter in die Küche, um ihre wiederverwendbaren Lebensmittelbeutel auszupacken, weil sie weder Mimis Kühlschrank noch ihrer Vorratskammer traut.

Mimi flüstert mir zu: »Wie viel Superfood müssen wir wohl diese Woche essen?«

»Tonnen.«

Mit einem Grunzen landet Bumpa in seinem Lieblingssessel und zeigt mit der Fernbedienung in Richtung Fernseher. Begierig mitanzusehen, was auch immer er einschaltet, hastet Sequoia zum Sofa.

Mimi stochert im Kaminfeuer herum, bis die Flammen wieder knisternd hochschlagen und sich in den großen Silberkugeln am Weihnachtsbaum spiegeln. Duke kugelt sich auf dem Teppich zu Mimis Füßen zusammen, legt den Kopf auf die Pfoten und schließt die Augen.

Ein perfekter Vorweihnachtstag, wäre da nicht der Zorn meiner Eltern, der spürbar unter der Oberfläche brodelt.

»Eine Stunde. Und nur Bildungsfernsehen«, murmelt meine Mutter uns zu, als sie wieder aus der Küche kommt. Dann wendet sie sich an Mimi. »Ich lege mich einen Moment hin. Es war eine lange Fahrt.«

»Soll ich in der Zwischenzeit irgendwas tun?«, frage ich.

»Nein«, gibt meine Mutter zurück. »Du lebst doch jetzt ohnehin nach deinen eigenen Regeln.«

»Mom …«

»Was war das denn?«, fragt Mimi, während die Tür oben zufällt und mein Vater zurück ins Wohnzimmer geschlurft kommt.

»Oh, das hast du noch gar nicht mitbekommen, Mom?« Dad lässt sich aufs Sofa fallen und schiebt die dekorativen Kissen auf einen Haufen zu seiner Rechten. »Juniper zerrt uns vor Gericht. Scheinbar kann sie jetzt für sich selbst sorgen.«

»Stimmt ja gar nicht.« Ich wende mich an Mimi. »Ich will nur geimpft werden.«

»Ah.« Mimi nickt wissend. »So was musste ja irgendwann kommen, das hätte ich dir gleich sagen können.« Sie sieht meinen Vater an. »Deine Kinder werden langsam erwachsen und merken, dass deine Ansichten zu extrem sind, Russell.«

Mein Vater wirft seiner Mutter einen Blick zu, der auch von mir gegenüber meiner eigenen Mutter stammen könnte. »Ich bin nicht hergekommen, um mir anzuhören, wie ich meine Kinder zu erziehen habe.«

Mimi zuckt mit den Schultern. »Na gut. Will irgendjemand eine Kleinigkeit essen?«

»Mom«, sagt mein Vater mahnend. »Melinda hat Essen für sie mitgebracht. Das sollen sie essen.«

»Schön. Ich sehe mal nach. Los, Kinder.«

Sequoia springt augenblicklich vom Sofa auf, doch als mein Vater ihr die Fernbedienung reicht, bleibt Poppy lieber im Wohnzimmer.

Aus Bumpas Sessel ertönt ein Schnarcher.

»Sieht so aus, als hätten wir ihn schon müde gemacht«, stellt Mimi fest.

»Ich glaube, so werde ich das auch halten.« Mein Dad macht die Augen zu und verschränkt die Arme vor der Brust. »Denk dran, Poppy, nur Bildungsfernsehen.«

Mimi verdreht die Augen und geht in die Küche. Sequoia hüpft hinterher. Dort nimmt sie eine Packung Oreos aus der Vorratskammer und legt einen Finger auf die Lippen. »Psst«, macht sie. Sequoia sieht mich unbehaglich an.

»Die sind gut«, sage ich zu ihm. »Du musst das Innere zuerst essen. Komm, ich zeige es dir.«

Mimi lässt die Packung auf den Tisch fallen und wir setzen uns. Ich drehe die obere Kekshälfte von einem Oreo ab und lecke die weiße Creme in der Mitte ab. Sequoia löst seine eigene Kekshälfte und berührt die Füllung versuchsweise mit der Zunge. Angeekelt verzieht er das Gesicht und beißt stattdessen in den Keks. Dann nimmt er sich eine Serviette aus der Halterung auf dem Tisch und wischt die restliche Creme von der anderen Hälfte ab, damit er sie sich ebenfalls in den Mund schieben kann.

Mimi lacht. »Sieht so aus, als hätte deine Mutter gewonnen.«

»Nicht ganz«, entgegne ich, während ich weitere Füllungen ablecke und die Kekshälften ohne Creme zu meinem Bruder hinüberschiebe.

»Dann erzähl mal, worum es bei dieser Gerichtssache geht.« Mimi tippt mit ihren weihnachtsrot lackierten Fingernägeln auf den Tisch.

Während ich ihr die ganze Geschichte erzähle, seufzt und stöhnt sie hin und wieder missbilligend. Nachdem ich geendet habe, schüttelt sie fassungslos den Kopf.

»Sie wollen nicht einmal hören, was ich zu sagen habe«, klage ich.

»Ich habe ja selbst oft genug versucht, mit ihnen zu reden«, erwidert Mimi. »Als Mutter befürworte ich natürlich, dass sie ihre Kinder erziehen können, wie es ihnen passt. Aber um Himmels willen, sie müssen aus ihrem eigenen Kopf herauskommen. Dein Vater will alles richtig machen, aber er schießt übers Ziel hinaus. Er merkt gar nicht, wie er am Ende Menschen wegstößt.«

»Er ist ein Sturkopf«, seufze ich.

»Ha!« Mimi lacht schallend. »Sturkopf ist noch reichlich untertrieben. Wusstest du, dass er bei den Pfadfindern rausgeflogen ist, weil er sich geweigert hat, eine Uniform zu tragen?« Bei der Erinnerung muss sie lächeln, genau wie Mom, wenn sie irgendwas aus meiner Kindheit erzählt. »Und er hat nie eine Sportart angefangen, weil er nicht aussehen wollte wie all die anderen.« Sie wedelt mit der Hand. »Bin ich froh, dass ich ihn nicht auf die katholische Schule geschickt habe. Da hätte er eine Revolte angezettelt.«

»Jep. Dad, wie er leibt und lebt.«

»Ich weiß ja, dass er es gut meint, aber er ist wirklich ein furchtbarer Sturkopf, nicht wahr? Keinen Sport machen, nur weil er kein Trikot tragen will. Also wirklich.«

»Ja. Manchmal ist es nicht das Schlechteste, Teil einer Mannschaft zu sein.«

»Ganz genau.« Sie tätschelt mir die Hand. »Ich versuche, noch mal mit ihnen zu reden. Dir zuliebe.«

»Das ist lieb, aber ich glaube nicht, dass sie dir zuhören«, wende ich ein.

»Ich kann sehr ruhig und vernünftig sein, wenn ich will.«

»Dass *du* es kannst, glaube ich sofort. Aber bei ihnen wäre ich mir da nicht so sicher.«

Ich stehe auf und befeuchte eine Papierserviette, um Sequoia die verräterischen Schokokrümel aus den Mundwinkeln zu wischen. Kaum bin ich fertig, da reißt er sich auch schon los und läuft ins Wohnzimmer.

Zwei Sekunden später kommt mein Vater in die Küche gestürzt.

»Oreos, Mom? Ist das dein Ernst?«

»Er hat nur ein paar gegessen. Und selbst die ohne Füllung.«

Verärgert zerrt mein Vater an seinen Haaren. »Was muss ich denn noch tun, damit du endlich unsere Regeln respektierst?«

»Das ist mein Haus. Ich habe hier auch meine Regeln. Und dazu gehört, dass ich meine Enkel verwöhne.«

»Deine Regeln gelten nicht für meine Kinder, wenn du sie dadurch in Gefahr bringst.«

»Mit einem Keks?«, fragt Mimi. »Ich bitte dich.«

Er sieht mich an. »Du hast das wahrscheinlich unterstützt, habe ich recht?«

Mimi steht auf. »Sie hat nichts damit zu tun. *Ich* habe die Kekse aus der Vorratskammer geholt und Sequoia mochte sie nicht mal. Ich glaube nicht, dass er sie je wieder essen wird, also reg dich ab.«

»Sag du mir nicht, wann ich mich abregen soll«, knurrt mein Dad unter zusammengepressten Zähnen.

»Oh, um Himmels willen, geh einfach und halt dein Schläfchen«, sagt Mimi und schiebt die Oreo-Packung wieder in die Vorratskammer. »Das hast du dringend nötig. Du hast ja eine furchtbare Laune nach der langen Fahrt.«

Mein Vater grollt und stürmt aus der Küche.

Ich unterdrücke mit einer Hand ein Lachen. »Kommt es komisch, wenn ich sage, dass ich mich ihm das ganze Jahr über nie so nah gefühlt hab?«

Mimi lacht. »Nein. Das war definitiv ein Rückfall in seine Pubertät. Als Nächstes hörst du, wie er mir sagt, ich soll kein Theater machen, weil er sich mit einer Sicherheitsnadel aus meinem Nähkästchen ein Ohrloch gestochen hat.«

»Das hat er getan?«

»Oh ja. Ich habe noch die Arztrechnung und das Rezept für die Antibiotika, um es zu beweisen.«

EINUNDVIERZIG

Später am Abend, als der Regen nachlässt, bittet Mimi Poppy und mich, mit Duke eine Runde um den Block zu drehen. Sobald er sieht, dass ich die Leine in die Hand nehme, wird er ganz aufgeregt und rast winselnd zur Tür. Ich schnalle die Leine an sein Halsband und laufe mit meiner Schwester los.

Inzwischen ist es dunkel geworden und viele Häuser in der Nachbarschaft werden von bunter Weihnachtsbeleuchtung erhellt. Nach dem Regen ist die Luft frisch und klar, als hätte er allen Schmutz weggewaschen.

Duke steckt die Nase in den feuchten Rasen und die moosbewachsenen Baumstämme jedes Vorgartens, an dem wir vorbeikommen.

Die ersten ein oder zwei Straßen läuft Poppy stumm neben mir her. Dann dreht sie sich mit ernster Miene zu mir um. »Muss ich mich jetzt für eine Seite entscheiden?« Sie umklammert Dukes Leine so fest, dass ihre Knöchel weiß hervortreten. »Zwischen dir und Mom und Dad?«

»Nein. Du kannst tun und lassen, was du willst.«

»So fühlt es sich aber nicht an. Wenn wir alle zusammen sind, ist es so angespannt, dass ich richtig Bauchschmerzen bekomme. Irgendwann fang ich noch an zu kotzen, das sag ich dir.«

»Aber es geht doch gar nicht um dich.«

»Doch, tut es. Es geht um unsere Familie. Und da gehör ich schließlich auch dazu.«

Duke tänzelt glücklich neben mir her und ahnt nichts von Poppys Ärger. Ich beneide ihn.

»Du musst dich nicht für eine Seite entscheiden«, sage ich.

Wir halten an, damit Duke sein Geschäft erledigen kann, und Poppy reicht mir einen Plastikbeutel, um es aufzusammeln.

Stillschweigend laufen wir eine Parallelstraße zurück zu Mimis und Bumpas Haus. Als wir endlich dort ankommen, hat Duke den elastisch federnden Schritt eines Greyhounds und ich ein Loch im Magen. Ich will nicht, dass es meiner Schwester wegen mir schlecht geht. Das sollte eigentlich eine Sache zwischen mir und meinen Eltern bleiben.

Durch die Haustür erklingt Mimis helles Lachen. Durch die Fenster schimmert uns die Weihnachtsbeleuchtung warm entgegen und weiße Lichterketten blinken fröhlich an der Dachrinne. Alles wirkt so einladend und festlich. Vielleicht ist der Besuch bei Mimi und Bumpa genau das, was wir gerade brauchen.

Poppy schließt die Haustür auf und ich lasse Duke von der Leine. Doch im selben Moment fährt nebenan ein Auto auf die Auffahrt und Duke rast wild bellend durch den Vorgarten zum Nachbarhaus.

»Duke!«, rufe ich, aber er ignoriert mich und springt kläffend neben der Fahrertür auf und ab.

Die Autotür geht auf und ich erkenne sofort Noah, den Studenten mit dem Tattoo, dem Rasenmäher und dem sterbenslangweiligen Praktikum. Ich frage mich, ob er wohl gerade vom College zurückkommt, die Tasche voll mit schmutziger Wäsche. Eigentlich sollte mir das egal sein. Ich mag Nico viel lieber, als ich Noah je gemocht habe. Trotzdem bin ich ein bisschen neugierig, nach all den Wochen im Sommer, in denen ich ihn heimlich angeschmachtet habe.

Noah stampft mit dem Fuß auf und versucht Duke wegzuscheuchen, aber Duke kläfft nur umso lauter.

»Hau ab«, sagt Noah.

»'tschuldigung«, keuche ich außer Atem und nehme Duke auf den Arm.

Mein Blick fällt von Duke auf Noah. Er trägt ein Baseballcap und eine Jacke von North Face, die sein Tattoo verdeckt. Ich sehe nichts mehr von dem Jungen, der im vergangenen Sommer jeden Tag im Hemd zu seinem schicken Finanzpraktikum gegangen ist. Nur ein ganz normaler Typ vom College, der seine Eltern besucht.

»Dieser Hund macht echt immer, was er will«, sagt er.

»Duke?« Ich kraule den kleinen Hundekopf und Duke legt den Kopf in meine Hand und schleckt mir übers Gesicht. »Eigentlich nicht. Vielleicht hat er dich einfach vermisst.«

Noah knallt die Fahrertür zu. »Glaube ich kaum. Ich kann Hunde nicht ausstehen. Der hier ist einfach nur zu dämlich, um das zu kapieren.«

Seine Worte sind wie ein Schlag ins Gesicht. Ich weiche einen Schritt zurück. In Sekundenbruchteilen sind all meine Träume über Noah verpufft.

Ich mag einen Plastikbeutel mit Hundescheiße in der Hand halten, aber Noahs Verhalten ist viel widerlicher.

»Ich versuche, ihn von eurem Haus fernzuhalten«, verspreche ich.

»Na klar. Das glaube ich erst, wenn ich es sehe.«

Meine Mutter sagt immer, die Art, wie Leute mit Tieren umgehen, sagt eine Menge über sie aus. Jetzt verstehe ich, was sie meint. Seufzend mache ich auf dem Absatz kehrt und gehe, so schnell ich kann, zum Haus meiner Großeltern.

Vielleicht ist das Leben so. Vielleicht müssen wir so was immer wieder durchmachen. Wir glauben, alles wird besser, wenn wir nur diese eine Sache machen, nur diese eine Sache haben, an diesen einen Ort gehen oder diese eine Person kennenlernen.

Aber häufig entspricht die Wirklichkeit ganz und gar nicht unseren Erwartungen.

Ob es mit den Impfungen wohl genau das Gleiche ist? Ich dachte, alles wird besser, wenn ich nur geimpft bin, aber jetzt reden meine Eltern kaum noch mit mir und meine kleine Schwester hat das Gefühl, zwischen zwei Fronten zu stehen und sich für eine Seite entscheiden zu müssen. Wahrscheinlich für ihre, denn am Ende hält sie immer zu ihnen.

Ist es das wert? Ist es am Ende wirklich so wichtig, wenn es im Gegenzug bedeutet, dass ich alles verlieren könnte? Vielleicht ist die Vorstellung, meine Eltern vor Gericht zu bringen, besser als die Wirklichkeit. Vielleicht war ich schon zu tief in den Kampf verwickelt, um lang genug innezuhalten und über die Folgen nachzudenken.

ZWEIUNDVIERZIG

Benommen schrecke ich aus meinem Traum, nur um zu erkennen, dass ich die Schreie nicht in meinem Kopf gehört habe. Sie kommen aus dem Wohnzimmer. Hastig springe ich aus dem Bett, um zu sehen, was dort vor sich geht.

Mimi scheint außer sich zu sein. »Sechzehn Jahre lang habe ich mir auf die Zunge gebissen, aber das bringt das Fass nun wirklich zum Überlaufen. Was ihr da mit euren Kindern macht, ist nicht rechtens.« Dukes Gebell mischt sich unter ihre schrille Stimme. »Aus«, befiehlt sie ihm.

»Jetzt beruhigen wir uns alle erst mal wieder«, versucht Bumpa die Wogen zu glätten. »Schließlich ist heute Weihnachten. Mimi hat heiße Schokolade und Plätzchen vorbereitet. Unter dem Baum liegen Geschenke. Lasst uns die gemeinsame Zeit genießen und nicht streiten.«

»Ich will mir am Weihnachtsmorgen nicht die abfälligen Bemerkungen meiner Mutter anhören müssen«, zischt mein Vater.

Meine Mutter legt beruhigend eine Hand auf seinen Arm. »Russ. Dein Vater hat recht. Nicht jetzt.«

»Wann denn dann, Melinda? Irgendwann muss es ja mal alles raus. Warum sollten wir so tun, als wäre alles in bester Ordnung?«

»Vielleicht solltet ihr Juniper bei uns wohnen lassen«, stellt Mimi nüchtern fest. Als wäre das die Lösung aller Probleme.

»Hört auf!«, rufe ich.

Im Zimmer wird es totenstill. Poppy sieht erst mich an, dann meinen Vater. Meine Mutter erst meinen Vater, dann Mimi. Sequoia starrt nur mich an. Und Bumpa fixiert die Weihnachtsbaumbeleuchtung, um ja keinen Blickkontakt zu irgendjemandem zu haben.

»Ist es das, was du willst?«, fragt mein Vater. »Willst du hier bei deinen Großeltern bleiben?«

»Was? Nein!«

»Überlege es dir gut«, sagt Mimi ernst. »Du musst es ja nicht sofort entscheiden.«

»Wisst ihr was?« Mein Vater steht abrupt auf und stößt den Zeigefinger in die Luft. »Eine Sache entscheiden wir hier sofort, auf der Stelle. Wir fahren nach Hause. Packt eure Sachen.«

»Russ«, fleht meine Mutter. »Es ist Weihnachten.«

»Völlig egal. Mir reicht es.« Mein Vater macht auf dem Absatz kehrt und poltert zwei Stufen auf einmal nehmend die Treppe rauf.

Von oben hört man, wie er Dinge herumwirft und Klamotten und Zahnbürsten in die Koffer fliegen.

»Was soll ich tun?« Meine Mutter ringt verzweifelt die Hände und sieht Mimi Hilfe suchend an.

»Was kannst du schon tun?« Mimi schüttelt den Kopf. »Er ist stur wie immer.«

Poppy rückt näher an den Weihnachtsbaum heran, als könnten die Geschenke verschwinden, wenn sie sie nicht mit dem Leben verteidigt. »Wir können noch nicht fort. Wir haben noch nicht einmal unsere Geschenke ausgepackt.«

Mit einem Sprung, als wolle er die Geschenke mit seinem Körper schützen, ist Sequoia neben ihr.

Unsere Weihnachtsregeln besagen, dass wir nur selbst gemachte Dinge verschenken dürfen, und ich habe ein Kaleidoskop für Sequoia gebastelt und eine alte Zinnbox in eine hübsche

Box für Poppys Kunstutensilien verwandelt. Eine halbe Ewigkeit habe ich sie poliert, bis sie wieder geglänzt hat, und dann habe ich kleine Trennwände eingefügt, einige lang und dünn für ihre Buntstifte und andere klein und quadratisch für ihre Stempel und Pailletten.

Mein Vater kommt mit zwei wild um ihn herumschlagenden Koffern die Treppe heruntergestürmt. Einer gehört meinen Eltern und in dem anderen sind Poppys und Sequoias Sachen.

»Ab ins Auto«, blafft er uns an.

Heulend läuft Sequoia in die Arme meiner Mutter.

»Oh, beruhig dich, um Himmels willen«, sagt Bumpa.

»Poppy, Sequoia. Ab ins Auto. Aber schnell«, befiehlt Dad und rauscht an Bumpa vorbei, als wäre er Luft.

Sequoia greift nach einem der Geschenke unterm Baum und umklammert es mit beiden Händen. »Dürfen wir unsere Geschenke mitnehmen?«

Mein Vater beachtet ihn nicht. »Melinda, bist du fertig?«

Doch meine Mutter steht nur wie versteinert da.

Mimi steht resolut auf. »Das ist doch absurd. Du kannst doch deine Kinder Weihnachten nicht im Auto verbringen lassen.«

»Ich glaube, ich habe deutlich gemacht, dass ich mir nicht von dir sagen lasse, was ich mit meinen Kindern tun kann und was nicht.« Er dreht sich zu mir um. »Juniper, du kommst auch mit.«

Ich verschränke die Arme. »Nein.«

»Geh. Ins. Auto.«

Mein Vater hat mich noch nie geschlagen, kein einziges Mal. Doch sein Gesichtsausdruck schüchtert mich so sehr ein, dass ich besser gehorche.

»Sie hat doch noch gar nicht ihre Sachen gepackt«, protestiert meine Mutter.

»Sie hat zwei Minuten«, sagt mein Vater und reißt die Haustür auf.

»Aber was ist mit den Geschenken!«, schreit Sequoia verzweifelt.

»Ich hole sie«, sagt Mimi schnell und bückt sich, um die Geschenke einzusammeln. »Ich tue sie euch ins Auto, dann könnt ihr sie zu Hause auspacken.«

Hastig laufe ich ins Gästezimmer und stopfe meine Dreckwäsche von gestern und mein selbst gemachtes Deo in die Reisetasche. Aus dem Wohnzimmer verfolgen mich Sequoias Schluchzer.

Als ich bei Bessie ankomme, blitzt Poppy mich wütend an.

»Du hast Weihnachten kaputtgemacht«, kreischt sie. »Du bist nicht die Einzige in dieser Familie. Heute dreht sich ausnahmsweise mal nicht alles nur um dich. Weihnachten ist für alle da und du hast es kaputtgemacht!«

»Scheinbar hast du dich für eine Seite entschieden«, stelle ich trocken fest.

Ich schmeiße meine Reisetasche in Bessie. Sie hat recht.

Ich habe Weihnachten kaputtgemacht.

Ich habe alles kaputtgemacht.

DREIUNDVIERZIG

An Silvester kommt Nico vorbei und lädt mich zu einem Treffen bei Tess ein.

»Das wird nicht wie die Party nach dem Footballspiel«, beteuert er.

»Versprochen?«

»Versprochen.«

Ich willige ein, weil ich bis zu meinem Gerichtstermin so wenig wie möglich zu Hause sein will. Seit wir von Mimi und Bumpa zurückgekommen sind, ist das Leben zu Hause eine einzige Qual. Endlos lange Tage voller Stille und Einsamkeit. Ich telefoniere zwar jeden Tag mit Mimi, muss unsere Gespräche aber heimlich einschieben, während meine Eltern Besorgungen machen. Sie reden immer noch nicht wieder mit meinen Großeltern.

»Wir sind nicht wütend, sondern verletzt«, sagt meine Mutter. »Das ist ein himmelweiter Unterschied.«

Was sie nicht verstehen wollen: Auch ich bin verletzt. Ich bleibe für mich, bereite mir mein Essen selbst zu und fahre mit meinem Skateboard herum. Erledige stillschweigend meine Aufgaben im Haus und hänge mit Nico in der Bücherei oder bei ihm zu Hause ab.

Meine Eltern fragen nicht groß nach, wo ich den Tag über bin. Aber eine Silvesterparty bei Tess zu Hause ist was anderes, deshalb frage ich sie um Erlaubnis.

»Solange du wie immer um elf zu Hause bist«, sagt mein Vater.

»Aber das ist eine Silvesterparty. Ich würde gern bis Mitternacht bleiben.«

Fragend sieht er meine Mutter an.

Sie zuckt die Achseln. »Das macht Sinn.«

»Stimmt. Außerdem lebt sie ja jetzt eh nach ihren eigenen Regeln.«

So läuft es momentan die ganze Zeit. Meine Eltern reden über mich, als wäre ich nicht da.

Sequoia verhält sich mir gegenüber völlig gleichgültig und Poppy tut, als würde sie mich nicht kennen.

Als ich in Tess' Strandhäuschen ankomme, löst sich ein dicker, schwerer Knoten in mir. Keiner ignoriert mich, keiner starrt mich böse an oder räuspert sich vielsagend. Stattdessen umarmt Tess mich herzlich und fragt, was ich trinken will. Und damit meint sie Limonade oder Softdrinks.

Ihre Eltern sind zu Hause. Tess stellt mich ihnen vor, als wir durch die Küche in Richtung Garten gehen. Doch die Vorstellungsrunde fällt kurz aus, weil Mr und Mrs Nakumara vollauf damit beschäftigt sind, für alle *Toshikoshi*-Nudeln zuzubereiten. Sie duften köstlich und ich kann es kaum erwarten, sie zu probieren.

»In Japan essen das alle an Silvester«, erklärt Tess mir, während sie in ihren Mantel schlüpft. »Die Nudeln brechen sehr leicht und jede gebrochene Nudel steht für einen Schritt aus dem vergangenen Jahr ins neue. Wir lassen alles Bedauern hinter uns, um Glück im neuen Jahr zu haben.«

»Davon könnte ich einen ganzen Eimer gebrauchen«, sage ich.

»Nicht wahr?« Sie schiebt die Terrassentür auf und sofort werden wir lauthals von der halben Film-AG begrüßt.

Nico hatte recht. Das ist anders als die Footballparty.

Viel besser.

Gemütlich und herzlich.

Es fühlt sich an wie vorgestern bei ihm zu Hause, als es geregnet hat und Tess und Jared vorbeigekommen sind, um mit mir und Nico die erste Staffel von *Stranger Things* anzuschauen. Zwischen den einzelnen Folgen habe ich ihnen von meinen Impfungen und dem Gerichtstermin nächste Woche erzählt. Tess hat mich ehrfürchtig angesehen.

»Wow! Du bist meine Ruth Bader Ginsburg, direkt hier, in Fleisch und Blut.« Sie schlägt ein. »Kämpf weiter für deine Überzeugungen, Juniper.«

Auch Jared ist heute Abend wieder da. Fröhlich winkt er mir zu, als Nico und ich näher kommen, um die kunstvoll angeordnete S'More-Station mit zehn verschiedenen Schokoladenvariationen in Augenschein zu nehmen. Nachdem wir uns durchprobiert haben, machen wir es uns auf einem Ecksofa bequem, das an einer Wand des Innenhofs steht, und rösten unsere Marshmallows zu sanfter Hintergrundmusik, die aus den Lautsprechern erklingt.

Nico dreht ein Marshmallow direkt in den Flammen und es fängt Feuer. Er lässt es für einen kurzen Moment brennen und pustet dann die Flamme aus.

»Ich mag es außen gern knusprig«, erklärt er.

»Wie auch sonst, du Spinner«, kommentiert Tess und setzt sich neben mich.

Ich stecke mein Marshmallow zwischen zwei Graham-Cracker und lege es beiseite, um Nico dabei zu helfen, sein verkohltes Exemplar ebenfalls zwischen zwei Cracker zu schieben. Die Schokolade lassen wir besser weg, da fast alle Packungen mit der Warnung versehen sind, sie könnten Spuren von Erdnüssen enthalten.

»Danke für die Einladung«, sage ich an Tess gewandt und beiße in mein S'More. Auch ohne Schokolade ist es weich und klebrig.

»Tut mir leid, falls du ein krasses Besäufnis erwartet hast. Das ist nicht so mein Ding«, erwidert sie.

»Für mich mehr als okay.«

»Gut. Wusste ich doch, dass ich dich mögen würde.«

Jared und ein paar andere schlurfen zurück ins Haus.

Als Nico die Hand nach seinem S'More ausstreckt, streift er mich mit der Schulter. Sofort fühle ich mich an unseren ersten Abend zurückversetzt, als wir mit der Film-AG *Stand By Me* gesehen haben. Als ich mir noch unsicher war, was das zwischen uns ist, und mit jedem seiner Atemzüge, wenn seine Schulter gegen meine gedrückt hat, gehofft habe, es wäre was Schönes.

Und das war es.

Das ist es immer noch.

Es kommt mir nicht richtig vor, etwas so Schönes zu haben, wo mein Leben ansonsten gerade so furchtbar ist.

»Meiner ist jetzt abgekühlt«, verkündet Nico, angelt nach seinem S'More und hält ihn mir hin. Ich beiße ab. »Und?«, fragt er hoffnungsvoll, während ich kaue.

»Ein bisschen verkohlt«, antworte ich und Tess lacht schallend.

»Ach du Scheiße«, sagt sie plötzlich und springt stolpernd auf. »Jared heult schon in seine geliehene Karaokemaschine.« Misstrauisch beäugt sie ihn durch die Terrassentür. »Das ist noch zu früh.« Sie sieht uns an. »Findet ihr nicht?«

Ich zucke mit den Schultern.

»Ist es jemals zu früh für Karaoke mit Jared?«, fragt Nico zwischen zwei Bissen von seinem S'More.

»Na, ihr seid ja echt eine große Hilfe.« Tess stemmt die Hände in die Hüften. »Dann kommt wenigstens mit, okay?«

Ich nicke, doch Nico schüttelt gleichzeitig den Kopf und sagt: »Vergiss es.«

Tess reibt sich genüsslich die Hände. »Oh, ausgezeichnet. Einer von euch will mitmachen, der andere nicht. Ein kniffliger Fall. Ich muss das perfekte Duett für euch finden, das ist die einzige Lösung.« Sie setzt sich wieder und tippt sich nachdenklich den Finger gegen das Kinn. »Vielleicht ›Summer Nights‹«?

Nico duckt sich.

»Kenn ich das?«, frage ich ihn.

Er sieht mich ungläubig an. *Nicht dein Ernst.* »Grease?«, fragt er. »Willst du mir wirklich erzählen, den hast du noch nie gesehen?« Er bohrt seinen Finger in mein Knie. »Ich würde sagen, dann ist das unser nächster Film. Vor allem, weil ich neugierig bin, ob du Sandys Verwandlung feministisch oder sexistisch findest.«

»Wovon redet er?« Ich sehe Tess fragend an. »Wer ist Sandy?«

»Ein Highschool-Mädchen in den 50er-Jahren, die sich komplett verändert, um diesen einen Typen zu kriegen, der übrigens ziemlich hohl ist.«

»Ein Musical-Klassiker«, ergänzt Nico.

Tess legt ihr S'More auf den Rand der Feuerschale, schlägt die Beine übereinander und lehnt sich vor. »Manche halten Sandy für eine feministische Heldin. Sie behaupten, dass sie durch ihren Wandel zu ihrem wahren Ich findet. Ich persönlich sehe das nicht so. Rizzo? Meinetwegen, da können wir drüber reden. Aber Sandy?« Sie schüttelt den Kopf. »Nie im Leben.«

Ich wende mich an Nico. »Welche Version findest du überzeugender?«

»Auch die sexistische. Sandy ändert sich, um genau die zu werden, die Danny will. Auch wenn man behaupten könnte, dass Danny auch ein paar kleine Dinge geändert hat, um der zu sein, den Sandy haben will.« Er grinst. »Am Ende des Films trägt er sogar dieses spießige College-Sweatshirt, das er bei einem Leichtathletikwettkampf gewonnen hat.«

»Und schmeißt es sofort wieder weg, als die neue Sandy auftaucht«, ergänzt Tess.

»Soll heißen?«

»Na, alles?« Tess schnaubt. »Okay, wir müssen echt tiefer in die Materie eintauchen.« Doch gerade als sie sich im Sofa zurücklehnt, um ihr S'More zu genießen, ertönt ein schrilles Kreischen von der Karaokeanlage. Unwillkürlich pressen wir uns alle drei schützend die Hände auf die Ohren. »Aber nicht jetzt, erst mal muss ich den Abend retten.« Mit energischen Schritten stiefelt sie aufs Haus zu. »Jared, gleich brennt hier noch eine Sicherung durch!«, brüllt sie durch die offene Terrassentür.

Überrascht hebt Jared den Kopf, das Mikrofon schon in der Hand. Er sieht aus wie Sequoia, als ich ihn mit vier Jahren mal dabei erwischt habe, wie er mit einem hellblauen Wachsmalstift seine gesamte Zimmerwand angemalt hat. Ich muss lachen.

Nico tippt sein S'More an, als wäre es sein Hut und er würde Lebewohl sagen. »Viel Spaß euch.«

Ich sinke tiefer ins Sofa und Nico legt seinen Arm um meine Schultern. Zufrieden bette ich meinen Kopf in seine Armbeuge. In einträchtiger Stille sitzen wir da und blicken in die Flammen, von denen Funken in den dunklen Abendhimmel sprühen. Ich muss daran denken, wie ich mit meiner Familie vor ein paar Jahren im Sommer am Strand gezeltet habe. Wie wir ums Feuer herumsaßen und gesungen haben, während mein Vater uns auf der Gitarre begleitet hat. Wie wir im Zelt lagen und der Brandung gelauscht haben. Wir alle unbeschwert und glücklich vereint. Wie anders es in den vergangenen Wochen doch zu Hause war.

»Bist du okay?«, bricht Nico nach ein paar Minuten unser Schweigen. »Du bist so still.«

»Ich bin nur müde.«

»Sicher, dass es nur das ist? Wenn es dir wichtig ist, singe ich auch Karaoke. Du müsstest mich nicht mal zwingen.«

»Ich würde dich schrecklich gern Karaoke singen hören«, erwidere ich lachend. »Aber daran habe ich gar nicht gedacht.«

»Woran dann?«

»Das Feuer, der Abend heute, die Musik … all das erinnert mich an einen Campingurlaub mit meiner Familie. Als zwischen uns noch alles in Ordnung war.«

Er streichelt meine Schulter. »Und?«

Ich starre in die tanzenden Flammen. »Ich frage mich, ob es das alles wert ist. Ob das mit dem Gericht nicht ein Riesenfehler ist. Vielleicht sollte ich wirklich warten, bis ich achtzehn bin. Was, wenn ich sie dabei verliere?«

»Du wirst sie nicht verlieren.«

»Du hast ja keine Ahnung, wie schlimm es gerade zu Hause ist. Als wünschten sie, es würde mich gar nicht geben.«

»Aber sie sind ja genau deshalb wütend, *weil* es dich gibt und du ihnen wichtig bist.«

Ich verschränke meine Finger mit Nicos und fahre mit der anderen Hand über seine Knöchel. »Vielleicht habe ich mich so sehr auf diese eine Sache versteift, meine Impfungen zu bekommen, dass ich alles andere aus den Augen verloren habe. Ich habe nie so richtig darüber nachgedacht, was ich eigentlich dadurch verlieren könnte.« Ich sehe ihn an. »Meine Eltern sind echt wütend. Viel schlimmer, ich habe ihnen richtig wehgetan. Ihre Moralvorstellungen verletzt.«

»Aber du stehst für etwas ein, an das du wirklich glaubst. Weißt du eigentlich, wie viele Leute sich das niemals trauen würden?«

»Aber ist es das wert?«

»Ja, ist es.«

»Überzeug mich. Mir fällt es nämlich im Moment schwer, das zu sehen.«

Er wendet mir sein Gesicht zu und zieht meine Hände in seinen Schoß. »Okay, ich hab's.« Er lächelt. »Das hier wird dir gefallen.«

»Lass hören.«

»Du bist sozusagen das Gegenteil von Sandy aus *Grease*. Du kämpfst, weil es darum geht, wer du wirklich bist. Wenn du das nicht tun würdest, wärst du nicht du selbst. Du bist die Anti-Sandy.«

Ich muss lachen. »Kein schlechter Vergleich. So langsam glaube ich wirklich, ich muss diesen Film unbedingt mal sehen.«

Er lacht ebenfalls. »Und ob.« Dann hält er meine Hände in seinen und sieht mich ernst an. »Wir werden alle erwachsen und treffen Entscheidungen, die vielleicht anders sind als die, die unsere Eltern für uns getroffen hätten. Und darüber werden sie nicht immer glücklich sein. Aber wir dürfen nicht zulassen, dass unsere Eltern uns daran hindern, wir selbst zu sein und unser eigenes Leben zu leben. Oder?«

»Ja, wahrscheinlich.«

»Und ich glaube wirklich, dass es wieder besser wird. Wenn ihr nur den Gerichtstermin hinter euch habt.«

»Ich hoffe, du hast recht.«

»Klar habe ich das.« Er schiebt mir eine Locke hinters Ohr. »Und jetzt lass uns Silvester feiern. Neuanfang und all das.«

»Mit schiefen Karaokeeinlagen und verkohlten S'Mores.«

Er lacht. »Was könnte es Schöneres geben?«

»Mitternachtsküsse.«

»Klar, das sowieso.«

»Müssen wir bis dahin warten?«

»Bloß nicht.«

Genau in dem Moment, als Jared im Hintergrund eine leidenschaftliche Coverversion von Journeys »Don't Stop Believin'« anstimmt, beugt Nico sich vor und drückt seinen Mund auf meinen. Ich kenne den Text in- und auswendig, weil meine Mutter immer darauf besteht, Bessies Radio laut aufzudrehen, wenn sie diesen Song spielen.

Und da schaffe ich es irgendwie, im selben Moment zu vergessen, zu erinnern und zu vergeben.

VIERUNDVIERZIG

Ich hatte eine ganz bestimmte Vorstellung vom Gericht. In meinem Kopf gab es da einen Saal mit einem Richter, zwölf Geschworenen in einer Reihe und Rängen voller Zuschauer. Aber mein Prozess ist ganz anders. Als ich hereinkomme, sitzt lediglich die Richterin Elizabeth Coffman auf einer Bank und es gibt einen Tisch für Laurel und mich.

Nico und seine Mutter sind auch gekommen. Sie haben mich hergefahren. Nico hat nach der dritten Stunde den Unterricht geschwänzt, um mich vormittags abzuholen. Es tat mir leid, dass er früher wegmusste, noch dazu am ersten Montag nach den Winterferien, aber er hat drauf bestanden. Und am Ende muss ich zugeben, dass er mir eine große moralische Stütze ist. Den ganzen Morgen über bin ich meinen Eltern aus dem Weg gegangen, was nicht weiter schwer war, da wir in der Woche seit Silvester kaum miteinander gesprochen haben. In einem unserer Telefongespräche hat Mimi angeboten, beim Prozess heute dabei zu sein. Aber ich habe ihr gesagt, es wäre wohl besser, wenn sie nicht kommt. Mit dem Gerichtsurteil sehen wir bestimmt klarer, wie es weitergeht.

Wenn ich den Prozess gewinne, muss ich vielleicht wirklich zu meinen Großeltern ziehen.

Ich hoffe nicht. Ich will Nico und mein neues Leben in Playa Bonita nicht aufgeben. Nicht jetzt, wo ich gerade das Gefühl habe, ein bisschen Normalität gewonnen zu haben.

»Du kannst deine Meinung immer noch ändern«, hat Poppy gestern Morgen zu mir gesagt, als ich aufgewacht bin. Sie muss auf Zehenspitzen in mein Zimmer gekommen sein und die Tür leise hinter sich zugezogen haben. »Dann wird vielleicht alles wieder wie früher. Bevor du mit dem Ganzen angefangen hast.«

»Ich will aber nicht, dass alles wird wie früher. Tut mir leid.«

»Davon ist aber nichts zu merken.« Verärgert hält sie den Saum ihres Schlafanzugoberteils umklammert. »Du interessierst dich doch eh nur für dich selbst.«

»Das ist nicht wahr.«

»Du kannst doch einfach warten, bis du achtzehn bist.«

»Glaubst du wirklich, das würde irgendwas ändern? Mom und Dad wären so oder so sauer auf mich, egal, wie alt ich bin. Es geht um die Sache an sich.«

»Warum willst du sie denn überhaupt verärgern?«

»Will ich ja gar nicht.« Ich habe zum Fenster hinaus auf die Schule auf der gegenüberliegenden Straßenseite gesehen. Ich konnte den Flur riechen, sah das Footballfeld und spürte die Trommeln der Schulband vibrieren. »Außerdem interessiere ich mich nicht nur für mich selbst. Ich mache das auch für dich und Sequoia.« Hoffnungsvoll habe ich sie angesehen. »Vielleicht willst du eines Tages auch etwas anderes.«

»Ich bin nicht wie du«, hat sie entgegnet.

Nachdem ich mich gestern Abend mit Laurel getroffen habe, um den Prozess ein letztes Mal durchzugehen, hat Nico vorgeschlagen, dass wir zur Vorbereitung *Eine Frage der Ehre* und *Natürlich Blond* gucken. Vielleicht habe ich deshalb etwas Eindrucksvolleres als diesen kleinen Gerichtssaal erwartet, wo wir eng beieinandersitzen, bevor es losgeht.

Doch gerade als ich meine Aufregung unter Kontrolle und das Gefühl habe, dass ich es wirklich schaffen kann, nimmt Laurel mich beiseite.

»Es gab in letzter Minute eine Änderung«, sagt sie. »Deine Eltern wollen eine Erklärung abgeben.«

»Was? Dürfen sie das überhaupt?«

»Ja, dürfen sie.«

»Mist.«

»Wir machen weiterhin alles wie geplant. Deine Eltern können sagen, was sie wollen, es macht deine Argumente nicht weniger überzeugend. Verstanden?«

Ich nicke. »Okay.«

In dem Moment geht die Tür auf und meine Eltern kommen in Begleitung eines Mannes herein, den ich noch nie zuvor gesehen habe. Er trägt einen marineblauen Anzug und eine Kuriertasche. Meine Mutter hat ihre Haare geglättet und mein Vater trägt einen Schlips. Ich erkenne sie kaum wieder.

Sie gehen an Nico und seiner Mutter auf den Zuschauerbänken vorbei und setzen sich an einen Tisch mir gegenüber. Meine Mutter sieht mich traurig an, als würde sie nur mit Mühe die Tränen zurückhalten, doch mein Vater gibt sich unnahbar. Starr sieht er nach vorn und lehnt sich zu seinem Anwalt hinüber, als der ihm etwas ins Ohr flüstert.

Richterin Coffman gibt zu verstehen, dass es an der Zeit ist, den Prozess zu beginnen, indem sie Laurel fragt: »Gibt es vorab etwas zu erörtern, eine außergerichtliche Vereinbarung?«

Laurel antwortet: »Nein, Euer Ehren.«

Sie stellt dem Anwalt meiner Eltern dieselbe Frage. Mein Herz klopft viel zu schnell und meine Handflächen sind feucht vor Schweiß. Hastig verschränke ich die Hände in meinem Schoß, damit keinem auffällt, wie sehr sie zittern.

»Nein, Euer Ehren«, sagt der andere Anwalt.

Nach einer allgemeinen Einführung, in der Laurel erzählt, wer ich bin und warum ich hier bin, sagt sie: »Ms Jade hat eine Erklärung vorbereitet, die sie gern laut vorlesen würde.«

Richterin Coffman nickt mir aufmunternd zu. »Ausgezeichnet. Ms Jade, Sie können sich nun zum Zeugenstand begeben.«

Laurel beugt sich zu mir, sodass nur ich sie hören kann. »Du stehst einfach auf und liest vor, genau wie wir es gestern Abend geübt haben.« Sie lächelt mir aufmunternd zu. »Du schaffst das.«

Ich sehe zu Nico hinüber und er reckt den Daumen hoch.

Ich trinke einen Schluck Wasser. Schlucke. So laut, dass es als Echo in meinen Ohren nachhallt, während ich zum Zeugenstand gehe.

Der Gerichtsbeamte vereidigt mich, indem er fragt: »Schwören Sie, die Wahrheit, die ganze Wahrheit und nichts als die Wahrheit zu sagen, so wahr Ihnen Gott helfe?«

»Ja.«

Laurel geht ein paar Schritte auf mich zu. »Ms Jade, Sie dürfen nun Ihre Erklärung vortragen.«

Ich habe das, was ich sagen will, auf ein Blatt Papier von einem Notizblock aufgeschrieben. Als ich mich an den Zeugenstand setze, knistern die ohnehin schon reichlich mitgenommenen Seiten unter meinen zittrigen Händen. Ich werfe einen schnellen Blick zu meinen Eltern, die mir direkt gegenübersitzen.

Sie wirken gefasst und bereit, zu hören, was ich zu sagen habe.

Ich sehe wieder nach unten auf meine Notizen. Die Worte verschwimmen. Doch ich reiße mich zusammen und konzentriere mich.

»Vielen Dank, Euer Ehren.« Ich versuche, nicht herumzuzappeln. »Ich heiße Juniper Jade und bin sechzehn Jahre alt. Ich beantrage hiermit, persönlich über mein Impfrecht zu entscheiden, um mich selbst und andere vor verheerenden und lebensbedrohlichen Viren und Krankheiten schützen zu können. Viele Leute würden sicher einwenden, ich sei zu jung, um über so etwas zu entscheiden, doch das sehe ich anders.«

Meine Stimme schwankt. Ich habe das Gefühl, mein ganzer Körper vibriert vor Anspannung.

»Es gibt einige Dinge, die ich ohne die Einwilligung meiner Eltern tun kann. Ich kann psychologische Hilfe in Anspruch nehmen. Ich kann mich auf sexuell übertragbare Krankheiten testen lassen und ein Rezept für Verhütungsmittel bekommen. Ich könnte einen Schwangerschaftsabbruch vornehmen. Doch aus irgendeinem Grund habe ich keinen Arzt gefunden, der bereit ist, mir eine Impfung gegen Meningitis, Tetanus oder Keuchhusten zu geben. Die Verantwortung dafür tragen meine Eltern. Aufgrund ihrer bewussten Entscheidung, mich nicht impfen zu lassen, bin ich im vergangenen Herbst an den Masern erkrankt und musste im Krankenhaus behandelt werden. Es war eine beängstigende und einschneidende Erfahrung.«

Ich *spüre* die bohrenden Blicke meiner Eltern und vermeide es, den Blick zu heben.

»An meiner Zimmertür im Krankenhaus hing ein Quarantäneschild und zu Hause lagen meine jüngere Schwester und mein kleiner Bruder ebenfalls mit den Masern krank im Bett. Seitdem ist meine Familie in der Gemeinde wiederholt Beleidigungen und Angriffen ausgesetzt worden. Wir wurden öffentlich bedroht und unser Haus wurde beschmiert. Und wegen mir, oder eigentlich wegen meinen Eltern, ist ein Säugling aus der Stadt an Masern erkrankt und auf tragische Weise gestorben.«

Ich räuspere mich.

»Ich respektiere meine Eltern und alles, was sie mir beigebracht haben. Dank ihnen kann ich eine gefährliche Strömung im Meer ausmachen und weiß, wie ich sie im Wasser umgehen kann. Ich kann giftige Pilze erkennen und weiß, wo die essbaren zu finden sind. Ich habe gelernt, mich gesund zu ernähren und umweltbewusst zu leben. Sie haben mich gelehrt, weniger Müll zu produzieren, indem ich kompostiere, recycle und selbst Gemüse anbaue. Ich habe gelernt, die Welt und die Menschen zu achten. Meine Eltern haben mir sehr viele wichtige Dinge beigebracht.« Bei den Worten sehe ich meine Eltern direkt an. »Wir sind nur in diesem einen Punkt unterschiedlicher Meinung.«

Und damit wende ich mich wieder an Richterin Coffman.

»Die Ironie an der Sache ist, dass ich gerade wegen meiner Eltern und der Dinge, die sie mich gelehrt haben, anderer Meinung bin. Im Schulunterricht hat mein Vater mich gelehrt, alle Argumente abzuwägen. Das habe ich getan. Ich habe es gründlich aus allen Blickwinkeln betrachtet und mir die Gründe angehört, warum meine Eltern mich nicht impfen lassen wollen. Und nachdem ich das getan habe, kann ich mit absoluter Sicherheit sagen: Meiner Meinung nach liegen sie in dieser einen Sache falsch. Ja, ich bin sechzehn Jahre alt, aber ich bin auch der Meinung, dass ich einen klaren Verstand habe und umsichtig genug bin, diese Entscheidung selbst zu treffen.«

Ich umklammere meine Notizen fester.

»Ein Anwalt in der Stadt hat mir gesagt, der einzig mögliche Weg wäre die rechtliche Emanzipation, was bedeutet, dass ich meine Eltern und meine Familie verlassen müsste. Ich müsste ausziehen, mir einen Job suchen und ein Leben ohne meine Eltern und meine Geschwister führen.« Ich sehe wieder meine Eltern an. »Aber das möchte ich nicht. Ich möchte weiterhin bei meiner Familie leben. Ich liebe sie und sie lieben mich.«

Richterin Coffman hört mir aufmerksam zu.

»Ich möchte einzig und allein das Recht haben, allein über meine Gesundheit zu entscheiden. Ich bin es, die in diesem Körper leben muss, und ich möchte alles dafür tun, um ihn und die Menschen um mich herum zu schützen. Deshalb bin ich heute mit meiner Anwältin hier, mit dem Gesuch in der Hand, und beantrage das Recht, selbst über meine Impfungen zu entscheiden. Vielen Dank.«

Ich verlasse das Rednerpult und setze mich wieder neben Laurel. Das zerknitterte Papier lasse ich auf den Tisch sinken. Mein Herz rast und meine Hände zittern. Vorsichtig sehe ich zu Nico hinüber. Er grinst über das ganze Gesicht.

»Wahnsinn«, formt er mit den Lippen.

Ich blicke wieder zu Richterin Coffman und warte aufgeregt auf ihre Antwort. Ich hoffe, dass sie mich so wahrgenommen hat, wie ich auftreten wollte: als junge Frau, die für das Selbstbestimmungsrecht über ihren eigenen Körper kämpft.

Nun wiederholt sich das ganze Prozedere mit meinem Vater. Auch er geht auf den Zeugenstand zu, wird vereidigt und setzt sich mit seiner vorbereiteten Erklärung in den Händen hin. Rückt sich den Schlips zurecht.

»Mr Jade, Sie dürfen nun Ihre Erklärung vortragen«, verkündet sein Anwalt.

»Danke. Ich habe etwas zu sagen.« Er wirft einen Blick zu meiner Mutter hinüber, die ihm aufmunternd zunickt.

»Ich schätze, die Geschichte beginnt ganz am Anfang. Ich möchte Ihnen von dem Tag erzählen, an dem Juniper geboren wurde.« Er sieht mich mit einem weichen Ausdruck voller Liebe an. »Es hat geregnet. Kein Tröpfeln, sondern ein Sturm mit Sturzregen, der den ganzen Pacific Coast Highway geflutet und einige Straßen unpassierbar gemacht hat. Da meine Frau schon eine Woche über dem errechneten Geburtstermin war, hatten wir uns drei unterschiedliche Routen zum Krankenhaus zurechtgelegt, für den Fall, dass einige Straßen gesperrt sind. Wir haben uns so gut vorbereitet, wie wir konnten. Aber wie könnte es anders sein, natürlich ist die Fruchtblase meiner Frau mitten im Berufsverkehr im strömenden Regen geplatzt. Die Fahrt war so grauenvoll, dass wir uns bei unseren anderen Kindern für Hausgeburten entschieden haben.«

Mein Vater sieht meine Mutter an und sie lächeln einander

zu, versunken in Erinnerungen an eine Zeit, die Poppy, Sequoia und ich noch nicht erlebt haben.

»Juniper war unser erstes Kind. Die ganze Schwangerschaft über haben wir uns andauernd Sorgen gemacht. Vor Juniper hatte meine Frau zwei Fehlgeburten, vielleicht waren wir deshalb so überempfindlich.«

Mir fällt die Kinnlade herunter. Ich hatte ja keine Ahnung, dass Mom vor meiner Geburt eine Fehlgeburt hatte, ganz zu schweigen von zweien.

»Ich hätte nie gedacht, dass sich meine Sorgen nach diesen neun Monaten noch steigern könnten. Doch als ich Juniper zum ersten Mal in den Armen hielt und nach der ganzen Warterei endlich ihr rundes rosa Gesichtchen gesehen habe, da ist mir aufgegangen, dass ich ihr Leben im wahrsten Sinne des Wortes in den Händen hielt, und meine Angst wurde noch größer. Ich habe eine so unendliche Liebe verspürt, dass ich es kaum in Worte fassen kann.« Sein Kinn zittert vor Rührung und er sieht aus, als würde er mit Mühe die Tränen zurückhalten. »Aber ich will es versuchen. Als wir Juniper aus dem Krankenhaus mit nach Hause nehmen durften, haben wir uns über alles Gedanken gemacht, wie junge Eltern das eben tun. Wir waren in Sorge, ob sie auch genug trinkt. Ob sie zu lange oder nicht lange genug schlief. Ob die Geräusche, die sie von sich gab, ganz normal waren oder Grund zur Beunruhigung. Mit jedem Tag wurden wir besser darin, ihre Schreie richtig zu deuten, wann sie hungrig war und wann sie gewickelt werden musste. Am besten erkannte ich, wenn sie auf den Arm genommen und getröstet werden wollte. Unzählige Stunden saß ich mitten in der Nacht mit ihr im Schaukelstuhl und habe sie beschützt.

Und ja, vielleicht habe ich meine Aufgabe manchmal zu ernst genommen. Vielleicht wurde ich besessen davon oder zu radikal. Vielleicht hat meine Liebe zu Juniper, und dass ich ihr

Leben über alle anderen gestellt habe, mich selbstsüchtig gemacht. Vielleicht ist es immer noch so. Denn ich kann heute nicht hier vor Ihnen allen sitzen und sagen, dass ich meine Meinung geändert habe. Ich kann nicht behaupten, dass es mir keinen Schmerz bereitet, wenn ich daran denke, dass mein Kind sich etwas in den Körper injizieren lässt, das ich rundheraus ablehne. Daher würde ich gern im Protokoll festhalten lassen, dass ich nicht möchte, dass Juniper geimpft wird. Vielleicht bin ich wegen meiner Gefühle hergekommen. Und ich fühle mich schrecklich« – seine Stimme bricht –, »schrecklich wegen dem, was mit dem Baby passiert ist, mit Katherine St. Pierre. Denn ich weiß, dass ihre Eltern sie geliebt haben und sie genauso schützen wollten, wie ich meine eigene Tochter schützen will. Doch das ändert nichts an meiner Entscheidung. Ich glaube an das, was ich weiß, und ich glaube, dass ich als Vater das Recht haben sollte, diese Entscheidung für meine Tochter zu treffen. Es ist meine Aufgabe, mein eigenes Kind vor allem anderen zu schützen, und meinem Gefühl nach tue ich genau das.« Er dreht sich zu mir. »Ich liebe dich, Junebug. Ich tue das nur dir zuliebe.«

»Vielen Dank, Mr Jade«, sagt Richterin Coffman. Dann wendet sie sich an Laurel und fragt: »Wollen Sie noch etwas vortragen?«

»Wir verzichten«, antwortet Laurel.

Mein Vater verlässt den Zeugenstand und setzt sich wieder neben seinen Anwalt.

Ich spüre, wie eine Träne meine Wange runterrollt. Meine Mutter betupft sich ebenfalls die Augen und mein Vater sieht starr geradeaus, doch sein Kinn zittert immer noch verdächtig. Die ganze Zeit über hat er mit eiserner Faust regiert und hat sich nicht von seinen angeblich wissenschaftlichen Essays und Statistiken abbringen lassen, aber erst heute, in diesem Moment, verstehe ich, dass sich seine Überzeugungen nicht nur auf Zahlen und Internetartikel gründen.

Trotzdem. Was er gesagt hat, ändert nichts für mich. Ich will nach wie vor geimpft werden.

»Ms Jade«, beginnt Richterin Coffman an mich gewandt. »Ich muss Sie loben. Ich sehe, dass Sie sich viele Gedanken gemacht haben und die Situation sehr ernst nehmen.«

»So ist es, Euer Ehren.«

Sie nickt und sieht meine Eltern an.

»Mr und Mrs Jade, auch wenn ich respektiere, dass Sie die Entscheidungen im Namen Ihrer Tochter nach bestem Wissen und Gewissen und aus Liebe zu Ihrem Kind getroffen haben, muss ich die wichtigen und stichhaltigen Argumente von Ms Jade anerkennen.« Sie beugt sich vor und adressiert nun uns alle. »Wir haben hier in Kalifornien Gesetze, die die Interessen unserer Bürgerinnen und Bürger schützen sollen.« Sie sieht wieder mich an. »Aber in diesem Fall, wie Ihre Maserninfektion und die darauffolgenden Belästigungen belegen, ist für mich klar ersichtlich, dass die Entscheidung, Sie nicht impfen zu lassen, nicht in Ihrem besten Interesse war. Auch wenn sie von Ihren Eltern in genau diesem Sinne getroffen wurde. Aus diesem Grund gibt das Gericht Ihrem Antrag statt und gewährt Ihnen das Recht, persönlich über Ihre Impfungen zu entscheiden.«

Mein Vater keucht.

Meine Mutter saugt zischend die Luft ein.

Ich versuche, meine Hände ruhig zu halten, und drehe mich zu Laurel um.

Ein breites Lächeln erhellt ihr Gesicht.

»Sie hat gerade … oh, mein Gott … wir haben es geschafft«, stottere ich.

»Juniper«, sagt Laurel und strahlt mich an. »*Du* hast es geschafft.«

Einen Moment lang sitze ich einfach nur still da und lasse alles auf mich wirken. Meine Eltern stehen auf und kommen näher.

»Tja«, sagt mein Vater leise. »Du hast bekommen, was du wolltest.«

»Es hätte nicht so weit kommen müssen«, wende ich ein. »Wir hätten das auch anders lösen können.«

»Es musste so weit kommen. Auf einem anderen Weg hätten wir es dir niemals erlaubt. Aber ich respektiere diesen Gerichtssaal und wir sprechen draußen weiter.«

Meine Mutter bringt vor lauter Tränen kein Wort heraus. Sie klammert sich nur an die Hand meines Vaters und die beiden verlassen den Saal.

Als die Tür hinter ihnen zufällt, kommt Nico angelaufen und zieht mich in seine Arme.

»Du warst unglaublich.«

Ich nehme meine Notizen in die Hand. Meine Worte. Ich würde sie gern an die Brust drücken und nie wieder vergessen. Doch gleichzeitig würde ich meinen Eltern gern nachlaufen und sie umarmen. Ich will wissen, ob sie meine Umarmung immer noch erwidern.

»Sie war toll«, bestätigt Laurel, und wir gehen zu viert nach draußen. Den Blick nach vorn gerichtet, laufe ich mit klappernden Schuhen über den Marmorboden des Gerichtsgebäudes, vorbei an den Wachleuten und Türen zu weiteren Gerichtssälen. Die Treppe hinunter in die Eingangshalle. Ich fühle mich wie betäubt, als wäre das alles nur ein Traum.

»Hat sie wirklich gesagt, das geht in Ordnung?«, frage ich schließlich. »Ich kann mich impfen lassen?«

»Ja, hat sie wirklich«, bestätigt Nico. »Du kannst loslegen.«

Während wir durch die Eingangstür nach draußen in die frische, klare Luft treten, hält Nico meine Hand. Laurel und Nicos Mutter unterhalten sich angeregt. Automatisch setze ich einen Fuß vor den anderen, ohne sie wirklich zu spüren. Alles kommt mir unwirklich vor.

Draußen lasse ich den Blick suchend über die Vortreppe schweifen. Doch meine Eltern sind verschwunden.

Stattdessen habe ich plötzlich ein Mikrofon vor der Nase und eine Kamera vorm Gesicht.

»Ms Jade. Was würden Sie Ihren Eltern in diesem Moment gern sagen?« Eine Journalistin.

»Was?« Verblüfft sehe ich Nico an und drehe mich dann zu Laurel um. »Woher weiß sie davon?«

»Manchmal sehen die von der Lokalpresse nach, was so für Gerichtstermine anstehen«, erklärt Laurel. »Scheinbar fanden sie deinen Fall interessant.«

»Ms Jade«, sagt die Journalistin erneut. »Welche Nachricht würden Sie gern anderen Jugendlichen in Ihrem Alter mit auf den Weg geben?«

Ich sehe erst sie, und dann den Kameramann an, der neben ihr steht und immer noch die Linse auf mein Gesicht hält.

Da kommen meine Eltern wütend angerauscht. Mein Vater versucht, die Journalistin zum Gehen zu bewegen. Doch sie lässt nicht locker und hält ihm stattdessen das Mikrofon vor die Nase. »Mr Jade, wie fühlen Sie sich, jetzt, wo Sie wissen, dass Ihre Tochter sich impfen lassen kann?«

»Ich bin entsetzt«, antwortet er. »Ich achte unsere Gesetze und ich habe keine andere Wahl, als das Urteil, das hier heute gefällt wurde, zu akzeptieren, doch für unsere Familie ist dies ein ungeheuer trauriger Tag.«

»Das muss nicht sein«, wende ich ein.

Er dreht sich zu mir um. »Weißt du, Juniper, du sagst immer wieder, dass wir nur in dieser einen Sache unterschiedlicher Meinung sind. Als wäre das so einfach. Eine Sache. Aber das ist es nicht. Diese eine Sache steht für alles, was wir sind.«

Niedergeschlagen schüttelt er den Kopf. »Als hättest du alles genommen, was uns ausmacht, und es weggestoßen.«

Die Kamera nimmt weiter auf. Heute Abend um fünf Uhr wird das auf allen Kanälen zu sehen sein.

»Ms Jade?«, hakt die Journalistin nach. »Haben Sie eine Antwort?«

Ich stehe reglos da. Sprachlos.

Keine Ahnung, was ich erwartet habe. Natürlich hat der heutige Tag uns nicht alles vergessen lassen und alles leichter gemacht. Meine Eltern müssen das Urteil der Richterin akzeptieren, aber mehr auch nicht. Das bedeutet noch lange nicht, dass sie auch mich akzeptieren.

»Was ist mit Ihnen, Mrs Jade?«, sagt die Journalistin.

In dem Versuch, selbstbewusst rüberzukommen, schiebt meine Mutter ihr Kinn vor. Doch als sie spricht, bebt ihre Stimme: »Juniper ist meine Tochter. Das wird sich niemals ändern. Und mehr habe ich nicht zu sagen.« Sie presst die Arme fest an die Seiten und drängt sich an der Journalistin vorbei.

Mein Vater folgt ihr und ich kann ihnen nur hilflos nachsehen.

»Ms Jade, wo führt Ihr Weg Sie nun hin? Nach Hause? Ins Kapitol?«

Eingeschüchtert versuche ich zurückzuweichen und ziehe den Kopf ein. Raune Laurel zu: »Wovon redet sie?«

Die Journalistin rückt mir noch mehr auf die Pelle. Der Wind fährt ihr durch die Haare und ich sehe, dass sie mindestens zwei Schichten Make-up aufgelegt hat. Sie bohrt mir das Mikrofon geradezu in die Nase. *Hau ab,* denke ich.

Laurel beugt sich zu mir hinunter und flüstert mir ins Ohr: »Was du getan hast, ist bisher nur in unserer kleinen Stadt mit 15 000 Einwohnern relevant. Aber wenn du das Ganze größer machen willst, wenn du lauter sprechen willst … du könntest dafür sorgen, dass die Welt es erfährt. Glaub mir, du könntest wirklich etwas verändern, Juniper. Für andere Kinder wie dich, mit ähnlichen Eltern und ähnlichen Problemen. Kinder, die gehört werden wollen und deren Eltern ihnen nicht zuhören.«

»Ich bin gerade mal sechzehn.«

»Und sieh, was du schon alles erreicht hast.«

Zweifelnd drehe ich mich zu Nico um. »Laurel hat recht«, sagt er.

»Ms Jade?«, bohrt die Journalistin. »Haben Sie irgendwas zu sagen?«

Ich streiche mir die Haare hinter die Ohren und stelle mich stolz und kerzengerade hin. »Ich will sagen, dass ich aus Überzeugung gehandelt habe. Wenn du wirklich an etwas glaubt, dann musst du dafür kämpfen. Das ist es wert.«

»Selbst wenn man dabei riskiert, die eigene Familie zu verlieren?«

»Meine Familie ist es auch wert, dass ich für sie kämpfe.«

Nico greift nach meiner Hand und wir schieben uns an der Journalistin vorbei, während sie ihren Beitrag beendet.

Die Sonne scheint mir warm auf die Schultern und wird von den parkenden Autos reflektiert. Helle Lichtschimmer werden auf meine Füße geworfen. Ich rolle meine Ärmel hoch. Ich will die Sonne auf meiner Haut spüren. Auf meinem Gesicht. Wie ein Stups mit dem Ellbogen, der mir zu verstehen gibt, dass ich lebe. Dass das heute wirklich passiert ist. Ich möchte den Tag heute in vollen Zügen genießen. Doch dann drehe ich mich um und sehe meinen Eltern nach. Händchen haltend laufen sie Seite an Seite, mit gebeugten Schultern zum Parkplatz. Mit der freien Hand wischt meine Mutter sich über ihre Augen, um die Tränen aufzufangen.

Ich überlege, ihnen nachzulaufen. Aber ich weiß nicht, was ich sagen soll. Nur die Zeit kann uns helfen.

»Geht es dir gut?«, fragt Nico.

»Ich weiß nicht.« Ein letzter sehnsüchtiger Blick zu meinen Eltern. Das Kleid meiner Mutter bauscht sich im Wind und wie von selbst strecke ich die Finger aus, als wolle ich danach greifen. Um Halt zu suchen, auch wenn sie zu weit weg ist.

Warum fühlt sich mein Sieg eigentlich viel mehr wie eine Niederlage an?

FÜNFUNDVIERZIG

Als wir endlich beim Gericht loskommen, ist es inzwischen zwei Uhr nachmittags. Laurel nimmt Nicos Mutter mit, sodass Nico das Auto behalten kann. Schließlich ist heute ein besonderer Tag. Wir fahren durchs Zentrum, an der Bücherei vorbei und an den Klippen entlang zum Strand hinunter. Den ganzen Morgen über war es bedeckt und kühl, doch nun reißt die Wolkendecke auf. Eigenartig, wie man beim Aufwachen eine Sache erwarten kann, und am Ende des Tages ist eine ganz andere eingetreten.

Seit Schulschluss nach der sechsten Stunde hat Nicos Handy ununterbrochen vor Nachrichten gepingt. Jared und Tess. Seine Freunde – unsere Freunde, besser gesagt – wollen wissen, wie es heute gelaufen ist. Als wir wieder in meine Straße einbiegen, parkt Nico vor der Schule statt vor meinem Haus.

»Kommst du kurz mit? Ich muss noch was aus meinem Spind holen.«

Ich folge ihm die Treppe hinauf in den Flur. Vorbei an den Spinden, den Postern und den muffigen Wänden.

Schließlich stehen wir vor der Tür zur Cafeteria. Nico stößt sie auf und schiebt mich in eine Duftwolke aus Fett und frittiertem Essen.

»Was machen wir hier?«, frage ich verwundert.

»Na, guck doch mal.«

Da entdecke ich, dass an einem Tisch in der Ecke die gesamte Film-AG versammelt ist. Inzwischen kenne ich jeden Einzelnen mit seinem Lieblingsfilm und noch dazu mit seinem Lieblingslied beim Karaoke.

»Du wolltest doch immer so gern in die Cafeteria.« Nico wirft mir ein zufriedenes Lächeln zu. »Voilà, da sind wir.« Als wir näher kommen, sehe ich, dass auf dem Tisch eine Schachtel mit Schichteis, Schalen und Löffel bereitstehen. Drum herum sind Konfettisterne gestreut, und als Nico und ich auf die Gruppe zugehen, stehen alle auf und klatschen.

»Du bist echt der Oberknaller«, kommentiert Tess. Sie verschränkt ihren kleinen Finger mit meinem und zieht mich in ihre Arme. »Gratuliere, Juniper.«

»Du bist jetzt so was wie meine Heldin«, sagt Jared. »Wirklich. Irgendjemand sollte einen Film über dich drehen.«

Hin- und hergerissen zwischen der Partystimmung, mit der ich hier begrüßt werde, und dem, was mich zu Hause erwartet, bringe ich nur ein gemurmeltes »Danke« heraus.

Tess drückt mir einen Löffel in die Hand. »Wir wussten nicht, welche Sorte du am liebsten magst, also haben wir einfach alle drei genommen.«

»Erdbeer«, antworte ich und setze mich.

Jared streckt die Arme aus wie ein Türsteher, der eine aufdringliche Menschenmenge zurückschiebt. »Der Erdbeeranteil gehört Juniper, also haltet euch bloß zurück.«

»Ganz ruhig, Alter«, sagt Nico. »Keiner hat vor, sich mit ihr darum zu prügeln.«

»Bei mir zu Hause prügeln sich alle um das Erdbeereis«, werfe ich ein. »Mein Dad macht das immer selbst.«

»Wie cool ist das denn«, sagt Tess. »Ich liebe selbst gemachtes Eis.«

»Ja, ziemlich cool«, stimme ich zu. Dann tauche ich meinen Löffel in das Eis und probiere. Es ist nicht annähernd so gut wie das von meinem Vater, aber das habe ich auch nicht erwartet.

Tess verkündet: »Wir fanden, du solltest deinen Sieg am besten Tisch mit den coolsten Leuten feiern. Glaub mir, das ist der einzige Tisch, der es wert ist, beachtet zu werden, wenn du irgendwann hier zur Schule gehst.«

»Wenn du geimpft bist, kannst du hier jeden Tag mit uns zu Mittag essen«, strahlt Jared.

»Glaub ich kaum«, sage ich.

»Was meinst du damit?«, fragt Tess.

Ich schiebe mir noch einen Löffel Eis in den Mund. »Meine Eltern halten von öffentlichen Schulen genauso wenig wie von Impfungen. Selbst wenn ich geimpft bin, kann ich ohne ihre Erlaubnis nicht einfach hier zur Schule gehen. Ich bin ja noch minderjährig.«

Nico schnaubt. »Klingt nach einem weiteren Fall für Laurel.«

»Ja, oder? Meinst du, sie arbeitet noch mal umsonst für mich?«

»Moment mal.« Tess' Hand mit dem Löffel Eiscreme verharrt auf halbem Weg in der Luft. »Du hast das alles gemacht, um geimpft zu werden, und darfst trotzdem noch nicht einmal zur Schule gehen, wenn du das willst?«

Ich zucke die Achseln. »So sieht es aus.«

»Das ist ja echt zum Kotzen.«

»Ja.«

»Du hast ja noch genug Zeit, dich damit auseinanderzusetzen«, sagt Nico und stößt mich mit der Schulter an. »Vielleicht kannst du es nächstes Jahr versuchen.«

»Es ist eh viel besser, direkt in die Oberstufe zu kommen«, sagt Jared undeutlich, den Mund voller Schokoeis. »Die achte und neunte Klasse sind ein bisschen wie die zweite und dritte auf der Grundschule. Du bist kein frischer Ersti mehr, gehörst aber auch noch nicht zum aufregenden Abschlussjahrgang. In der Mittelstufe bist du einfach nur ... da.«

»Gut zu wissen«, sage ich lächelnd.

Die nächste Stunde verbringe ich damit, krampfhaft an etwas anderes zu denken als an das, was mich zu Hause erwartet. Ich versuche, zu essen und mich unbefangen mit den anderen über den Prozess und über Filme zu unterhalten, doch insgeheim quält mich die Frage, was Poppy wohl sagen wird, wenn ich zur Haustür hereinkomme. Oder ob meine Eltern überhaupt mit mir reden.

Daher kommt es mir ganz gelegen, als alle irgendwann beschließen, zu gehen. Um Hausaufgaben zu machen, mit der Familie zu Abend zu essen und Gitarrenunterricht zu nehmen. Nico nimmt meine Hand und Seite an Seite schlendern wir den Flur zurück an den vielen Spinden vorbei. Ich würde mir gern vorstellen, wie ich hier nächstes Jahr zur Schule gehe, wie wir uns vor unterschiedlichen Klassenzimmern verabschieden und mit der Film-AG zusammensitzen. Aber ich weiß auch, dass noch eine Menge Arbeit vor mir liegt, bevor das jemals Realität wird.

Draußen geht gerade die Sonne unter und verwandelt den Himmel in ein rosa-lila Farbenmeer.

Der Offiziersanwärter trägt Müdigkeit zur Schau und salutiert stramm, während die Fahne am Ende eines langen, bedeutsamen Tages eingeholt wird. Zumindest war er das für mich.

Unten auf den Stufen der Haupttreppe bleiben wir stehen.

»Ich bin stolz auf dich«, sagt Nico.

»Ich bin auch stolz auf mich.«

Er schlingt die Arme um mich und während seines Kusses vergesse ich alles um mich herum. Er schmeckt nach Vanilleeis und riecht nach Winter. Als er nach Luft schnappt, ziehe ich ihn wieder zu mir heran und küsse ihn weiter.

Doch so gern ich noch länger so verharrt hätte, ich weiß auch, dass ich nach Hause gehen muss. Ich muss mich der Realität stellen.

Und das tue ich.

Nico bringt mich noch auf die andere Straßenseite und fragt, ob er mit reinkommen soll.

»Nein«, antworte ich, denn ich weiß, dass es nicht das Richtige wäre. Weder für ihn noch für mich.

Also küsse ich ihn ein letztes Mal und sehe ihm nach, wie er davonfährt.

Nachdem er fort ist, bleibe ich noch für einen Moment unschlüssig auf dem Gehweg stehen. Ich beobachte die Schatten meiner Familie, die sich im Haus bewegen. Bis Poppy plötzlich an der Haustür auftaucht und mich aus meiner Starre reißt. Sie sagt etwas über die Schulter und macht dann die Tür hinter sich zu. Ich sehe zu, wie sie sich mit einem Buch in der Hand auf die Veranda setzt und es an der Stelle aufschlägt, wo sie aufgehört hat zu lesen.

»Hi«, sage ich vom anderen Ende unseres Weges zum Haus.

Sie schürzt die Lippen. »Hi.«

Ich laufe den Weg zur Veranda entlang und lasse mich neben sie sinken. »Meinst du, ich darf das Haus noch betreten?«

»Kann sein«, sagt sie. »Mom hat Abendessen gemacht und sogar einen Teller für dich hingestellt.«

»Okay.« Ich ziehe mir die Jacke enger um die Schultern, um mich vor der beißenden Winterkälte zu schützen, die in der Abendluft liegt. »Immerhin etwas.« Poppy tut, als würde sie lesen, doch ich spüre, wie sie mich beobachtet. Irgendwann stehe ich auf und klopfe meinen Rock ab. »Dann geh ich mal lieber rein und schaue, was mich erwartet.«

Poppy steht ebenfalls auf und klappt ihr Buch zu. »Willst du, dass ich mitkomme?«

Ihr Angebot rührt mich. Und macht mir Hoffnung. »Nur, wenn du willst.«

Sie geht einen Schritt vor, bis sie direkt neben mir steht. »Auf geht's.«

Ich nicke und gebe mir einen Ruck.

Poppy dreht den Türknauf und stößt die Tür auf. Dann geht sie hinein.

An der Schwelle halte ich inne. Meine Mutter und mein Vater sind im Wohnzimmer. Als sie mich kommen hören, drehen sie sich zu mir um. Auf ihren Gesichtern zeichnen sich gemischte Gefühle ab. Aber ich sehe auch Erleichterung. Als hätten sie Angst gehabt, dass ich nicht zurückkomme, und wären froh, mich zu sehen.

Ich rieche das Abendessen, das im Backofen brutzelt.

Durchs Wohnzimmer kann ich bis in die Küche blicken und sehe, dass der Tisch für uns alle fünf gedeckt ist. Für meine ganze Familie.

Ich mache noch einen Schritt und dann noch einen und dann habe auch ich die Türschwelle überwunden.

Bis ich wieder zu Hause bin.

EINEN MONAT SPÄTER …

Die Notfallambulanz ist ziemlich leer heute.

Ich melde mich vorne an und reiche meine Versichertenkarte über den Tresen.

Nico steht neben mir. Mrs Noble ist ebenfalls mitgekommen, nur zur Sicherheit, doch sie ist zuversichtlich, dass ich alles Nötige dabeihabe. Darum nimmt sie im Wartezimmer Platz und lässt mich für mich selbst sprechen.

»Ich möchte zu Dr. Villapando«, sage ich. »Ich bin gekommen, um mich impfen zu lassen. Er hat mir gesagt, er würde mich behandeln, wenn ich die nötigen Papiere dabeihabe.« Ich hebe den Ordner hoch und tätschele ihn.

Die junge Frau an der Anmeldung mustert erst meine Karte und dann mich. »Nimm im Wartezimmer Platz, wir rufen dich dann auf. Es sollte nicht lang dauern, heute ist es ziemlich ruhig hier.«

»Danke.«

Nico und ich nehmen auf zwei leeren Stühlen neben seiner Mutter Platz.

Ich bin viel zu aufgeregt, um eines der Boulevard-Magazine vom Tisch neben mir durchzublättern. Ich sitze einfach da und warte. Sanft legt Nico die Hand auf mein Knie und unterbricht mein nervöses Wippen.

Meine Sinne sind mit einem Mal viel schärfer. Hinter der Tür zum Flur höre ich Stimmen. Der beißende Geruch nach

Desinfektionsmittel sticht mir in die Nase und selbst das gedämpfte Schlurfen weicher Schuhe dringt bis zu mir ins Wartezimmer. Klickende Kugelschreiber und das Klackern von Fingernägeln auf einer Tastatur. Helle Neonleuchten blenden mich und surren in meinen Ohren.

Ein Mann, dessen Arm in einer Schlinge liegt, betritt das Wartezimmer und geht weiter zum Anmeldetresen. Dann geht die Tür erneut auf und eine Arzthelferin ruft mich auf.

»Tja.« Ich stehe auf und werfe Nico und seiner Mutter einen unsicheren Blick zu. »Dann gehe ich mal.«

»Willst du, dass wir mit nach hinten kommen?«, fragt Mrs Noble.

»Nein. Das muss ich allein machen.«

Nico schlingt seinen kleinen Finger um meinen. »Wir sehen uns auf der anderen Seite.«

Ich muss lachen. »Ist das deine Art, mir die Angst zu nehmen?«

»Bereit?«, fragt die Arzthelferin.

Ich richte mich auf und streiche meinen Cardigan glatt. »Sie haben ja keine Ahnung.«

Ich folge ihr zum Untersuchungsraum im Flur direkt hinter der Tür und sie misst meinen Puls. Ich muss mich auf die Waage und neben eine Messlatte stellen und dann schiebt sie mich in eines der Behandlungszimmer, wo ich mich auf die vertraute, papierbedeckte Behandlungsliege setze. Ich warte auf Dr. Villapando.

Er wirkt kein bisschen überrascht, mich wiederzusehen.

»Du hast es geschafft«, stellt er fest und hält die Hand hoch.

Ich schlage ein. »Stimmt. Wo fangen wir an? Ich habe einen möglichen Impfplan dabei.« Ich blättere durch meinen Ordner.

Er schiebt ihn sanft beiseite. »Ich habe mich schon schlaugemacht. Schon nachdem du zum ersten Mal deine Impfungen haben wolltest. Das hat mich neugierig gemacht.« Er zuckt die Achseln und lächelt. »Irgendetwas hat mir gesagt, dass du bald mit allen nötigen Papieren auf der Matte stehst.« Voller Tatendrang reibt er die Hände aneinander. »Heute fangen wir mit der DTP-Impfung an. Ein Kombinationsimpfstoff gegen Diphtherie, Tetanus und Pertussis, besser bekannt als Keuchhusten. Er wird in zwei Dosen verabreicht. Heute die Grundimmunisierung und in vier Wochen musst du zur Auffrischung wiederkommen. Wie hört sich das an?«

»Klingt gut. Ich vertraue Ihnen.«

Er steht auf und sein Stuhl rollt nach hinten. »Dann bereite ich mal die Impfung vor.«

Nachdem er zur Tür raus ist, sitze ich da und warte. Mein Blick schweift über die Poster und Grafiken zur Ibuprofendosierung und einen Glasbehälter mit einem Otoskop neben der Spüle, bis Dr. Villapandos Rückkehr mich aus meinen Gedanken reißt. Er hält ein kleines schwarzes Tablett in der Hand, wie man es im Restaurant mit der Rechnung ausgehändigt bekommt.

»Also dann«, sagt er und zieht seine Latexhandschuhe über. Er wischt mit einem Desinfektionstuch über meinen Oberarm, hält die Spritze hoch und schnipst einmal dagegen, als würde er eine Mücke totschlagen. »Bereit?«

»Wird es wehtun?«

»Ein bisschen.«

»Okay.« Ich hole tief Luft und halte den Atem an. Dann kneife ich die Augen zu. »Sie können.«

»Es pikst ein wenig, ist aber schnell vorbei.«

Als die Nadel durch meine Haut sticht, atme ich zischend aus. Es ist viel schlimmer als ein Piks. Ich muss daran denken, wie ich Nico den EpiPen in den Oberschenkel gerammt und gezählt habe.

Eins.

Zwei.

Drei.

Dann ist es vorbei. Ganz schnell. Genau wie bei Nicos EpiPen. Faszinierend, wie etwas so Wichtiges, so Lebenserhaltendes nur wenige Sekunden dauern kann.

»Schon vorbei.« Ich schlage die Augen auf und sehe, wie Dr. Villapando mir ein kleines, rundes Pflaster auf den Einstich klebt. »Normalerweise gibt es danach bei mir immer einen Lolli.« Er hebt die Augenbrauen. »Willst du einen?«

»Oh ja, ich nehme einen Lolli.«

Er zieht einen gelben aus der Vordertasche seines Arztkittels. »Ist Zitrone in Ordnung?«

Ich reiße die Plastikhülle ab. »Zitrone ist super.«

»Gut.« Dr. Villapando lässt die Spritze und die Latexhandschuhe in einen orangen Sondermüllbehälter an der Wand fallen und nimmt sein kleines Kellnertablett wieder mit. »Nicht vergessen, in vier Wochen sehen wir uns wieder. Dann gibt es den nächsten Lolli.«

»Auf Wiedersehen, Dr. Villapando. Und danke.«

Er schüttelt meine Hand. »War mir ein Vergnügen, Juniper.«

Ich trabe hinter ihm her aus dem Behandlungszimmer. Während er zum nächsten Patienten eilt, gehe ich zurück zu Nico und seiner Mutter. Auch wenn ich mich kein bisschen anders fühle als vorher, weiß ich, dass ich nicht mehr dieselbe bin. Ich strahle über das ganze Gesicht.

Als Nico mich sieht, springt er aufgeregt auf.

»Alles in Ordnung?«, fragt er.

»Alles bestens.«

ANMERKUNGEN DER AUTORIN

Auch wenn *Immunity – Dein Leben, deine Entscheidung* eine fiktive Geschichte ist, beruht sie doch auf wahren Gegebenheiten. Im wahren Leben hat die Weltgesundheitsorganisation (WHO) die Masern im Jahr 2000 in den USA für ausgerottet erklärt. Doch im Entstehungsjahr dieses Buches wird dieser Status von einem Anstieg der jährlich gemeldeten Masernerkrankungen bedroht.

Zu diesem Wiederaufflammen des Virus trägt zu einem großen Teil die sich immer weiter ausbreitende Impfskepsis bei, die insbesondere durch eine 1998 veröffentlichte Studie, die einen Zusammenhang zwischen der MMR-Impfung und Autismus herstellen will, angeheizt wurde. Leider bringt die Bewegung der Impfgegner durch die unaufhörliche Verbreitung von Fehlinformationen vor allem die verwundbarsten Teile der Bevölkerung in Gefahr – Säuglinge, ältere Menschen und Menschen mit einem geschwächten Immunsystem.

Während 95 Prozent der US-amerikanischen Grundschüler einen umfassenden Impfschutz vorweisen können, zeigte ein Artikel der *Washington Post* auf, dass die Zahl der nicht geimpften Kinder sich in den USA »seit 2001 vervierfacht hat« (»Percentage of Young U.S. Kinds Who Don't Get Vaccinated Has Quadrupled since 2001«, Lena H. Sun, October 11, 2018).

Ich bin zu Junipers Geschichte gekommen, als ich mir auszumalen begann, wie wohl die Pubertät von Kindern aussieht, deren Eltern entschieden haben, sie nicht impfen zu lassen. Würden sie, wenn sie einmal alt genug sind, um alles zu verstehen, die Entscheidungen ihrer Eltern billigen oder infrage stellen? Was, wenn diese Entscheidung sie in ihrem Leben beeinträchtigt und sie von Dingen abhält, die sie gern tun wollen, wie beispielsweise eine öffentliche Schule besuchen oder an Freizeitaktivitäten teilnehmen? Ab wann hat ein Mensch das Recht, über seine Gesundheit selbst zu entscheiden? Mit achtzehn Jahren? Oder sollte man schon früher, so wie Juniper mit sechzehn Jahren, dieses Recht haben? Und wenn dem so ist, wie kann man das erreichen? Was gewinnt man und was droht man zu verlieren? Dies sind nur einige von vielen Fragen, die ich in *Immunity* zu beantworten versuche.

Zweifellos ist es wichtig, dass wir, während wir lernen und aufwachsen, anfangen, Dinge infrage zu stellen. Ich hoffe, dass Junipers Geschichte meine Leserinnen und Leser anregt, sich einige schwierige Fragen in ihrem eigenen Leben anzusehen.

Mögen sie Glück haben und die richtigen Antworten finden.

DANKSAGUNG

Manchmal tauchen Figuren urplötzlich vor dir auf, packen dich an den Schultern und betteln, dass du ihre Geschichte erzählst. So war es auch mit Juniper Jade. An dieser Stelle möchte ich allen danken, die mir dabei geholfen haben, ihre Worte zu Papier zu bringen.

Ein großer Dank geht an Joy Peskin, meine brillante Lektorin, für ihren unerschütterlichen Glauben, dass wir eine neue Geschichte finden würden, und dafür, dass sie zu mir gehalten und mich durch Höhen und Tiefen angefeuert hat. Deine uneingeschränkte Unterstützung bedeutet mir mehr, als du dir vorstellen kannst, und es ist mir eine große Ehre, mit dir zusammenarbeiten zu dürfen.

Außerdem danke ich meiner ebenso brillanten Agentin Kate Testerman. Danke, dass du immer an mich geglaubt hast und in jedem Schritt des langen Publikationsprozesses deinen unermüdlichen Optimismus bewahrt hast. Ich bin dir für immer dankbar und stolz darauf, Teil der KT Literaturfamilie zu sein.

Ich danke der begabten Illustratorin Aurora Parlagreco für das wunderschöne Cover von *A shot at normal*. Danke, dass du Junipers Geschichte grafisch so wunderbar eingefangen hast. Elizabeth Lee danke ich für ihre außergewöhnliche Geduld, ihre Freundlichkeit und gutes Zureden während des Lektorats. Des Weiteren danke ich der gesamten Belegschaft von Macmillan/FSG für ihre großartige Unterstützung meiner

Bücher und mir. Ich kann mich als Autorin wahrlich glücklich schätzen.

Ein großer Dank geht auch an meine ersten Leserinnen Elise Robins und Stacy Wise. Danke, dass ihr die Stellen gefunden habt, die noch bearbeitet werden müssen, und begeistert von denen wart, die funktionieren. Durch euch ist dieses Buch unendlich viel besser geworden.

Ich danke Jeff Zentner, dem Menschen, den ich eines Nachmittags ganz ohne Zweifel am anderen Ende einer panischen E-Mail gebraucht habe. Vielen Dank für deine wertvollen Einblicke in einige juristische Fragen von Junipers Geschichte und für deine jahrelange Unterstützung.

Ein ganz besonderer Dank gilt der wundervollen Gemeinschaft junger Leserinnen und Leser, darunter Marci Lyn Curtis, Shea Ernshaw, Laurie Elizabeth Flynn, Jeff Garvin, Kerry Kletter, Shannon Parker, Amber Smith, Amy Spalding, Kali Wallace und Darcy Woods: Danke für eure Unterstützung und eure Inspiration. Ich danke den leidenschaftlichen Jugendbuch-Bloggerinnen und Bloggern, den Bibliothekarinnen und Bibliothekaren und den Buchhandlungen für ihre unschätzbare Arbeit, um meine Bücher zu verbreiten. Und für die beste Jubelszene danke ich Carol Adler, Elise Adler, Brooke Barnum, Lori Carter, Louisa Cushman, Laura DePetra, Jenny Fix, Brooke Hodess, Julie Laing, Gus Mastrapa, Kat Monk, Jenny Moore, Lisa Pak, Carlie Parker, Gwynn Parker, Michelle Phillips, Missy Robertson, Mike Shore, Amy Slack, Molly Sampson (eine feste Umarmung dafür, dass du mich durch die juristischen Fragen von Junipers Geschichte gelotst hast), Geri Shapiro, Melody Stanger, Dina Stern, Mariano Svidler, Jane Tate, Aliza Zarcoff und Stacey Zarcoff.

Meiner Mutter danke ich dafür, dass sie mein größter Fan ist und sich von jeder Kleinigkeit begeistern lässt. Du erinnerst mich immer wieder daran, dass man alles, auch die kleinen Dinge, feiern muss. Meinem Bruder Michael danke ich, dass du beinahe so begeistert bist wie Mama.

Zu guter Letzt danke ich Jon und Kai. Ihr seid mein Ein und Alles und ohne eure Geduld und eure Unterstützung könnte ich diesen Schreibtraum niemals weiterverfolgen. Danke. Ich liebe euch. Für immer.

Moon Notes

Julie Chapel

Hard to say I love you

Romance

ISBN 978-3-96976-016-1

Creative Writing im Indian Summer. Während ihres Studiums nimmt Layla ihrer Freundin zuliebe an einem Creative-Writing-Workshop teil. Die Herausforderung lässt sie über sich hinauswachsen: erst in Worten, dann mit ihrem ganzen Wesen. Denn ganz im Gegensatz zu ihr weiß ihr Coach Jordan, wie man über seine eigenen Gefühle spricht.

Join our community:
www.moon-notes.de